L'ARMURE DE VENGEANCE

Né en 1951, Serge Brussolo a beaucoup écrit. Il se consacre désormais au thriller, explorant le suspense sous toutes ses formes. Doué d'une imagination surprenante, il est considéré par la critique comme un conteur hors pair, à l'égal des meilleurs auteurs du genre, et certains n'hésitent pas à lui trouver une place entre Stephen King et Mary Higgins Clark. Il a reçu le Prix du Roman d'Aventures 1994 pour *Le Chien de minuit*, paru au Masque, et son roman *Conan Lord, carnets secrets d'un cambrioleur*, a été élu Masque de l'année 1995.
Grand maître des atmosphères inquiétantes, Serge Brussolo a également reçu le Grand prix du RTL-*Lire*, pour *La Moisson d'hiver* (éditions Denoël).

Paru dans Le Livre de Poche :

SERGE BRUSSOLO

L'Armure de vengeance

(Le harnois de faide)

ÉDITIONS DU MASQUE

En réponse aux lecteurs

Jehan, qui découle du latin *Johanis*, se prononce tout simplement Jean.

S.B.

Que Dieu nous garde donc,
non pas d'être coupables,
mais d'être dupes.

Frédéric Soulié.
Les Mémoires du Diable.

Morz que demore et que atant,
Que ne me prent sanz nul respit ?
Mout m'a la morz en grant despit,
Quant ele ocire ne me daigne.

Chrétien de Troyes.
Érec et Énide.

« Le diable m'emporte ! Ils sont tous fous,
ou s'ils ne le sont pas, miséricorde,
mon Dieu, c'est moi qui le suis ! »

Alexandre Dumas.
La Dame de Monsoreau.

1

Le pacte de feu

C'était l'une de ces nuits où la porte des enfers semble s'entrebâiller. L'une de ces nuits maudites où se déchaînent les puissances des ténèbres, où hommes et femmes doivent s'abstenir de copuler s'ils ne veulent point engendrer quelque enfant difforme portant sur sa physionomie l'empreinte du Malin. C'était l'une de ces nuits où tout bon chrétien sent qu'il est prudent de ne point se hasarder hors du halo d'un cierge de cire bénite.

Jamais la forge n'avait brûlé avec autant de puissance ; le fond de la caverne était empli de cette lueur de brasier. Une palpitation rouge mêlée d'or qui teignait la roche. Le halètement des soufflets de cuir résonnait sous la voûte, respiration rauque, chuintante. La montagne prenait vie. La grotte du forgeron devenait la gueule d'un dragon oppressé, sa poitrine, ses poumons. Elle charriait un air chargé d'étincelles qu'il fallait se garder de respirer trop fort si l'on ne voulait pas se rôtir l'intérieur du corps.

Accroupie derrière un rocher, Sigrid s'appliquait à dominer le tremblement de ses membres. Jamais elle n'avait eu aussi peur. Pourtant, elle avait douze ans, l'âge où l'on fourre les filles dans le lit d'un époux au poil gris, l'âge où les garçons sont déjà presque chevaliers et n'ignorent plus rien de l'art de trancher les gorges, de démailler les hauberts.

La fillette maudit ses genoux qui refusaient de la soutenir. Que faisait-elle là, recroquevillée dans une anfractuosité de la caverne, alors qu'elle aurait dû se tenir aux côtés de Jod, son père, tout près de la forge, dans le bourdonnement des étincelles montant en essaim d'or vers la voûte ?

Mais cette nuit était une mauvaise nuit, la plus terrible entre toutes, Sigrid savait que son père s'apprêtait à commettre un crime épouvantable et qu'elle ne pourrait rien faire pour l'en dissuader. Si elle tentait de s'interposer, il la saisirait par la peau du dos, comme un chiot, pour la jeter dans la fournaise. À douze ans, on ne met pas bien longtemps à brûler ; c'est tout juste si elle aurait assez de graisse sur les os pour faire pétiller le feu.

D'un revers de la main elle sécha les larmes sur ses joues noircies. Elle était grande, maigre, avec des coudes, des genoux qui trouaient l'étoffe crasseuse des vêtements. La fumée, la suie l'avaient faite aussi noire qu'un charbonnier, et les scories des métaux en fusion avaient fini par incruster dans sa chair une myriade de points bleuâtres qu'aucune brosse ne parvenait à effacer. Vêtue comme un garçon, elle s'appliquait à dissimuler en elle toute trace de féminité, car son père, depuis toujours, lui reprochait de ne pas être mâle. Récemment, elle avait découvert avec horreur que sa poitrine se métamorphosait ; pour cacher au forgeron ce changement honteux, elle avait pris l'habitude de s'écraser les seins sous la bande de cuir d'une sous-ventrière récupérée sur un vieux harnais, et qu'elle bouclait sur ses formes naissantes. En ce moment, dans l'atmosphère de fournaise régnant au cœur de la caverne, cette précaution l'empêchait de respirer.

Elle regarda autour d'elle. L'armée bancale des hommes de fer paraissait monter la garde de chaque côté de la muraille rocheuse. Sigrid en était venue à haïr ces silhouettes mangées de rouille, bosselées, trouées, qui constituaient les étapes successives des tâtonnements paternels. Des hommes de métal, des carapaces articulées destinées à remplacer les cottes de mailles souples, les hauberts, dans lesquels s'enveloppaient les chevaliers depuis des temps immémoriaux.

C'était la marotte, la folie de Jod le forgeron. Personne ne savait d'où lui était venue cette idée : empaqueter les hommes dans des bogues, comme les châtaignes, les noix.

— Regarde les écrevisses, répliquait-il chaque fois qu'on lui posait la question. Et les homards. La nature ne les a-t-elle pas pourvus d'une carapace défensive parfaitement articulée ? C'est cela qui fait défaut à nos hommes d'armes. Le forgeron qui sera capable de fabriquer un tel habit deviendra aussi cousu d'or que le plus riche des seigneurs.

Sigrid l'avait vu des heures durant observer les déplacements des insectes sur les rochers brûlants, indifférent au soleil qui lui cuisait la couenne.

— Regarde ! ordonnait-il à sa fille en lui broyant l'épaule sous la pression de son énorme main.

Vois comme tout cela est agencé avec intelligence.

Le mouvement des élytres, des multiples pièces de chitine le ravissait, lui mettant dans les yeux une étincelle de folie qui effrayait la fillette.

Avec un charbon de bois, il traçait des croquis à la surface des plaques de calcaire. Puis il besognait sans relâche dans la forge, essayant de donner forme à ses rêves, de matérialiser ses visions d'inventeur. Il engendrait de grandes statues de métal creux qui faisaient peur à Sigrid.

Une nuit, un moine égaré se présenta au seuil de la caverne pour demander refuge. Jod, le forgeron, en profita pour lui exposer ses idées. Le frère quêteur, mal à l'aise, essaya de modérer tant bien que mal l'enthousiasme du maître d'enclume.

— Mon fils, murmura-t-il en baissant les yeux. Ton idée est charitable, car elle vise à protéger les chevaliers des blessures de la guerre, mais as-tu pensé qu'en diminuant les risques du combat, elle affaiblit d'autant l'honneur de la lutte ? J'y vois une certaine ressemblance avec le maniement de l'arc ou de l'arbalète, qui sont armes de vilains, de gens sans fierté. Des instruments honteux qui tuent de loin, presque par traîtrise, et ne peuvent en aucun cas être mises dans les mains d'un vrai paladin. Ta carapace de fer a elle aussi quelque chose de honteux, car elle suppose que celui qui l'endosse est assez lâche pour refuser l'idée d'être blessé au service de Dieu. C'est bien là, vois-tu, une conception de vilain... Mais on ne peut te la reprocher, car tu es vilain et ne peux donc penser comme un seigneur. Veux-tu mon avis ? Je pense que tu gâches ta force et ton temps en des travaux chimériques alors que tu serais mieux avisé de forger des outils.

En entendant ce verdict, Sigrid se recroquevilla dans son coin car elle savait son père peu enclin à subir la critique. L'espace d'un instant, elle crut qu'il allait saisir le grand marteau qui servait à battre le fer rouge pour en assener un coup sur le crâne du tonsuré et lui faire éclater la cervelle, là, au pied du feu de camp auprès duquel ils essayaient tous de se réchauffer.

Jod n'aimait pas les prêtres, au vrai, il était peu sensible à leur prêchi-prêcha. Il avait vécu dans les lointaines terres germaniques et adorait en secret des dieux guerriers aux noms barbares, Odin, Thor. Des dieux de fer, de feu, qui ne se laissaient pas clouer sur une croix, eux, mais savaient se défendre, l'épée et le marteau à la main. Des géants qui moissonnaient les vies en piétinant une terre jonchée des cadavres de leurs ennemis.

— Le Christ, marmonnait-il souvent dans sa barbe, c'est un dieu de vaincus. Un condamné mort sur la croix, sans même avoir essayé de se défendre. C'est comme si on voulait nous forcer à adorer un être criblé de flèches, ou un cadavre décapité... ou encore un pendu dont les corbeaux seraient en train de becqueter les yeux. Tu crois vraiment qu'un homme digne de ce nom peut avoir pour dieu un pendu ?

Sigrid se gardait de lui répondre. Elle savait qu'en tant que femelle, elle ne possédait pas les organes nécessaires à la réflexion, c'était un fait reconnu. Chez elle, l'intelligence avait été remplacée par la capacité de procréer, c'était ainsi, il ne servait à rien de contester les desseins de Dieu.

Après le départ du ratichon, Jod s'était obstiné à forger des carapaces bancales, mal fichues, des prisons de fer où l'on restait coincé, bloqué au beau milieu d'un geste. Sigrid aurait voulu l'exhorter à la prudence, à l'humilité. Peut-être se trompait-il ? Que savait-il, après tout, des désirs des chevaliers ? Et si le vêtement d'acier leur semblait une injure, une accusation de lâcheté ?

— Quand l'armure sera prête, radotait Jod, nous irons la présenter au plus puissant seigneur de la région, et il nous couvrira d'or.

« Alors nous serons riches, pensait Sigrid, alors j'aurai le droit de redevenir une fille... »

Jusque-là, elle devrait servir de valet de forge à son père puisque son frère n'était malheureusement encore qu'un bébé.

Leur mère était morte deux ans auparavant, en donnant naissance à ce garçon, par une nuit d'hiver, en bordure de la lande. Sigrid conservait d'elle le souvenir mi-figue mi-raisin d'une grande femme sèche un peu trop portée sur les gifles ; une paysanne précocement vieillie n'ouvrant la bouche que pour réprimander ou se plaindre. Jod racontait parfois à Sigrid qu'elle avait eu d'autres frères, mais qu'ils avaient tous succombé au bout de quelques mois.

— Ta mère était une brave femme, grognait-il, mais elle n'avait pas le sang assez fort pour fabriquer des mâles solides. Tu es la seule à n'être pas morte en bas âge, à n'avoir pas attrapé une quelconque fièvre de poitrine ou de ventre. Ton frère est encore bien jeune pour qu'on puisse savoir s'il vivra. Je ne parierai pas là-dessus ; de plus, quand il sera en âge de tenir un marteau, je serai trop vieux pour battre l'enclume. C'est donc à toi de me seconder, même si tu es une fille, et qu'il y a quelque chose d'impur dans le fait qu'une femelle touche aux armes d'un guerrier. Impossible de faire autrement ; de toute manière je ne puis courir le risque d'engager un apprenti qui me volerait mes secrets de fabrication.

Sigrid avait baissé la tête. Depuis, elle essayait de ne pas poser les doigts sur le fer des épées, ou l'acier des cuirasses. Elle ne les touchait que par l'entremise des tenailles, de façon à ne pas les souiller.

— Tu t'habilleras en garçon, lui avait ordonné Jod. Et tu ne diras à personne que tu es femelle, car cela pourrait nous faire perdre la clientèle des gens de guerre. Tu t'habitueras à penser comme un garçon. Pour ne pas commettre d'impair, je t'appellerai désormais Martin. Quant à ton frère, nous ne lui donnerons pas de nom tant que nous ne serons pas certains qu'il soit viable. Chaque fois que j'ai baptisé l'un de mes fils, cela lui a porté malheur. Cette fois je m'abstiendrai.

Ils avaient vécu ainsi, dans le mensonge, le secret et le péché pendant plusieurs années. Jod allait de province en province, son enclume, ses marteaux et ses soufflets de cuir dans une charrette, levant le camp dès que ses travaux commençaient à engendrer la suspicion autour de lui. Pour s'occuper du fils qui semblait s'obstiner à vivre, il engageait des nourrices, de bonnes tétonnières qu'il culbutait lorsque les chaleurs lui venaient aux parties basses, mais ces servantes ne restaient jamais longtemps. Le feu, la forge, les grandes statues de fer creuses finissaient par leur faire peur ; elles s'enfuyaient un beau matin pour ne plus revenir. Il y en avait eu beaucoup : Perrine, Pernelle, Mahaut, Margot... Sigrid finissait par les confondre. D'ailleurs, elle ne les aimait guère, avec leurs gros seins toujours jaillissant d'une chemise mal lacée. Elle espérait qu'elle ne leur ressemblerait jamais. Elle voulait rester sèche, dure, tout ossue, avec des muscles de garçon, des mains noires incrustées de minerai de fer et de copeaux bleuâtres.

Jod s'obstinait. Jod échouait.

« C'est peut-être de ma faute, songeait Sigrid. C'est parce que je suis une fille. Je souille le métal, je lui jette un sort. Si j'étais un garçon il aurait réussi depuis longtemps. »

L'adolescente essaya de chasser ces souvenirs inopportuns. Mais l'impression désagréable subsistait. Oui, c'était peut-être à cause d'elle que son père allait, cette nuit, commettre le pire crime qu'on puisse imaginer.

Elle lutta pour vaincre la paralysie qui la tenait clouée derrière le pan de roche où elle avait trouvé refuge. Tout la terrifiait, le feu grondant, les tourbillons d'étincelles, et le visage de Jod, recuit, tout marbré de cicatrices de brûlures avec sa barbe roussâtre empestant le cochon grillé. Jod, un géant venu du Nord, avec d'autres croyances, une voix rauque roulant dans un accent guttural les mots d'un autre langage.

— Ton père, finissaient par dire les nourrices, c'est un barbare. On ne peut pas vivre avec un homme comme ça. Il a la tête farcie d'idées païennes. On y perdrait son salut. Et toi, ma fille, tu ferais bien de t'en aller avant qu'il ne soit trop tard. Cours donc frapper à la porte d'un couvent, fais-toi adopter par les nonnes. Dieu te pardonnera peut-être d'avoir été mêlée à toutes ces manigances de sorcellerie.

Oui, Jod avait fini par perdre la tête... Les vêtements de guerre — les « armures » comme il disait —, il en avait forgé tant et tant, jamais parfaites, toujours approximatives.

Il s'y faisait boucler par sa fille, l'injuriant quand elle s'emmêlait les doigts dans les différentes attaches, anneaux et boutons. Tant de courroies, tant de charnières, tant de ressorts... Sigrid avait l'impression de l'enfermer dans un cercueil de métal. Il lui semblait entendre résonner dans son esprit les mots du moine venu un soir se réchauffer à leur feu :

— Si Dieu avait voulu que l'homme soit plus résistant, Il l'aurait fait ainsi, mon fils. *Pater nobis laborat.* Ta carapace d'acier va contre Ses desseins. Ton travail est impie. *Saepe fit ut erremus.*

— Pourquoi ? avait alors rugi Jod. Si les chevaliers s'enveloppent de cottes de mailles, c'est bien pour échapper aux coups, non ?

— Oui, rétorqua le tonsuré. Mais le haubert de mailles, même serrées, n'offre qu'une protection imparfaite qui laisse place au hasard. Toi, avec ta coquille de fer, tu pipes les dés. Mais c'est là une notion que tu ne peux comprendre.

Sigrid se haussa sur la pointe des pieds pour regarder par-dessus le rocher. La silhouette du père, déformée par les lueurs du foyer, s'étirait jusqu'à la voûte, le transformant en un géant de légende. Il était torse nu, ceint d'un tablier de cuir. Il se tenait penché sur la forge, si près que sa barbe et ses cheveux s'enflammaient par moments en grésillant. Il n'y prêtait pas attention. Ses avant-bras, ses épaules, ses pectoraux, tout son corps portait les marques des flammes. De larges cicatrices luisantes qui paraissaient des pièces rapportées, cousues en dépit du bon sens. Jod était un combattant, un guerrier du feu, il avait mené au sein de la forge mille batailles dont l'histoire restait écrite sur sa chair telle une grande chanson de souffrance dont chaque lettrine prenait l'aspect d'une plaie rétractile.

En dépit de la fumée, il ne toussait pas. D'ailleurs Jod ne toussait jamais.

Sigrid lutta contre la suie qui lui emplissait les poumons, lui brûlait les yeux. Elle n'aimait pas l'éclat de folie qui brillait dans les pupilles de son père. Depuis qu'il avait pris sa décision, il ne paraissait plus voir personne. Il regardait au fond des flammes comme s'il y distinguait des images merveilleuses, des visages ou des êtres maléfiques menant la sarabande à sa seule intention. Sigrid aurait voulu l'implorer de détourner les yeux, de cesser de fixer le brasier, mais il ne l'aurait pas écoutée. Il était désormais ailleurs, la tête pleine de voix qu'il était seul à entendre.

Jacotte, la dernière nourrice en date, se tenait recroquevillée à l'entrée de la caverne, sous une couverture rapiécée. De cinq ans plus âgée que Sigrid, elle tremblait depuis le lever du jour mais ne se décidait pas à prendre la fuite. Pourquoi ? Parce que Jod ne l'avait pas encore payée, sûrement...

Sigrid avait envie de lui crier de s'en aller. Ce qui allait se produire ne la regardait pas. En même temps, elle devait se retenir d'aller se pelotonner contre la jeune femme pour pleurer contre son épaule. Si elle avait eu le droit d'être une fille, elle l'aurait fait... Mais une telle attitude aurait déplu à Jod, et elle ne voulait en rien aviver sa colère.

La veille, Jacotte l'avait encore exhortée à prendre la fuite, et Sigrid avait repoussé cette tentative de complicité. Elle n'avait besoin de personne.

La fillette ne savait pas ce qu'elle devait faire. Elle ne savait quels mots employer. Jod ne s'exprimait plus qu'en dialecte germanique, avec des phrases qui paraissaient des grognements d'ours. Il était redevenu un étranger. Quelqu'un d'autre. Quelqu'un de menaçant.

Tout cela à cause des vêtements de fer, des armures alignées au long des parois. Ces statues creuses dont les cuirasses se changeaient lentement en dentelle de rouille. Certaines étaient devenues si fragiles au fil des mois qu'un simple coup de poing suffisait à les crever. Mauvais métal, mauvais minerai, mauvaise fonte, mauvaise trempe... Tant d'essais, tant d'efforts, tant d'échecs.

Sigrid revoyait les tentatives des dernières années. Il y avait si longtemps qu'elle vivait en compagnie des carcasses de fer, de ces harnais creux que son père martelait jour et nuit pour leur donner la forme idéale. On eût dit de gros scarabées, des lucanes, des coléoptères géants, incomplets. Souvent, dans la campagne, entre les pierres, on découvrait des carapaces d'insectes morts, habits fendillés, friables, vidés de leurs habitants, tels ces coquillages que la mer rejette au bord des plages. Les armures de Jod étaient pareilles à ces habitacles troués, elles s'entassaient dans la charrette le temps d'une fuite précipitée, puis encombraient la salle de travail, partout où l'on installait la forge. Cependant, ces grandes silhouettes sur lesquelles la pluie crépitait lui avaient bien des fois évité d'être attaqué par les brigands, car les malandrins avaient cru y voir des hommes d'armes assis à l'arrière du charroi.

Vrai, ça n'avait pas toujours été facile, mais Sigrid conservait de cette vie un souvenir exaltant ; un mélange de peur et d'excitation, comme ce matin d'été où Jod la réveilla d'une bourrade pour lui dire :

— Dépêche-toi, je vais essayer la nouvelle armure dans la forêt. On dit qu'elle est pleine d'ours. Dès que je serai bouclé dans le harnais de guerre, j'irai dénicher l'un d'eux. On verra bien si ses griffes peuvent quelque chose contre ma cuirasse.

— Père, vous êtes fou, balbutia Sigrid. C'est trop dangereux. L'ours va vous broyer entre ses pattes. C'est la bête la plus puissante qui habite ces montagnes.

— Tais-toi ! s'impatienta le père. Je n'aime pas quand tu fais la fille, regarde-toi pleurnicher. Un garçon me supplierait de le laisser essayer le harnais de fer à ma place. Ah ! tu as beau t'habiller en mâle, tu raisonneras toujours en femelle. Si j'avais pu être secondé par un fils aîné, j'aurais sûrement réussi depuis longtemps.

Sigrid baissa la tête et s'affaira sur les pièces d'acier de l'armure. Il y en avait de plus en plus, car Jod essayait à chaque nouvelle ébauche de rendre le vêtement plus souple. Pour cette raison, il ne pouvait s'équiper seul, certaines boucles, certaines pièces de métal se révélant impossibles à atteindre lorsqu'il était prisonnier de la cuirasse.

— Tu lambines ! grognait-il. Hâte-toi donc ! Ma barbe va devenir blanche.

Sigrid fit aussi vite qu'elle put. Bien qu'on fût en été, l'aube était glaciale au pied de la montagne, comme si un morceau de l'hiver se trouvait coincé là, refusant de fondre sous la caresse du vent. Les doigts gourds de la petite fille saignaient sur les attaches, s'entaillaient sur les crochets. Les armures rouillaient vite, il fallait sans cesse les frotter avec du sable bien sec, puis de la cendre mêlée de vinaigre et enfin de la graisse noire à moyeu. Enfin Jod posa sur sa tête le heaume, casque cylindrique percé d'une simple fente horizontale. Une fois — pendant qu'il était absent — Sigrid avait essayé ce hiaumet adopté par tous les chevaliers. Une horrible impression d'étouffement l'avait saisie ; comment pouvait-on supporter d'être enfermé là-dedans ? La sueur vous coulait tout de suite sur le visage et le bruit de votre respiration vous emplissait les oreilles tel le halètement d'un chien fou. De l'extérieur, on ne percevait que des échappées, ce que la fente de la « vue » voulait bien vous laisser distinguer. Elle s'en était défaite, suffoquant, maudissant sa nature de fille qui la conduisait à s'effrayer d'un rien.

Ce matin-là, le père quitta la caverne dans son harnais de fer. Il avançait d'une démarche saccadée, à la manière des clops, ces boiteux qu'on rencontrait au long des routes. Sigrid ne parvenait à démêler s'il était magnifique ou ridicule. Il avait l'air d'une statue d'acier en mouvement, mais, paradoxalement, ce prodige digne des légendes de Bretagne s'accompagnait de mouvements infirmes qui le privaient de toute prestance.

Sigrid ne put se résoudre à l'attendre dans la

caverne, ce trou dans la montagne jadis habité par un ermite que les ours, justement, avaient déchiqueté.

Jod escaladait la pente raide. L'armure cliquetait à chacun de ses pas et son souffle, amplifié par le cylindre de fer du heaume, créait l'illusion qu'un sanglier s'époumonait à l'intérieur de la carapace de métal.

Mais le forgeron s'entêtait, en dépit de la fatigue, de la pente et du poids trop élevé de la cuirasse. Sigrid savait que là résidait le point faible du harnais de guerre. Trop pesant, trop mal articulé, le vêtement de protection réduisait la mobilité du combattant. Pour l'heure, Jod n'avait pas encore réussi à résoudre ce problème. Lorsqu'il battait le fer rouge pour l'amincir, la feuille de métal devenait fragile, facile à transpercer. Il en avait fait les frais plus d'une fois. À chaque nouvelle ébauche, il enfilait la cuirasse, mettait une vieille épée dans les mains de sa fille et lui ordonnait de le frapper.

— Vas-y ! criait-il. Frappe d'estoc et de taille, mets-y toute ta force. N'hésite pas ! Travaille de l'en-pointe.

Et Sigrid obéissait, tremblant à l'idée de blesser son père. Elle levait et abattait le fer sur le heaume, les ailettes protégeant les épaules. L'armure sonnait comme une cloche.

— Plus fort ! hurlait le forgeron. Tu as donc de la moelle de sureau dans les bras ?

L'adolescente repartait à l'attaque, à s'en arracher les tendons. L'acier de la cuirasse se bosselait, s'enfonçait. Le heaume se mettait à ressembler à un vieux seau de métal qu'un cheval aurait aplati à coups de sabot.

— La pointe, maintenant ! commandait le père. Il faut savoir si le plastron est capable d'encaisser un coup de lance donné de front.

C'était cela que redoutait Sigrid. L'estocade, l'en-pointe, quand le bout de l'épée crevait le fer, cherchant à se creuser un fourreau dans la viande chaude de l'homme. La fillette retenait ses coups, terrifiée à l'idée de blesser mortellement son père. En retour celui-ci la giflait à lui décoller la tête des épaules.

— Comment puis-je progresser si tu cognes comme une femmelette ? grondait-il. Tu n'es bonne à rien. C'est ta faute si je patauge.

Et pourtant, il avait déjà encaissé de multiples entailles, à la poitrine, au ventre, car le métal qu'il battait était trop mince. Il cautérisait ces blessures lui-même, à peine débarrassé de l'armure, avec un morceau de fer rouge tiré des braises de la forge. L'odeur de sa chair grillée flottait longtemps sous la voûte de la caverne.

Oui, ce jour-là il avait décidé d'affronter un ours à mains nues... Sigrid s'en souvenait parfaitement. Elle revoyait Jod, progressant sous le couvert dans le grand tintamarre de la cuirasse mal articulée. Elle se rappelait avoir pensé : « Tu t'inquiètes en vain, il fait tant de bruit que les bêtes vont s'enfuir à son approche. »

Mais elle se trompait. L'ours, irrité par le vacarme, jaillit soudain de derrière un tronc. Les ours étaient stupides, c'était là chose acquise, cependant ils n'avaient peur de rien. Celui-là referma ses antérieurs sur le forgeron, l'étreignant comme pour l'embrasser, et ses griffes hurlèrent sur le métal qu'elles ne parvenaient pas à percer. C'était un spectacle digne des vieilles légendes :

le monstre couvert de poil contre la statue de fer. Cela dura interminablement, la bête s'acharnant, mordant le heaume, essayant d'arracher la cuirasse à grands coups de patte. Jod finit par tomber. Les articulations faussées ne lui permettaient plus de bouger. Il dut rester ainsi, gisant dans les aiguilles de pin, jusqu'à ce que l'ours se décide à battre en retraite. Quand Sigrid put enfin s'approcher, elle vit que les dents du fauve avaient laissé des traces en creux en maints endroits.

— Empotée ! lui souffla son père. Va donc chercher des outils, tu vois bien que je suis coincé.

Il lui fallut beaucoup de temps pour venir à bout des charnières grippées. Le métal tordu refusait de coulisser. Les genouillères étaient bloquées, empêchant Jod de plier la jambe. Elle dut travailler à la hâte, en regardant par-dessus son épaule pour s'assurer que l'ours ne revenait pas.

Jod exultait.

— Tu as vu ? lançait-il. Ses griffes n'ont pas réussi à percer le plastron. Je suis sur la bonne voie. Bientôt nous verrons la fin de nos peines.

Oui, la vie avec Jod, ç'avait été cela : le feu, la forge, et les expériences insensées. Sigrid ferma les yeux, d'un seul coup tout lui revenait : son père debout au milieu de la plaine, enfermé dans une nouvelle mouture du vêtement de guerre et lui ordonnant de le bombarder de flèches, de carreaux d'arbalète.

— Vise comme si tu voulais me tuer ! grondait sa voix déformée par l'écho du casque. Et ne m'épargne pas. Si tu hésites, c'est que tu n'as pas confiance en ton père, et je prendrai cela comme une insulte.

Alors Sigrid bandait l'arc en bois d'if plus grand qu'elle, encochait une flèche, et visait l'armure en pleine poitrine. Quand le trait ricochait à la surface de la cuirasse, Jod poussait un soupir.

— Comment savoir, marmonnait-il. Comment savoir si la flèche rebondit parce que le métal est résistant... ou parce que tu ne l'as pas tirée avec suffisamment de force ? Tu n'as pas assez de muscles, tu n'en auras jamais assez. Ah ! Que je suis mal secondé. Si seulement mon fils avait dix ans de plus.

Mais pour l'heure, le fils en question passait ses journées suspendu aux tétons de Jacotte, la nourrice, et il faudrait encore attendre avant qu'il soit en mesure de brandir un arc ou une épée.

« Tu n'as que moi, songeait Sigrid. Que moi. »

Oui, la vie avait passé ainsi, ponctuée par les folies du forgeron, ses monologues hallucinés, ses visions d'inventeur, les brusques illuminations qui le saisissaient n'importe où, au détour d'un chemin, au cours d'un repas ou au beau milieu d'une phrase et le poussaient à gribouiller des dessins, des plans, qu'il se dépêchait d'effacer de peur qu'on ne lui vole ses idées.

Parfois, Sigrid lui trouvait le regard d'un enfant, pétillant d'une joie disproportionnée qu'elle s'expliquait mal et s'en voulait de ne pas partager. Jacotte lui avait raconté que les hommes étaient ainsi, toujours à s'enthousiasmer pour des folies qui n'amusaient qu'eux. De là, assurait-elle, provenaient tous les malheurs du monde.

Et puis, il y avait la recherche du fer, dangereuse entre toutes pour un forgeron pauvre... La quête du métal précieux qui les forçait à s'embusquer à la lisière des champs de bataille, pour piller les morts une fois le dernier étendard abattu.

Jod et sa fille s'aplatissaient dans la boue, le couteau à la main, non pas afin d'achever les blessés, mais pour cisailler les lanières, les boucles.

— C'est très dangereux, murmurait le forgeron. Si nous nous faisons prendre, on nous égorgera aussitôt. Les cuirasses appartiennent aux vainqueurs. Ce sont leurs détrousseurs qui viendront tout à l'heure dépouiller les soldats tombés. Le fer leur revient de droit. Il faudra se dépêcher car nous n'avons pas la permission d'être là. Si par malheur ils t'attrapaient, ne te laisse pas prendre vivante. Laisse-toi tomber sur ton couteau pour te percer le cœur, cela t'épargnera de grandes souffrances. Ce sont des soudards de la pire espèce. Les femmes, ils les empalent à la pointe d'une lance et les laissent plantées là, comme des épouvantails, pendant que tout le sang leur sort des parties honteuses. Si c'est moi qu'ils saisissent, ne tente rien, fiche le camp sans regarder en arrière. Retourne à la caverne, prends les outils et essaye de t'établir dans un village, en faisant croire que tu es un garçon.

— Mais ils ne vous prendront pas, père ? soufflait anxieusement Sigrid. Vous êtes plus fort qu'eux...

Jod haussait les épaules.

— Mes dieux sont trop loin, marmonnait-il. Ils sont restés dans mon pays. Ils ne me protègent plus. Alors tout peut arriver.

Ils attendaient, le père et la fille, couchés dans la boue, le visage enduit de glaise, pendant que le fracas des armes résonnait sur la plaine. Sigrid voyait se fendre les casques coniques, se démailler les hauberts. Il suffisait souvent d'une pointe bien aiguisée pour se faufiler entre les mailles et crever la bonne viande des nobles cavaliers. Les vêtements de guerre n'offraient qu'une protection imparfaite. Les cottes, fluides, souples, ne mettaient pas les membres à l'abri des coups de taille qui leur rompaient les os.

— Tu vois, haletait Jod, avec l'armure que je prépare, cela n'arrivera plus.

Sans doute, mais pour cela il fallait du fer, toujours plus de fer. Du fer que l'on ne pouvait acheter faute d'écus. Alors ne restait plus qu'à dépouiller les morts encore chauds, la bouche pleine d'un sang qui n'avait pas eu le temps de coaguler. Des agonisants qui bougeaient en gémissant, et qu'il fallait dévêtir en quelques coups de tranchoir bien appliqués. Sigrid avait appris à se déplacer vite, à ras de terre, à repérer les broignes, gilets de cuir cousus de grosses plates. Du fer, encore du fer. Elle dénudait les hommes, les déshabillant de leur enveloppe de mailles. Des anneaux, des dizaines de milliers d'anneaux qu'on mettrait à fondre. Elle fourrait les vêtements bruissants et déjà rouillés par le sang au fond de sa besace. C'était lourd, la musette la tirait en arrière, lui cassait les épaules. Elle devenait bossue, gnome boueux sautant comme une vilaine grenouille de cadavre en cadavre. Parfois, la main d'un chevalier moribond se refermait sur son poignet, parfois la bouche d'un beau jeune homme abattu laissait échapper une supplication, mais elle n'avait pas le temps de les écouter, de les bercer, de les rassurer. Elle était là pour mettre nus ces grands seigneurs qui, dans la vie de tous les jours, ne lui auraient pas accordé un regard. Elle se pressait, surveillant par-dessus son épaule la progression des égorgeurs qui ratissaient le champ de bataille, piétinant au milieu des chevaux éventrés et des étendards rompus. Ils moissonnaient, coupant, tranchant les lanières mais aussi les gorges. Ils récupéraient tout, les gambisons fourrés de peau ou de filasse qu'on avait coutume de porter sous le haubert pour amortir les coups. Ils prenaient les chemises, les bliauds, tous ces vêtements de beau fil que les malheureux avaient pris la peine d'enfiler pour venir se faire casser la tête ici, sur cette plaine boueuse et noire qui buvait gloutonnement le sang des hommes. Ceux qu'on avait abandonnés n'avaient ni nom ni fortune. Personne pour payer leur rançon. Ils n'avaient pas de visage, pas d'existence, leur oubli était déjà consommé. Les riches, eux, avaient été ramassés dès la fin de la bataille, enchaînés ou posés sur des catafalques improvisés. Ne restaient que les désargentés, petits chevaliers bannerets un peu loqueteux, venus dans l'espoir d'amasser butin, et dans l'incapacité totale de se rédimer. Leur bourse vide les condamnait à avoir la gorge tranchée au fil de cette dague qu'on nommait miséricorde.

Sigrid travaillait vite, jusqu'à ce que la besace devienne trop lourde. Alors elle rampait vers les buissons pour rejoindre le père. Quand la chance était avec eux, ils ramenaient un joli trésor, des centaines de milliers de beaux anneaux que Jod mettait à fondre dans ses creusets.

— Peut-être que c'est mal, avait un soir osé murmurer la fillette. Peut-être que les morts n'apprécient pas ce que nous faisons. Et si c'était pour ça que vous ne réussissez jamais ce que vous entreprenez, père, y avez-vous pensé ?

— Tais-toi ! avait grondé Jod. Je réussirai. Ce n'est qu'une question de temps et de métal. Leur dieu n'a pas prise sur moi, je n'ai pas à obéir à leurs règles. Je suis d'un autre pays, là où les divinités combattent les armes à la main et ne se laissent pas clouer au supplice.

Et pourtant il avait marché d'échec en échec, cherchant vainement l'alliage idéal, mélangeant les métaux, les minerais broyés. Jacotte, la nourrice, les observait avec dégoût.

— Vous n'y arriverez jamais, soufflait-elle à Sigrid. Le fer volé aux morts vous porte malheur. Les défunts se vengent, ils vous maudissent de les avoir laissés nus sur le champ de bataille. Le prêtre avait raison, le Seigneur ne veut pas de votre harnais de guerre. Tout ce qui est nouveau est mauvais, les inventeurs sont menés par le péché d'orgueil ; ils ont l'audace de vouloir faire mieux que Dieu, de compléter Sa création.

— Fiche-moi la paix, grognait Sigrid en se dégageant. Tu n'es qu'une pauvre folle. Les tonsurés t'ont mangé la cervelle. Tu sais bien que les femmes ne doivent pas se mêler d'avoir des idées. Donne ton lait au bébé et tais-toi.

Mais les ratages avaient succédé aux ratages. Tantôt l'armure était si lourde que seul un géant de légende aurait pu s'en vêtir, tantôt si mince qu'une flèche décochée par un enfant l'aurait traversée de part en part. Alors Jod entra dans une grande période de trouble, de colère et de méfiance. Il ne parla plus à personne, mangea de moins en moins et se mit à boire cette eau-de-vie de fruits fermentés que fabriquaient les paysans du coin.

Il se retira tout au fond de la caverne, car, disait-il, il ne voulait plus entretenir aucun commerce avec les femmes ; même Sigrid se vit interdire l'approche de la forge. Désœuvrée, malheureuse, l'adolescente passait ses journées en compagnie de la nourrice et de son frère, qui n'avait toujours pas reçu de nom de baptême.

— Un enfant de cet âge ! se lamentait Jacotte. S'il mourait maintenant, son âme ne trouverait jamais le repos. Vous êtes comme des animaux de la forêt. Des ours. Je sais ce que prépare ton père et je ne m'en rendrai pas complice, je préfère te l'annoncer tout de suite.

— Que veux-tu dire ? interrogea Sigrid. Tu radotes, tu inventes.

— Pas du tout, répliqua la servante. Es-tu donc aveugle ? N'as-tu pas vu qu'il construisait un autel au fond de la grotte ? Avec des pierres taillées. Un autel pour ses fichus dieux barbares. Il s'est détourné de la vraie foi, il s'est égaré, perdu. Il va demander secours aux divinités païennes de son pays. C'est un grand péché. Nous devrions aller chercher un prêtre pour essayer de le remettre dans le droit chemin.

Sigrid saisit Jacotte aux épaules, lui broya la chair entre ses doigts durcis par les travaux du feu. À douze ans, elle était déjà beaucoup plus forte que cette paysanne dodue de dix-sept ans, qui avait mis au monde trois enfants morts de la colique du nourrisson, et dont le mari avait été lui-même décapité par une troupe de routiers en maraude.

— Pas de moine ! siffla-t-elle. Pas de moine ici,

tu entends ? Mon père serait capable de lui fendre la tête d'un coup de marteau.

— Tu es aussi folle que lui, balbutia la nourrice. Si ce n'était ce pauvre petit dont vous remarquez à peine l'existence, je serais partie depuis longtemps.

— Tu parles trop, grommela l'adolescente. Tu n'es pas là pour donner ton avis. Accroche le marmot à ta mamelle et occupe-toi de le remplir, c'est tout. Tu n'es bonne qu'à ça.

Elle affectait un ton dur, mais en réalité elle était morte de peur. La nourrice avait raison, Jod s'était engagé sur un chemin ténébreux dont la pente vive prenait la direction des enfers. Jamais jusqu'à présent son regard n'avait eu cette expression d'égarement, ce bleu délavé qui semblait voir au travers des choses. Il avait maigri, la peau recuite de son visage se tendait sur les os de ses joues. Il errait des nuits entières, ou s'isolait pour psalmodier des invocations en langue germanique. Cela dura plusieurs semaines, puis, travaillant d'arrache-pied, il tira de la forge une grande armure noirâtre d'aspect menaçant. Le fer en était grumeleux, tout marqué d'irisations où le bleu le disputait au doré. Contrairement à ses habitudes, Jod ne s'empressa pas de l'essayer. Il en disposa les pièces mal dégrossies sur une longue pierre plate et n'y toucha plus. Cette façon de procéder n'était pas naturelle et éveilla une grande inquiétude dans le cœur de Sigrid. Mais, par-dessus tout, elle souffrait d'avoir été tenue à l'écart de cette réalisation, elle qui, jusqu'à présent, avait partagé chacune des tentatives de Jod.

Un matin que son père contemplait la vallée,

assis sur un bloc de rocher à l'entrée de la caverne, elle s'approcha de lui.

— Père, dit-elle d'une voix qu'elle s'appliqua à rendre ferme. Quand essayerez-vous le nouveau harnais ?

— N'y touche pas, gronda Jod en lui décochant un regard empreint de folie. N'y pose pas la main. Il n'est pas prêt. Cette fois, j'ai décidé de procéder autrement. J'ai été fou de m'imaginer que je pouvais mener ce travail à bien sans l'aide des dieux. Rien ne peut s'accomplir sans eux. J'ai fait un rêve, et le songe m'a montré la voie à suivre.

— Et quelle est cette voie ? s'enquit Sigrid qui sentait ses genoux trembler sous le poids de son maigre corps.

Jod eut un geste péremptoire.

— Tu ne comprendrais pas, grogna-t-il. Ce ne sont pas des affaires de fille. J'ai eu tort de te mêler à tout ça, et ta nature femelle m'a sûrement causé préjudice sans que tu t'en rendes compte. Ce n'est pas ta faute, c'est la mienne. Je me suis aveuglé au point de finir par voir en toi le garçon que tu n'es pas. Les dieux me l'ont fait payer. On ne forge pas des armes de guerriers en utilisant les mains d'une pucelle. Tu ne devras plus t'approcher de la forge maintenant que le pacte est passé. Jacotte t'apprendra à te comporter en femme ; tu quitteras ces chausses de garçon, tu t'habilleras comme elle.

— Quel pacte ? bredouilla Sigrid. De quoi parlez-vous ?

— Le songe m'a expliqué ce que je devais faire, dit sombrement Jod. Il faut payer le prix, c'est normal. Aucun prodige ne peut s'accomplir sans l'accord des dieux. Je dois leur donner ce qu'ils réclament... Et maintenant va. Tu n'auras pas à t'en mêler. Tout cela ne te regarde plus.

Sigrid recula, hébétée. Son père s'était de nouveau abîmé dans la contemplation de la vallée noyée de brume. Elle n'existait plus à ses yeux. Elle comprit qu'il ne reviendrait pas sur sa décision, qu'il la tenait pour responsable de ses échecs. Avait-il raison ? Que lui avait révélé le songe ? Quelle terrible exigence avaient donc énoncée les divinités du Nord ?

Elle se mordit la langue pour ne pas pleurer. Elle se serait plutôt enfoncé des clous dans les paumes !

Elle regagna la caverne et contempla, sans s'en approcher, la grande armure noire couchée sur la pierre. Il s'en dégageait une aura maléfique, presque démoniaque.

« Si je la regarde trop longtemps, pensa l'adolescente, elle se mettra à bouger toute seule. »

Le heaume lui-même avait quelque chose de sournois. La fente en V de la visière amenait à l'esprit des images reptiliennes. Le casque semblait avoir été moulé sur le crâne d'un lézard gigantesque, il empestait la méchanceté. C'était une armure d'effroi, un harnais conçu pour terrifier les combattants. L'absence de polissage accentuait son aspect sauvage. On eût dit qu'elle venait de jaillir du ventre éclaté d'un menhir, créature mauvaise, encore dans l'enfance, mais dont les méfaits feraient bientôt trembler les campagnes.

Sigrid fit maladroitement son signe de croix. C'était la première fois qu'elle en ressentait le besoin. Jod avait eu tort de s'obstiner. Une telle abomination méritait d'être fondue sans attendre.

L'adolescente resta jusqu'au soir en compagnie

de la nourrice et du bébé qui gazouillait dans ses hardes. À deux ans, il était sale comme un cochon et ne savait toujours pas parler. Des plaques de teigne tonsuraient son crâne, lui conférant l'aspect d'un moinillon haut comme trois pommes. Sigrid ne s'était jamais beaucoup souciée de lui. Les mioches, c'était l'affaire des femmes. La plupart d'entre eux survivaient rarement au-delà de cinq ans, et mieux valait ne pas s'y attacher. Les vilains eux-mêmes considéraient les gosses comme des « gens de passage » et ne commençaient à s'apercevoir réellement de leur présence qu'une fois dépassé le cap des fièvres puériles.

— Ce sera une nuit de malheur, chuchota la nourrice. Si nous n'étions pas si sottes, nous prendrions la fuite sans attendre.

— Je n'abandonnerai pas mon père ! chuinta Sigrid.

— Alors il ne reste plus qu'à prier le Seigneur, soupira Jacotte. Car Jod a perdu la raison, tu t'en rends bien compte ? Un démon s'est faufilé dans sa cervelle. Un démon sorti d'un rêve.

— Ça suffit, tu radotes, ricana l'adolescente. Si ça continue tu finiras chez les nonnes.

— Ça ne serait pas plus mal, rétorqua la nourrice. Au moins j'y serais à l'abri. On perd son âme à servir des gens comme vous.

La nuit fut longue à venir. Jusqu'au crépuscule, Jod fit le va-et-vient entre la caverne et la forêt pour aller chercher du bois. Il entassait les fagots sans reprendre haleine. On eût dit qu'il avait l'intention de dresser un bûcher assez haut pour rôtir le ventre des nuages. Quand la nuit tomba enfin, il ranima la forge, y jetant le bois à la volée. La caverne s'emplit de grondements sourds, de fumée. L'air devint irrespirable, la chaleur si vive que Sigrid sentit son visage se dessécher. C'était à se demander comment Jod pouvait se tenir si près du foyer sans que sa peau se mette à cloquer. Des torrents d'étincelles se levaient sous le halètement des soufflets, ils se tordaient dans l'air, s'abattaient en grésillant sur le forgeron. À l'odeur de couenne grillée, on ne savait plus ce qui brûlait : le tablier de cuir... ou la chair de Jod.

Jacotte s'était caché la tête sous une couverture mouillée. Elle psalmodiait sans fin des prières larmoyantes qui agaçaient Sigrid.

Une main en visière pour se protéger de la morsure des scories, l'adolescente avait trouvé refuge derrière un rocher, à l'entrée de la grotte. Elle suffoquait, la poitrine rongée par le souffle infernal. Là-bas, au-dessus de la forge, les bras levés, Jod faisait des invocations. Sans doute implorait-il les effigies grossières qu'il avait lui-même érigées contre la paroi du fond ?

Cela dura longtemps, en une langue que Sigrid reconnaissait sans la comprendre, car c'était celle que son père employait parfois dans son sommeil, lorsqu'il parlait en rêvant.

Enfin, Jod fit volte-face, marcha vers l'entrée de la caverne. Il ne semblait pas s'en apercevoir, mais le côtoiement des flammes l'avait affligé de nombreuses brûlures. Ses cheveux, sa barbe avaient roussi ; il n'avait plus de sourcils, ce qui accentuait son apparence hallucinée. Sigrid eut un sursaut car elle ne reconnaissait plus son père dans cet homme hagard qui s'avançait vers elle d'une démarche de somnambule.

— C'est l'heure, annonça-t-il en la fixant comme

s'il la voyait pour la première fois. L'heure du sacrifice.

— De quoi parlez-vous ? balbutia Sigrid.

— Les dieux, murmura Jod. Ils veulent du sang, ils exigent une âme. C'est à ce prix qu'ils permettront à l'armure de fonctionner enfin. Si je leur donne ce qu'ils désirent, le harnais de guerre sera une réussite. Je dois payer.

— Quel sacrifice ? hoqueta l'adolescente qui reculait toujours. Je n'y comprends rien. Réveillez-vous. Je ne vous reconnais plus, c'est comme si vous étiez quelqu'un d'autre.

— L'enfant, chuchota Jod d'un ton étrangement serein. Il faut leur donner l'enfant. Ce sont des dieux guerriers, ils veulent du sang mâle. Tu n'as rien à craindre, ni toi ni Jacotte n'êtes concernées. Vous n'aurez qu'à vous boucher les oreilles.

— L'enfant ? bégaya Sigrid. Vous voulez dire le petit frère ?

— Oui, mon fils, dit Jod le regard perdu. C'est ce que m'a fait comprendre le rêve. Je dois laver la souillure imprimée par ta nature féminine sur le fer que nous avons forgé ensemble. J'aurais dû y penser plus tôt. Nous devons racheter notre erreur. Allez, assez parlé, laisse-moi passer, le feu est assez chaud à présent. Ce ne sera pas long, à cet âge on n'a pas beaucoup de résistance.

Sigrid ne savait plus que faire. Dans un élan irréfléchi elle se jeta contre son père pour lui barrer le chemin, mais le forgeron la repoussa d'un revers du bras, l'envoyant heurter la paroi. La tête de l'adolescente cogna contre la pierre, et c'est dans un brouillard proche de l'évanouissement qu'elle vit la haute silhouette de Jod s'approcher de la nourrice ratatinée sous sa couverture.

— Donne, dit simplement l'homme en tendant la main. À l'aube, je te paierai ce que je te dois et tu partiras, car tu n'auras plus rien à faire chez moi. Sigrid prendra ta place.

— Vous serez maudit, sanglota Jacotte. Un jour on vous jettera dans le feu, comme un sorcier. C'est un grand crime que vous allez commettre.

— Donne ! répéta Jod d'un ton plus sourd. Je n'ai pas peur de ton dieu vaincu. C'est une idole pour les lâches.

Et comme elle ne se décidait pas à lui remettre l'enfant, il plongea la main sous la couverture pour le saisir par un bras. Le bébé, brutalement réveillé, se mit à brailler. Jod n'y prêta aucune attention et retourna à la forge, le gosse à bout de bras, comme s'il s'était agi d'un lapin. Sigrid tenta de se redresser. Le sang lui coulait dans la nuque, s'insinuait dans sa chemise pour suivre la ligne de sa colonne vertébrale. Le spectacle de la caverne embrasée lui parvenait à travers un voile de brouillard. Jacotte poussait des cris de lamentation, les bras levés vers le ciel nocturne.

Jod se pencha sur la pierre plate, glissa le petit garçon à l'intérieur de la cuirasse, de la même façon qu'il l'aurait logé dans un tonneau, puis entreprit d'assembler l'armure, pièce après pièce. Le gamin, terrifié par l'obscurité qui l'enveloppait, pleura de plus belle. Ses sanglots, déformés par l'écho, prirent une curieuse résonance métallique. Quand le vêtement de guerre fut fin prêt, Jod le déposa sur la grande grille mobile qui lui servait à recuire certaines pièces de fer. Cette herse horizontale, suspendue par une chaîne à une potence, pouvait coulisser jusqu'au foyer. C'est sur cette civière d'acier que l'armure vint osciller au-dessus des flammes. Aussitôt l'enfant commença à hurler...

Sigrid leva les mains pour se boucher les oreilles, mais ce fut inutile, tout se mit à tournoyer ; elle perdit connaissance.

Elle revint à la vie une semaine plus tard, couchée dans une grange et veillée par Jacotte. La nourrice lui apprit qu'elle avait bien failli mourir d'une fièvre cérébrale qui lui avait tourné le sang à l'intérieur du corps.

— Je t'ai menée ici avec la charrette, expliqua-t-elle. Je ne pouvais plus rester là-bas, pas après ce qui s'est passé. Maintenant que tu es hors de danger, je vais te laisser ; tu feras ce que tu veux, mais si tu avais pour deux sols de jugeote, tu m'accompagnerais. Ton père est devenu fou, on ne peut plus rien pour lui. Si tu retournes à la caverne, il finira par te tuer.

— Et... le petit ? se força à demander Sigrid.

Jacotte pâlit et se signa à trois reprises.

— C'est une chance que tu aies perdu conscience, murmura-t-elle. Moi j'ai dû supporter ses cris jusqu'à la fin... et son odeur. L'odeur de sa chair brûlée. Quand l'armure a refroidi, ton père en a sorti le petit cadavre pour l'enterrer sous les pierres, dans la forêt. Il n'a pas versé une larme, je peux te l'affirmer. Son seul souci était de tâter la cuirasse en tous sens. Il a perdu l'esprit. Ne retourne pas là-bas, ma mignonne. Viens avec moi, nous irons chez les nonnes, nous laverons leur linge. Leur contact nous purifiera. Nous en avons bien besoin.

— Non, chuchota Sigrid. Je ne peux pas... ma place est auprès de lui. C'est mon père, après tout.

Jacotte partie, Sigrid reprit le chemin de la caverne. Le père ne lui fit aucune remarque sur son absence. Il travaillait sur l'armure en grommelant dans sa barbe des choses incompréhensibles.

La jeune fille osait à peine respirer, de peur de sentir l'horrible odeur de la chair brûlée, mais le vent avait eu le temps de balayer les miasmes stagnant dans la grotte.

Jod ne fit jamais allusion à ce qui s'était passé. D'ailleurs, à partir de ce jour il devint encore plus taciturne.

Un matin, alors qu'elle allait chercher du bois dans la forêt, Sigrid faillit buter sur une petite tombe entre les arbres. Un simple cairn constitué de pierres entassées, à la manière nordique. Le ravinement des pluies avait fait s'ébouler le tumulus, et, entre les blocs, la jeune fille distingua les os fragiles d'un minuscule squelette. Des os noircis. Les os d'un enfant qui n'avait jamais eu de nom.

Alors elle se mit à pleurer et dit à haute voix, comme on prononce un serment :

« Dans mes souvenirs je t'appellerai Tristan. »

Et le vent fit voler ses paroles jusqu'au sommet de la montagne, là où tournoyaient les aigles en quête d'une proie à déchirer.

2

La Mort vêtue de fer

Frère Antonin se réveilla en sursaut, le cœur battant à tout rompre, comme cela se produit au sortir d'un cauchemar. Pendant un bref moment, il fut incapable de savoir où il se trouvait et se crut de retour au moutier d'où l'avait sorti le baron d'Estriviers, trois ans auparavant. Le froid, l'humidité de l'aube entraient cruellement par la mince meurtrière découpée dans la muraille, et le moine regretta de n'avoir pas obturé l'ouverture au moyen du panneau de bois taillé à cet effet. La rosée automnale transperçait la couverture dont il était enveloppé. Il eut un regard d'envie en direction de la petite cheminée, du fagot intact déposé dans l'âtre, mais se raidit contre la tentation. Non, pas de flambée. Résister à la mollesse, à la pente du confort. C'était déjà bien assez d'avoir été engagé comme précepteur par un riche baron, point n'était besoin d'y ajouter des délices au parfum de péché.

Antonin chercha des yeux le crucifix appendu à la muraille, sous lequel il célébrait pour lui-même les offices nocturnes : matines, laudes. Mais l'obscurité était si épaisse qu'il eut du mal à le distinguer. Il crut, l'espace d'un battement de cœur, que les ténèbres l'avaient dissous au cours de la nuit, et son malaise s'en trouva aggravé. Cette fois, il prit conscience qu'il avait peur, une peur qui l'empêchait presque de respirer, et dont il ignorait la cause. Il se morigéna de se réveiller si tard, s'accusa de paresse. D'ordinaire il était debout pour prime, juste avant que ne retentisse le chant du coq, mais aujourd'hui... Aujourd'hui...

Il avait passé une mauvaise nuit, assailli de cauchemars divers, se tournant et se retournant sur le bat-flanc dépourvu de paillasse qui lui tenait lieu de lit. La soirée de la veille l'avait troublé ; il avait eu le sentiment d'être soudain entouré de forces mauvaises, de présences obscures, et, pour la première fois depuis son arrivée au château, il avait éprouvé une certaine frayeur à l'idée de regagner tout seul la petite pièce humide qui lui servait de cellule. Jamais les escaliers des tours ne lui avaient paru si hauts... si déserts.

Il avait vingt-deux ou vingt-quatre ans, il ne savait pas au juste, car les bons moines l'avaient découvert jadis enveloppé dans une guenille sur les marches du moutier alors qu'il n'était encore qu'un enfant ; sans doute rejeton d'une fille vilotière — une coureuse — qui n'avait pas eu le courage de l'abandonner aux loups ou de lui casser la tête avec une pierre. Il avait appris à lire, à écrire ; c'était pour cette raison que le baron l'avait pris à demeure. Frère Antonin avait pour charge d'enseigner les trois enfants de la mesnie d'Estriviers : Richard, six ans, Olivier, sept ans, et Aude, cinq ans. Si la petite fille apprenait avec une belle voracité, les garçons, eux, ne se gênaient pas pour cracher au visage de leur précepteur et pour déchirer ses grimoires. Ils ne rêvaient que d'apprendre le maniement des armes. Antonin devait souvent s'exhorter à la patience et refouler la colère qui le submergeait. Le baron, lui-même, avait sur le savoir des idées fort critiques.

— L'éducation est une marotte de mon épouse, avait-il décrété d'emblée au jeune moine. J'y cède pour qu'elle me laisse en paix. Quant à moi, je pense que seuls les gens trop pauvres pour s'offrir les services d'un valet ont besoin de savoir lire et écrire. La connaissance est une affaire d'homme sans le sou. Un noble n'a pas besoin de s'alourdir la cervelle avec une science si facile à monnayer. Regardez-moi : je ne sais ni lire ni écrire, mais il suffit que je jette une piécette d'argent au premier troubadour de passage pour qu'il me lise les grimoires de mon choix jusqu'à s'en rompre les veines du cou ou écrive sous ma dictée jusqu'à en avoir la main raidie de crampes. C'est aussi simple que cela. Et je dis qu'un savoir qui s'achète aussi facilement n'a en réalité aucune importance.

Antonin avait baissé la tête avec humilité car il n'était pas là pour nourrir des polémiques. De plus, les armoiries du baron portaient de sinople au chef d'argent, chargé d'un griffon issant contourné, de gueules à la cotice d'azur brochant sur le tout, avec la devise *Alez arriers !* ce qui n'invitait guère à lui tenir tête. Au vrai, tout cela n'avait pas d'importance, et le jeune précepteur était beaucoup plus gêné par ce qui s'était passé hier soir dans la grand-salle du château, lorsque ce varlet au visage de fille avait amené devant le baron la grande armure de guerre en métal noir dont on parlait à travers les foires depuis tant d'années. Antonin avait toujours cru, pour sa part, qu'il s'agissait d'une fable née de l'imagination des chevaliers. L'armure noire... Le harnois de sable... Combien de fois avait-il entendu chuchoter ces mots avec une sorte de terreur sacrée, impie ?

— C'est comme une statue creuse, expliquaient les guerriers. Un grand homme de métal que l'imagier aurait évidé pour qu'on puisse y prendre place. Un système de charnières et de courroies permet à un varlet de refermer cette carapace sur celui qui a décidé de s'en vêtir. L'habit est à la fois rigide et souple, car des articulations savantes autorisent le mouvement des membres. Aucune lance, aucun carreau d'arbalète ne peut le crever. La lame de l'épée, le tranchant de la hache s'émoussent à son contact. Rien à voir avec les hauberts de mailles tresliz dont les anneaux éclatent dès qu'une bonne pointe y fore son chemin. C'est réellement quelque chose de... *nouveau.*

Nouvelleté, le mot paraissait suspect au frère Antonin. On lui avait appris à haïr tout ce qui surgissait du néant, à se défier des innovations. Il y avait beaucoup d'orgueil, lui semblait-il, dans cette volonté d'invention manifestée par certains esprits.

— Inventer, répétait le Père supérieur, c'est prétendre parfaire la Création. C'est considérer Dieu comme un apprenti dont on doit corriger le travail. Tout ce qui est nécessaire à l'homme a été créé par Notre Seigneur lors de la Genèse ; ce qui n'était pas déjà là à l'aube des temps n'a aucune raison d'être surajouté à présent. Il faut se défier des inventeurs, des fabricants de prodiges, leur esprit follet sert souvent de niche au Malin.

Antonin partageait cet avis. Ainsi l'armure noire,

le harnais de sable, lui semblait un rajout dangereux.

Par-dessus tout, il ne comprenait pas que les chevaliers puissent autant s'exciter à sa vue. Ce désir de protection absolue le gênait, lui faisait honte. Hommes de guerre, n'auraient-ils pas dû, au contraire, se réjouir de mourir au service du Christ ? Tomber à la bataille leur valait indulgence plénière, alors pourquoi tant... *d'avarice ?* Une telle frilosité, un tel manque de générosité dans le sacrifice ? À leur place, il lui semblait qu'il aurait accueilli la mort avec béatitude. Oui, mais voilà : il n'était pas à leur place. Les épées étaient trop lourdes pour ses maigres bras, et le simple poids d'une broigne cousue de plates lui aurait rompu l'échine. N'empêche, l'armure noire avait fait naître un curieux malaise en lui. Il n'aimait pas les images — ce que d'autres appelaient statues. Modeler un corps factice, c'était singer le geste du Créateur façonnant Adam, c'était, encore une fois, prétendre rivaliser avec Dieu. La statuaire pouvait être tolérée pour la représentation des saints ou des martyrs, mais pas davantage. L'armure, elle, ne représentait aucun saint patron. Elle était anonyme. Dangereusement anonyme.

Frère Antonin essaya d'attirer l'attention du baron sur cet aspect de la question, mais Thibault d'Estriviers salua ses réticences d'un méchant éclat de rire.

— Tu penses trop, ricana-t-il. Tu vas attraper une hernie à la cervelle. Et surtout tu penses mal. Les chevaliers ne combattent-ils pas pour la plus grande gloire de Dieu ? Protéger les guerriers du Christ, c'est rendre le bras divin encore plus puissant, il n'y a donc aucun péché à vouloir échapper le plus possible aux atteintes mortelles du combat. Retourne à tes grimoires et ne te mêle plus des affaires des vrais hommes.

Hier, lorsqu'on avait annoncé l'arrivée imminente de l'armure, le brouhaha des conversations avait résonné sous la voûte de la salle d'apparat.

— Ainsi c'est vrai ? lançaient les chevaliers, elle existe réellement !

Depuis une dizaine d'années, l'existence du harnais de sable (ainsi nommé en raison de cette teinte noire que les héraldistes désignent sous l'appellation de « sable ») avait pris les proportions d'une légende. Certains prétendaient l'avoir vu exposé lors de la grande foire de Provins, sur une estrade de bateleur. D'autres, avec une moue de dépit, avançaient qu'elle était si lourde qu'aucun être humain ne pouvait la mouvoir, et ce dernier point inquiétait tout particulièrement frère Antonin. Ne fallait-il pas en déduire que le vêtement de guerre avait été conçu pour une créature non humaine ? Un démon ? N'était-ce pas là quelque carapace récupérée aux portes des enfers ? L'enveloppe chitineuse d'un diable dont les organes internes avaient fini par se dessécher ?...

Quand l'heure de la présentation sonna, les fidèles du baron étaient fort énervés ; leur odeur de sueur mâle avivée par l'excitation dominait celle des fleurs coupées et des feuillages qui jonchaient le sol. Le varlet entra, précédant le charroi sur quoi reposait l'armure. C'était un jeune homme longiligne, à la frimousse de page, mais dont les joues s'avéraient grêlées de copeaux de fer bleuâtres qui lui faisaient comme des taches de rousseur d'acier. Il parlait d'une voix de fille ; ses mains, cependant, étaient celles d'un écuyer :

musclées, abîmées, noircies par l'entretien des armes. Bien que de complexion frêle, il avait la jambe joliment tournée, et les pucelles le dévoraient du regard. Il dit s'appeler Martin et s'inclina très bas. Le baron ne tenait plus en place. Il abandonna son fauteuil seigneurial pour venir examiner l'armure de plus près. Les dames firent la grimace au spectacle de cette carapace de fer trop bruni, dont le corselet et l'habillement de tête présentaient un aspect rugueux, rébarbatif.

— Elle n'a pas été polie, remarqua le baron. Elle a l'air inachevée.

— C'est un effet de l'alliage, répondit poliment le valet d'armes. Un aspect commun aux équipements germaniques. Les harnais françois sont habituellement blanchis, mais beaucoup moins solides. Ce sont plus des cuirasses de parade que des habits de guerre.

Thibault d'Estriviers grogna. Certains forgerons commençaient à fabriquer des broignes cousues de plates qui remplaçaient le traditionnel haubert de mailles souples, dont on s'était satisfait jusque-là, mais leur travail n'avait rien de comparable avec ce qu'il voyait aujourd'hui. Cette fois, le vêtement de fer couvrait la totalité du corps, de la tête aux pieds, pas un pouce de chair ne se trouvait à découvert.

— N'est-on pas ficelé là-dedans comme dans une barrique ? grommela le baron. Ta ferraille me fait l'impression d'être aussi souple à porter que trente enclumes attachées ensemble.

— Certes, fit le varlet à visage de fille. C'est là un harnais qui réclame une réelle endurance physique et ne peut être endossé que par un chevalier doué d'une grande force. C'est pourquoi tous ceux qui ont voulu l'acquérir au cours des années passées ont dû y renoncer.

— Tu n'as donc jamais réussi à le vendre ? demanda le baron.

— Non, seigneur, répondit l'écuyer. D'ailleurs je n'ai jamais cherché à m'en débarrasser en mentant sur ses qualités. Je le tiens de mon père, qui a mis de longues années à le forger, et je le loue à qui en manifeste l'envie. Parfois on le retient l'espace d'un tournoi, parfois le temps d'une expédition punitive. Jusqu'à présent, personne ne s'est montré désireux de l'acquérir. Le prix en est, il est vrai, fort élevé. Et puis, comme je le disais tout à l'heure, c'est un harnais qui ne peut convenir à tout le monde. Sans doute n'a-t-il pas encore rencontré le chevalier qu'il lui faut ?

Frère Antonin jugea qu'il y avait de l'insolence dans le ton du varlet. Pour sa part, il avait entendu chuchoter de bien vilaines rumeurs au sujet de l'armure. On disait que tous ceux qui l'avaient endossée avaient connu de cruelles mésaventures. Un certain sieur Roger, grand tournoyeur de profession, y était mort d'épuisement au terme d'une rencontre. Un autre chevalier, ayant nom Richard d'Entraigues, avait été désarçonné par son cheval en bordure d'un précipice. Le poids de la cuirasse ne lui avait pas permis de reprendre son équilibre, et il avait basculé dans le vide. Quand on l'avait retrouvé, tout bas, il n'avait plus un os entier dans le corps mais l'armure, elle, ne présentait pas une seule égratignure. Les exemples étaient légion, comme le démon du même nom.

On parlait de paladins morts de fatigue pour avoir guerroyé avec le poids de cette carapace sur les épaules. Mais certains soulignaient qu'une fois installé en son sein, on avait l'impression de voir sa force décuplée. « Comme si la cuirasse portait les coups toute seule, comme si elle était plus savante en art militaire que le plus aguerri des chevaliers. »

— C'est la mémoire, avait un jour chuchoté un vieux routier recueilli par les moines. La mémoire du métal. L'armure garde en elle le souvenir de tous les coups qu'on lui a fait porter. Et quand elle entend les bruits de la bataille, elle se souvient... Elle bouge toute seule, elle reproduit les gestes. On l'a dressée, comme un ours de foire. Elle pourrait s'en aller au combat sans personne à l'intérieur, et je puis vous assurer qu'elle ferait sa moisson de morts comme n'importe quel seigneur.

— Taisez-vous ! avait alors grondé le Père prieur. Ce que vous dites sent la sorcellerie et le fagot. Je préfère croire qu'il s'agit de fables engendrées par le mauvais vin des tavernes.

Thibault d'Estriviers tournait autour de la cuirasse sans parvenir à dissimuler sa convoitise. Grand guerrier, il faisait un mauvais comédien et un diplomate exécrable. C'était un homme de haute stature, bâti comme un sanglier dont il avait la rage destructrice. Ses vassaux l'entouraient, l'œil allumé. Personne n'avait encore osé toucher l'armure.

— Et selon toi, lança-t-il à l'écuyer, il faut dompter cette carapace comme un cheval sauvage ?

— Elle n'attend qu'un maître, dit le varlet, mais encore faut-il que ce maître soit à la hauteur, c'est pourquoi je propose toujours un essai de quelques jours avant d'entamer les pourparlers de vente. Le traité signé, j'assure l'entretien du harnais jusqu'à ce qu'un nouvel écuyer soit en mesure de le faire, car il faut bien connaître le jeu des ressorts, des différentes attaches.

Thibault se tourna vers Guillaume, l'un de ses compagnons de chasse, un homme de vingt ans son cadet, et lui ordonna :

— Enfile-la, je veux assister à la cérémonie d'habillement.

Guillaume obéit et s'offrit docilement aux mains expertes de l'écuyer qui lui recouvrit peu à peu le corps de plaques d'acier s'emboîtant les unes dans les autres. Frère Antonin jugea que ce cérémonial avait quelque chose d'oppressant. Il lui rappelait le supplice de la vierge de fer, évoqué par certains grimoires : un sarcophage de métal intérieurement hérissé de clous, et dans lequel on enfermait le condamné pour qu'il soit transpercé de toutes parts. Il lui semblait qu'à la place du brave Guillaume, il eût été gagné par la suffocation.

— Est-ce lourd ? s'enquit le baron alors que l'écuyer posait le heaume sur la tête du chevalier.

— Foutrement oui, mon prince, gémit Guillaume. J'ai l'impression de porter un cheval sur les épaules.

— Le gentil seigneur est sans aucun doute un brave parmi les braves, observa l'écuyer. Je pense toutefois qu'il n'a pas la complexion réclamée pour le port de ce harnais.

— Qu'on lui donne une épée ! ordonna Thibault. Vas-y, Guillaume, à l'attaque, montre-nous comment tu pourfendais les infidèles à la croisade.

Antonin trouva la gesticulation qui s'ensuivit plutôt grotesque. Guillaume bougeait au ralenti au milieu des grincements de la cuirasse. Le précepteur résista au besoin de se signer tant la grande silhouette d'acier sombre l'effrayait. L'absence de polissage, son aspect granuleux, donnait l'illusion qu'on l'avait taillée dans une roche noire. On eût dit une idole païenne sculptée à partir de l'un de ces menhirs maudits adorés par les druides. Le jeune moine fut sur le point de prononcer une formule d'exorcisme. Il n'en eut pas le temps, Guillaume venait de s'effondrer sur le sol, vaincu par le poids de l'armure. Quand on l'en dégagea, il était à bout de souffle et ruisselait de sueur.

— J'ai les bras rompus, balbutia-t-il. Cette charogne est inutilisable. Ce n'est qu'une amusette de foire, une curiosité, aucun homme normal ne pourrait s'en vêtir.

L'humiliation le rendait mauvais, mais Thibault d'Estriviers exultait, et Antonin comprit que le baron avait ridiculisé Guillaume à dessein.

— Je l'enfilerai, moi ! annonça le seigneur d'Estriviers d'une voix tonnante. Et l'on verra si elle me brisera aussi facilement.

Dux jubet, milites parent ; en bon suzerain, Thibault ne perdait pas une occasion de rappeler à ses bannerets qu'il leur était supérieur en tout.

Dès lors les choses se précipitèrent. L'écuyer harnacha le baron avec des gestes précis, répétés des milliers de fois. Thibault se couvrait d'écailles de fer, tel un scarabée monstrueux. Quand il posa le casque sur sa tête et s'adressa à ses invités du fond du heaume à visière mobile, frère Antonin se fit la réflexion qu'il avait moins l'air de porter l'armure que d'avoir été avalé par elle.

— Holà ! Prêtre, lança le baron. Donne-moi la bénédiction, je veux que ce fer soit consacré.

Antonin frémit d'horreur mais s'exécuta. S'il

avait disposé d'eau bénite celle-ci se serait probablement mise à grésiller au contact de la cuirasse infernale.

Harnaché de pied en cap, le baron se précipita dans l'escalier pour descendre dans la cour du château. Sa gesticulation produisait un vacarme répercuté par les voûtes. Une fois dehors, il improvisa un tournoi, et exigea que ses chevaliers l'attaquent tous ensemble à l'épée, puis à la hache.

— Ne m'épargnez pas, rugissait-il, frappez ! Frappez donc !

Antonin se sentait de plus en plus mal à l'aise. L'Église condamnait cette sorte de jeu où trop de bons paladins finissaient par trouver la mort. Récemment, elle avait annoncé qu'elle refuserait la sépulture chrétienne à tout chevalier occis de façon aussi stupide. Le sang des hommes de guerre ne devait couler qu'*ad Majorem Dei Gloriam.*

Thibault s'échauffait, et ses bannerets avec lui. Les lames s'abattaient de toutes parts sur l'armure, mais le baron ne cessait de rire.

— Je ne sens rien ! hurlait-il. Je ne sens rien ! Ou je suis magnifiquement protégé, ou vous avez aussi peu de force qu'un enfançon.

Et son rire, dément, résonnait de nouveau, déformé par le casque. C'était comme si cette hilarité sortait d'un démon aux poumons de fer. La lame d'une épée se brisa sur le plastron. Le baron exigea qu'on l'assaille à l'arme d'hast, à la bonne lance de frêne. Il fit grimper Guillaume sur un cheval baucent, et lui commanda de charger.

— Vise le cœur ! grondait-il d'une voix qui avait perdu toute mesure.

Les dames poussèrent des gémissements horrifiés et se cachèrent le visage dans les mains. On avait passé complies sans célébrer aucun office, les torches brandies par les serviteurs jetaient sur la scène des lueurs mouvantes où s'étiraient des ombres étranges, peut-être démoniaques. Frère Antonin joignit les mains et se mit à prier. Il n'aimait pas l'odeur de carnage qui commençait à flotter sur le château. Quand les chevaliers commençaient à se défier l'un l'autre, ils finissaient par ne plus savoir ce qu'ils faisaient. Guillaume frappa Thibault en pleine poitrine, mais sa lance se brisa et la pointe d'acier ne parvint même pas à creuser une éraflure à la surface de la cuirasse. Le baron perdit l'équilibre sous le choc ; l'on crut un moment qu'il ne parviendrait pas à se relever, que le métal dont il supportait le poids le clouerait au sol, mais c'était compter sans sa prodigieuse force physique. Il roula sur le flanc, mit un genou en terre, et se redressa avec un « Han ! » de bûcheron tranchant un arbre d'un seul coup de hache.

— Grimpez au chemin de ronde ! hurla-t-il. Et jetez-moi des pierres sur la tête depuis les créneaux. Je suis sûr que cela ne me fera pas plus d'effet qu'une petite pluie de printemps.

Il perdait le sens commun. Le sentiment d'invincibilité l'avait grisé tel un vin d'ambroisie. Il titubait, remuant ses bras couverts de plaques articulées, énorme insecte essayant de prendre son vol. Antonin essaya de le ramener à la raison car il le sentait sur le point de commettre n'importe quelle folie. De sauter à pieds joints du haut des remparts dans les douves, par exemple...

Enfin, pour vérifier la souplesse des gantelets, le baron se fit amener trois jeunes brebis qu'il égorgea d'un rapide coup de poignard.

— Excellent, dit-il, on n'est pas du tout gêné dans le maniement de la dague qui reste bien en main. Les moufles de maille des hauberts ont tendance à vous rendre aussi malhabile qu'un nouveau-né. Rien de comparable avec ces gants parfaitement articulés.

Dames et serviteurs avaient sur la face la même expression apeurée. Le jeu tournait à l'aigre, il n'amusait plus personne. Le varlet à frimousse de fille s'avança pour libérer le baron de son harnachement. Quand il ôta le heaume, Thibault apparut, les traits hagards, ruisselant de sueur ; du sang coulait d'une coupure qu'il avait au front.

— Tu n'avais pas menti, balbutia-t-il à l'adresse de l'écuyer. Je devrais être mort une demi-douzaine de fois, car ces bougres ne m'ont pas épargné. C'est prodigieux. On n'a plus rien à craindre, et les articulations sont si souples qu'elles ne gênent en rien le mouvement. On peut tuer tout à son aise. Ah ! il faudra trouver un prétexte, déclencher quelque bonne guerre de voisinage pour que je puisse expérimenter ce merveilleux harnais.

Quand il fut débarrassé de la dernière pièce de métal, tout le monde put voir qu'il ne tenait debout qu'à grand-peine. L'affrontement avait usé ses forces.

— Du vin ! ordonna-t-il. Apportez-moi du vin chaud au miel, et un cygne rôti. Cette petite joute m'a ouvert l'appétit.

Il tituba jusqu'à la salle d'apparat, suivi par les regards jaloux de ses chevaliers, car aucun d'entre eux n'aurait été capable de faire ce qu'il avait accompli ce soir. L'armure, trop pesante, leur aurait brisé l'échine.

Le festin se poursuivit fort tard, en dépit des bâillements des convives. Le baron avait fait asseoir l'écuyer à sa droite et partageait son assiette, son gobelet, avec lui. Ce qui était signe de grande estime.

— Je te prenais pour un bonimenteur, avoua Thibault, mais tu m'as convaincu. Il faut que nous parlions argent. Je veux acheter ce harnais. Quel est ton prix ?

— Il est encore trop tôt, seigneur, plaida le garçon. Rien ne presse. Faites encore quelques essais.

Le repas s'acheva sans que les deux hommes soient parvenus à un accord. Frère Antonin avait frémi d'indignation en entendant prononcer certains chiffres astronomiques. Quelque chose lui soufflait que l'écuyer faisait grimper les prix parce qu'en réalité, il répugnait à se séparer de l'armure. Avait-il fini par s'attacher à cette monstruosité ? Ce frêle jeune homme en était-il l'inventeur ?

Antonin alla se coucher, l'esprit agité d'images inquiétantes. Allongé sur son bat-flanc, il ne cessait de penser à la grande armure noire que, par jeu, le baron avait fait asseoir entre les bras d'un haut fauteuil seigneurial, au bout de la table du banquet, à la place de l'invité d'honneur. Elle devait toujours s'y tenir, immobile et creuse, seule dans la salle maintenant plongée dans les ténèbres. Solitaire et vide...

Il ne savait pourquoi, mais cette image le hantait, l'empêchant de trouver le sommeil.

Il avait donc passé une fort mauvaise nuit, et maintenant il était là, grelottant de froid et d'humidité sous sa mince couverture, l'oreille tendue, guettant un éventuel bruit suspect.

Quelque chose le gênait, il ne savait quoi. Une odeur peut-être ? Une odeur qu'il avait pu flairer à deux ou trois reprises lorsqu'il avait accompagné le baron à la bataille, pour l'une de ces guerres privées qui opposaient les seigneurs à leurs voisins immédiats, au moins une fois par an. Une odeur de... sang ?

Antonin repoussa le drap et enfila sa robe de bure. Soudain il n'avait plus froid. Il chercha son chapelet, sortit dans le couloir. Les torches éteintes faisaient planer un relent charbonneux. Le jeune moine hésita, puis se mit en marche. Ses pas le conduisirent dans la grand-salle. Le jour se levait à peine, et la lumière grise qui filtrait des meurtrières jetait des rayons douteux, coupant la pièce en diagonale. L'armure noire était toujours là, assise entre les bras du fauteuil sculpté. C'était d'elle que montait l'odeur fade qui avait réveillé le précepteur.

Frère Antonin fit un pas en avant, posa le pied dans une flaque humide. Du vin, sans doute. Du vin mêlé de miel, ce qui expliquait le caractère poisseux du contact. Mais le vin n'avait pas cette odeur désagréable.

Le jeune moine tendit la main. Du sang. L'armure était couverte de sang... et son gantelet droit se refermait sur un long poignard à la lame souillée, comme si elle sortait tout juste de quelque ventre... de quelque gorge...

Antonin recula, épouvanté. Puis, bredouillant une formule d'exorcisme, il marcha résolument vers le vêtement de guerre, posa les doigts sur le heaume pour en relever la ventaille mobile. Le casque était vide. L'armure était vide.

Pressentant un drame horrible, le frère examina

le sol. Les traces sanglantes dessinaient un long pointillé sur les dalles, elles sortaient de la salle pour continuer leur chemin dans le couloir. Cette fois, Antonin se précipita, la bure relevée pour courir plus vite. Les gouttes de sang semblaient provenir des appartements seigneuriaux. Là, l'odeur était plus forte que partout ailleurs. Une véritable flaque marquait le seuil de la chambre des enfants du baron.

Horrifié, Antonin poussa la porte. Les deux fils de Thibault d'Estriviers, Richard et Olivier, reposaient nus sur leur couche commune. On les avait égorgés avec tant de violence que leur tête tenait à peine au reste de leur corps. L'hémorragie avait teinté toute l'épaisseur de la paillasse. Le jeune moine tituba, chercha l'appui de la muraille pour ne point s'écrouler. Rassemblant ses forces, il regagna le couloir et entra dans la chambre de la sœur des deux petits morts. Aude avait subi le même sort. Sa tête, tranchée, était toutefois tombée du lit après avoir roulé sur le matelas. Elle avait les yeux ouverts et semblait fixer Antonin, une expression de stupeur sur le visage.

Le moine s'affaissa sur les genoux et se mit à crier, mais sa voix n'avait aucune force, et personne, à travers le château endormi n'entendait ses hurlements maladroits.

— Miséricorde ! parvint-il enfin à proférer. Alarme ! Alarme ! Par Dieu, saint Michel et saint Georges, alarme !

3

Enterrement nocturne

Jehan de Montpéril maudit la pluie qui risquait de rouiller sa cotte de mailles. Il en avait pourtant frotté chaque anneau avec une bonne couenne de lard bien grasse, mais il ne se faisait pas d'illusion : le fer en était de piètre résistance et se piquetait de rouge à chaque averse. Le cheval renâclait à la promenade nocturne ; de plus, le grondement des torches malmenées par le vent l'effrayait. C'était une nuit sans lune, une de ces nuits où tout peut arriver, et il était hors de question de se déplacer sans porteurs de flambeaux. Jehan se pencha pour vérifier que le moine, qui le suivait à pied, n'avait pas trop de mal à se maintenir à sa hauteur. C'était un jeune homme émacié, en proie à un grand trouble, et qui ne cessait de bredouiller des prières en marchant. Il avait pour nom frère Antonin. Il était venu chercher Jehan trois heures plus tôt, dans la salle commune de l'auberge où le routier se reposait des fatigues de sa dernière chevauchée.

— Tu es bien Jehan de Montpéril ? avait-il demandé. On dit que tu possèdes la science des routes, que tu connais les forêts comme le fond de ta bourse. Viens au château, on a besoin de toi. Vite, il s'est produit un grand malheur.

Jehan n'avait eu que le temps de s'habiller et de sortir son cheval de l'écurie. Le jeune moine avait le visage de cire de ceux qui ont aperçu le diable au fond d'un miroir. Les porteurs de flambeaux n'étaient pas moins terrifiés. On les sentait près de jeter leur torche dans le fossé et de se débander à travers la campagne au moindre croassement de corbeau en maraude. Tout, plutôt que de remettre les pieds au château du baron d'Estriviers.

— Que se passe-t-il ? s'enquit Jehan.

— Un grand malheur, murmura frère Antonin. Un crime de sorcellerie. Les enfants du baron ont été assassinés.

— Par qui ?

— Une armure... une armure vide. Une armure qui bougeait toute seule.

Jehan se contenta de grogner. Il se méfiait un peu de l'exaltation des prêtres, toujours enclins à voir le diable derrière chaque bizarrerie de la nature.

— Qu'ai-je à voir là-dedans ? grommela-t-il.

— Tu vas prendre livraison d'un cercueil. Ce cercueil tu l'emmèneras au plus profond de la forêt, là où personne ne pourra jamais aller le chercher, et tu l'enseveliras à dix pieds sous terre. Ensuite, tu te construiras un abri, près de la tombe, et tu monteras la garde, pour t'assurer que rien n'en sort.

— Combien de temps ?

— Le temps qu'il faudra. Six mois, un an... Tu seras payé en conséquence et tu ne manqueras de rien. Je te ferai envoyer des vivres, du vin, de quoi améliorer ton habitation. Je te propose un contrat de sentinelle. Si dans un an, rien n'est sorti de terre, tu seras libre de partir. Cela te convient-il ?

Jehan fit la moue. Pourquoi pas ? Cela le reposerait des éternelles déambulations au long des routes, du monotone travail d'escorte qui était le sien depuis des années. Il en avait assez de vivre à cheval, de cheminer en compagnie des pèlerins illuminés par la béatitude.

— Un cercueil, répéta-t-il. Un cercueil habité par quelque chose qui pourrait bien se frayer un chemin à l'air libre... S'agit-il de cette armure dont tu parlais tout à l'heure ?

Le moine s'agita, mal à l'aise.

— Oui, se décida-t-il à avouer. Mais il ne faut pas parler de ces choses. Le baron a fait clouer le vêtement de guerre dans une caisse cerclée de fer : là, il ne pourra plus causer préjudice. Il veut l'exiler, au loin, en une terre gaste où personne ne sera tenté d'aller le chercher.

— Pourquoi ne pas le détruire, tout simplement ? Pourquoi ne pas le fondre ?

— Il a essayé, mais le feu de la forge n'a pas réussi à faire rougir la cuirasse. Il y a un voût, un sort, sur ce harnais. Il attise la tentation des chevaliers, les rend fous. Dès qu'ils le voient, ils ne rêvent plus que de s'en vêtir.

Jehan fronça les sourcils.

— Tu ne ferais pas allusion au harnais de sable, par hasard ? s'enquit-il. Je croyais qu'il s'agissait d'une légende. Il y a bien quinze années que j'entends parler de cette ferraille miraculeuse.

— Ce n'est pas une légende, haleta frère Antonin. Je l'ai vue. Une grande statue articulée de fer noir. Elle garde en elle la mémoire de tous les coups qu'on lui a fait exécuter... et la nuit, comme un somnambule, elle se lève, marche toute seule, et répète ce qu'on l'a contrainte à accomplir dans la journée. Tu comprends ? Il n'y a pas de malice en elle. Elle répète, c'est tout, comme un écolier appliqué.

Jehan connaissait la fable, il l'avait entendue mille fois racontée par des cottereaux ivres morts, à la broigne dépenaillée. Tous prétendaient avoir entr'aperçu l'armure merveilleuse dans quelque foire. Une armure sur quoi les bonnes haches danoises émoussaient leur tranchant.

— Le baron sait qu'il a eu tort, reprit frère Antonin. Qu'il a cédé à l'envie, à la convoitise, au péché d'orgueil, et que Dieu l'a puni pour s'être cru autorisé à devenir invincible. Il est entré en pénitence. Son épouse s'est rasé la tête et parle de devenir nonne.

— Les enfants, interrogea Jehan, comment sont-ils morts ?

— Égorgés, balbutia le jeune moine. Presque décapités. L'armure s'est sans doute levée dans la nuit pour imiter les gestes du baron. Avant de l'ôter, il s'était fait amener trois brebis pour leur trancher le cou, afin de vérifier la souplesse des articulations. Le souvenir de ce geste terrible est sans doute resté inscrit dans le métal de la carapace, et, la nuit venue, l'armure s'est relevée pour le répéter, sur les premières victimes qu'elle a trouvées à sa portée.

— Une armure somnambule, vraiment ? marmonna Jehan en essuyant la pluie qui lui gouttait dans les yeux.

— Ne sois pas bêtement incrédule, fit le moine sans chercher à dissimuler son irritation. Plus j'y réfléchis, plus je pense qu'il s'agit d'un châtiment envoyé par Dieu. D'une épreuve destinée à ramener le baron à plus de mesure. Le diable n'a peut-être rien à voir là-dedans. C'est d'ailleurs pour cette raison que Thibault d'Estriviers tient à régler l'affaire sans lui donner le moindre retentissement. Il accepte l'épreuve, il méditera sur la leçon qu'il convient d'en tirer.

Ils arrivèrent devant la barbacane, ce poste avancé défendant l'entrée principale du château. Une herse fut relevée, laissant sortir six hommes vêtus de mantels de futaine, le capuchon sur la tête, et qui portaient un immense cercueil cerclé de fer. Ils avançaient à pas lents, ployant sous la charge.

« On dirait qu'ils s'en vont mettre en terre un géant des vieilles légendes », songea Jehan en essayant de ne pas céder à l'impression funeste que faisait naître en lui ce tableau.

Un charroi attendait à l'écart, attelé à un gros roncin. Il faisait si noir que Jehan avait de la peine à en distinguer les contours. Les porteurs hissèrent le cercueil sur la charrette et prirent place de chaque côté. La pluie martelait le couvercle de la sinistre boîte avec un bruit sourd et creux évoquant un tambour de bataille.

— Allons-y, fit Antonin. Je dois t'accompagner pour consacrer la terre où sera ensevelie cette abomination. Tout cela doit être réglé avant l'aube. Je te remettrai également une bourse contenant ton salaire pour six mois de garde pleine. Les fossoyeurs, eux, te construiront une cabane provisoire. Tu ne manqueras de rien. Mais peut-être crains-tu la solitude ?

Jehan haussa les épaules. Il avait eu le temps

d'apprendre à être seul. Rejeté par les autres chevaliers qui contestaient la valeur de son adoubement, il menait depuis des années une existence en marge. Longtemps, il avait chevauché, affublé de guenilles. La récente affaire du château des poisons[1] dont il gardait le cruel souvenir, lui avait permis de s'équiper avec plus d'efficacité. Il possédait désormais un haubert jaseran à mailles souples, ainsi qu'un heaume cylindrique, conçu pour faire dévier les coups portés à la face. Il avait aussi fait l'acquisition d'un haut bouclier en amande, intérieurement tapissé de fourrure, sur lequel il pouvait s'allonger pour dormir, comme il l'aurait fait sur une civière.

Il essaya d'imaginer la vie qu'il allait mener dans la forêt, et ne parvint pas à s'en effrayer.

« Je vais devenir gardien de cimetière, pensa-t-il en ricanant. Le gardien d'un tout petit cimetière n'abritant qu'une seule tombe. »

On entra sous le couvert, et le feuillage, encore assez dense malgré l'automne, permit aux voyageurs de moins souffrir des atteintes de la pluie. Personne n'aimait fréquenter la forêt. C'était là une terre suspecte, peuplée de loups, d'ogres et de sortilèges. Seuls les ermites et les charbonniers y demeuraient, et l'Église n'appréciait ni les uns ni les autres. Les hommes qui vivaient dans la solitude portaient, à ses yeux, une marque suspecte au front, car l'homme n'a pas été conçu pour s'isoler du troupeau, et ceux qui se séparent des

---

1. Voir *Le Château des poisons*, du même auteur dans la même collection.

autres brebis ont toujours au fond de l'âme quelque vice qu'il convient de châtier.

— Tu as bien compris ? insista frère Antonin dont la bure détrempée moulait le corps maigre. Tu dois t'attendre à des manifestations prodigieuses et te garder d'y succomber.

— Vous craignez que l'armure ne sorte de terre ? s'enquit Jehan.

— Oui, fit Antonin. Mais le baron redoute également que d'autres chevaliers ne tentent de s'en emparer. La renommée de ce harnais est grande, elle attise bien des convoitises. Il est possible que des hobereaux du voisinage se lancent à sa recherche. C'est pourquoi nous procédons à cet enterrement de nuit. Tu veilleras à bien dissimuler l'endroit de la sépulture, et à décourager tous ceux qui voudront s'en approcher. S'ils insistent, défie-les en combat singulier. On te dit fort habile à la hache, cela les fera peut-être reculer. Il est important que personne ne revête plus cette armure, elle a assez fait de mal. Dans un an, les ronces et les épines auront recouvert la tombe, et tu pourras lever le camp. Perdu au fond des bois, le harnois de sable ne fera plus de victimes.

Jehan se contenta d'émettre un grognement. Un an sans chevaucher ne lui ferait pas de mal car, à force de vivre en selle, il avait les lombes, le dos, rompus. Ancien bûcheron, les arbres ne lui faisaient pas peur. Peut-être même serait-ce là l'occasion de déposer les armes et de se faire charbonnier ? Il se vit soudain, entretenant sa meule et menant petit commerce, sa cotte et son épée rouillant doucement au fond d'un coffre... Pourquoi pas ? L'âge venait, il en avait conscience ; à trente et quelques années, on n'était plus un jouvenceau, le corps ne cessait d'ailleurs de vous le rappeler en criant « merci » de toutes parts.

Ils cheminèrent un long moment sans échanger un mot. Plus on s'enfonçait en terre vierge, plus les sentiers s'effaçaient, et l'avance de la charrette devenait difficile. Par bonheur, Jehan avait coutume d'entretenir les voies qu'il avait lui-même ouvertes à travers la forêt, ce qui rendait la progression possible et permettait au convoi de trouver une brèche dans les murailles de ronces qui lui barraient parfois la route.

Ils atteignirent enfin une sorte de clairière entourée de chênes noueux que la foudre avait fait éclater.

— Ici, dit Jehan en se laissant couler à terre. C'est un espace dégagé et il y a une petite source à proximité.

Frère Antonin fit la grimace.

— Je me méfie des clairières, grogna-t-il. Jadis on y célébrait les cultes païens. Les émanations de ces croyances impies imprègnent longtemps la terre des lieux qu'elles ont souillés.

— Vous les purifierez par quelque bonne messe, bâilla Montpéril qui n'avait aucune envie de chevaucher plus longtemps. Si l'on pousse plus loin, j'ai peur que vous ne puissiez retrouver le chemin du château et que vous ne tourniez dans les bois jusqu'à ce que les loups vous mettent en pièces.

La menace parut avoir raison des réticences du jeune moine, car il se mit aussitôt en devoir de bénir la clairière. Les hommes encapuchonnés avaient sauté de la charrette. Outils à la main, ils creusaient maintenant une fosse au milieu de la place. La pluie ne leur facilitait pas la tâche ; le trou se remplissait de boue au fur et à mesure qu'ils l'agrandissaient.

Il était visible qu'ils avaient tous grand-hâte de s'en retourner car la forêt leur faisait peur. Quand la fosse fut assez profonde, ils y déposèrent l'immense cercueil et le recouvrirent sans attendre.

— Tu n'auras qu'à entasser des pierres à la surface de la sépulture, recommanda Antonin. Quelques-unes chaque jour. À la fin, cela formera un cairn bien trop lourd pour que l'armure puisse le soulever. Dès lors, tu n'auras plus rien à craindre. La végétation fera le reste. Elle pousse ici assez dru, à ce qu'il me semble.

Les fossoyeurs se détournèrent de la tombe pour prendre dans la charrette le bois avec lequel ils comptaient bâtir la cabane rudimentaire destinée à abriter la sentinelle. Jehan se fit la réflexion qu'il améliorerait la construction dès le lendemain, car il avait été bûcheron, jadis, et était resté fort habile aux ouvrages de bois.

— N'oublie pas de prier, insista frère Antonin, la solitude est propice aux manifestations démoniaques, et je ne sais pas exactement à quoi tu dois t'attendre avec cette armure. Je te ferai envoyer des vivres à la fin de chaque semaine. En attendant, voici donc une bourse qui couvre les frais de garde pour six mois.

Jehan hocha la tête. Il était en train de se demander combien de temps mettrait frère Antonin pour l'oublier. Les vivres ? Il n'y comptait pas trop, car les vilains chargés de les acheminer n'oseraient jamais s'engager si profond dans la forêt. S'il voulait manger jusqu'à la fin de l'engagement, il devrait se débrouiller tout seul, et cela ne lui faisait pas peur.

— Nous allons te laisser, murmura le jeune moine en amorçant un mouvement vers la charrette. Je vais te remettre un sac. Tu y trouveras quelque nourriture, mais aussi une boîte contenant des hosties consacrées, un flacon d'eau bénite. Sers-t'en en dernier ressort, pour éloigner le diable, si ton épée se révèle impuissante à le faire.

— Je n'y manquerai pas, fit Jehan. Quant à vous, essayez de ne pas vous égarer. Avez-vous bien en tête le tracé du chemin ?

— Oui, oui, lâcha Antonin. Dieu nous guidera car nos desseins sont purs, ne t'inquiète pas pour nous.

Les fossoyeurs semblaient moins confiants que lui en la divine providence, mais ils n'osèrent protester. La charrette s'éloigna enfin et Montpéril se retrouva seul au milieu de la clairière que l'averse criblait de ses flèches liquides. La hutte de branchages n'offrait qu'un abri précaire, il s'en contenterait jusqu'au matin. Le plus important était d'allumer un feu pour éloigner les loups en maraude, car la pluie n'avait jamais empêché ces redoutables fauves de se mettre en quête d'un gibier.

Jehan s'empressa d'aller récupérer le bois sec qu'il avait suspendu au troussequin de sa selle dans un sac de toile huilée. Retranché dans sa cabane de forestier, il dressa un lit de cailloux, y déposa les sarments et alluma le brasier à l'aide d'un silex sur lequel il frappa avec un morceau de fer. À cause de l'humidité, les brindilles et la paille mirent un moment à prendre, mais les flammes finirent par s'élever en crépitant. Jehan déplia une autre toile enduite de poix dont il recouvrit le cheval. Il n'y avait rien d'autre à faire pour l'instant.

Dès l'aurore il lui faudrait se mettre au travail, agrandir sa cabane, y adjoindre une écurie, confectionner des toits de feuillages, tasser de la glaise dans les interstices des rondins pour se protéger des vents coulis. S'il besognait bien, en moins d'une semaine il disposerait d'une habitation relativement confortable. Cela l'occuperait tout le jour. La chasse meublerait les heures d'ennui, pour le reste il aviserait. Les occasions de gagner de l'argent n'étaient pas si nombreuses pour un chevalier mal aimé de ses pairs, comme lui. En outre, il était trop vieux pour les tournois où la jeunesse accourait dans l'espoir d'amasser du butin. Chaque fois que Jehan avait commis l'erreur de s'y risquer, les combattants s'étaient ligués contre lui pour lui apprendre à se croire leur égal. C'était un petit jeu auquel on risquait fort de laisser la vie.

Il s'assit près du feu, s'enveloppa dans son manteau de laine grasse, posa son épée en travers de ses cuisses et se mit à l'écoute des bruits de la forêt.

Il ne savait que penser de cette histoire d'armure maléfique car il n'était pas savant en ce genre de choses. Guerrier instinctif, ne sachant ni lire ni écrire, il appartenait déjà aux temps anciens, il en avait conscience. Aujourd'hui, une autre race de chevaliers voyait le jour. De jeunes hommes nourris des chants des troubadours, et qui, souvent, sous l'influence des afféteries de l'amour courtois — se croyant eux-mêmes poètes ! — s'appliquaient à prouver aux dames qu'un cœur sensible battait sous l'acier de leur cuirasse.

Jehan ne comprenait rien à ces modes. Serf,

vilain, il avait été ordonné chevalier sur le champ de bataille par son seigneur, Brunoy le Vieil, à la terrible bataille de Montpéril. Tout cela parce qu'il avait moissonné les vies à grands coups de hache, taillant dans les torses et les têtes comme on s'ouvre un chemin dans les essarts. Des mœurs des gens au sang bleu, il ne savait rien.

Il était en train de s'assoupir quand il entendit le premier grattement ; ce bruit, quoique ténu, le ramena aussitôt à la conscience. D'instinct, il avait posé la main sur l'heudeüre — la poignée — de sa solide épée normande. Le bon sens lui soufflait que le bruit provenait sans doute de la forêt.

« Une bête, songea-t-il. Une bête attirée par la lumière du bivouac, mais que les flammes tiennent encore à distance. »

Un renard... un ours... un loup ?

Mais le cheval n'avait pas henni, ce qui contredisait l'hypothèse d'un visiteur à quatre pattes. L'approche d'un prédateur aurait fait se cabrer le roncin bien avant que Jehan ne devine la présence de l'intrus.

Le bruit résonna de nouveau. On cognait. C'était comme un poing frappant à une porte pour exiger passage. Jehan dégagea son épée du fourreau, défit la fibule de son mantel, et sortit de la hutte. Se pouvait-il que...

Ainsi le moine aurait dit la vérité ?

À pas lents, Jehan s'approcha du lieu de sépulture. Sous l'effet de la pluie, la terre s'était déjà affaissée à l'endroit où l'on avait creusé la fosse. Pressés de prendre la fuite, les fossoyeurs ne s'étaient pas donné la peine de tasser le sol. La boue, en s'amollissant, rendait les contours du cercueil presque visibles. On cogna encore.

Jehan s'immobilisa au bord de la déclivité, hésitant sur la conduite à tenir. Devait-il courir chercher de grosses pierres dans la forêt pour les entasser sur la caisse afin de prévenir le jaillissement possible de l'armure ?

C'est bien ce que lui avait conseillé le moine. On frappa deux fois. Le doute n'était plus permis. Le bruit provenait bien du couvercle. Quelque chose s'agitait dans la caisse, quelque chose qui voulait sortir.

Jehan fut sur le point de grimper sur le cercueil et d'enfoncer sa lame dans l'interstice de deux planches, mais si le harnais de guerre était aussi solide qu'on le prétendait, il risquait d'endommager son épée, et cela le fit renoncer.

S'agenouillant sur le couvercle, il colla son oreille sur le bois. Il crut percevoir un gémissement, un appel étouffé. C'était très faible. Une voix d'enfant ou de femme. Il pouvait toutefois s'agir d'une ruse du démon pour le convaincre d'ouvrir la boîte. En bon chrétien, il aurait dû se signer, prendre l'une des hosties consacrées que lui avait remises le moine et la glisser à l'intérieur du cercueil.

On ne cognait plus, on grattait, comme si le prisonnier sentait ses forces l'abandonner. Si quelqu'un était enfermé là-dedans il risquait fort de se noyer dans la boue liquide qui ne cessait de s'insinuer dans la caisse. Il fallait réagir avant qu'il ne soit trop tard.

« Ne t'en mêle pas, lui soufflait la voix de la raison, ce sont là affaires de seigneur. Tu n'as qu'à regagner ta cabane, te boucher les oreilles avec deux noisettes de glaise et attendre que la tourbe fasse son œuvre. »

Se maudissant pour sa sensiblerie, Jehan glissa son épée sous les bandeaux de laiton qui entouraient le cercueil pour les briser l'un après l'autre. Il alla ensuite chercher sa grande hache de guerre et entreprit de défoncer le couvercle.

« Tu es complètement fou, se disait-il. Le baron pourrait te faire pendre pour avoir contrevenu à ses ordres. »

Quand il écarta les planches fracassées, il distingua une grande silhouette à demi engluée dans la boue. L'armure... Le harnais de sable. Elle serait bientôt recouverte. Pour l'heure, elle remuait faiblement le bras droit ; son gantelet articulé s'ouvrait et se refermait en crissant.

C'était la première fois que Jehan voyait une cuirasse de ce genre, enveloppant totalement le corps. Elle lui parut effroyablement lourde ; il estima qu'il aurait eu, lui-même, le plus grand mal à la supporter plus d'un instant. Risquant le tout pour le tout, il posa la main sur la ventaille mobile du casque et la releva. Un petit visage de jouvenceau apparut, baignant dans la boue liquide.

— Par pitié, gémit le prisonnier, sortez-moi de là. L'armure est en train de se remplir, je vais me noyer si vous ne faites rien.

— Cramponne-toi à mon bras, dit Jehan. Je t'aiderai à sortir.

— Non, balbutia le jeune homme. Je ne pourrai pas me relever, la cuirasse est trop pesante, je ne suis pas assez fort pour la mouvoir. Il faut déboucler les attaches du plastron, de la pansière, là, sur le flanc gauche. Je vous en supplie, faites vite, la boue est en train de me remplir les oreilles.

Jehan planta l'épée au bord de la fosse et plongea les mains dans la bouillie de tourbe. Ses doigts rencontrèrent des boucles qu'il entreprit de défaire à tâtons. Il travaillait en aveugle. La pluie, qui redoublait, ne cessait de remplir la cavité comme s'il s'était agi d'un réservoir. Il crut qu'il n'y arriverait jamais. Le flot noir submergeait déjà le visage du gamin. Celui-ci, sentant venir le moment de la noyade, suffoquait d'épouvante.

Jehan réussit enfin à ouvrir la cuirasse qui se souleva comme le couvercle d'un coffre métallique. Le jouvenceau put alors dégager du piège sa tête et ses membres. Montpéril le saisit à bras-le-corps et le hissa hors de la fosse. Le corps maigre du gosse grelottait de froid, de terreur. Tous ses vêtements étaient trempés de boue.

— Viens, dit Jehan en le soutenant jusqu'à la hutte. Enlève tes guenilles, approche-toi du feu. Tu t'envelopperas dans une couverture.

Le jeune homme ne put répondre tant ses dents claquaient. La peur éprouvée semblait l'avoir privé de ses dernières forces. Comprenant qu'il devait prendre les choses en main, Montpéril lui arracha son bliaud, sa chemise et ses braies pour le débarrasser de la carapace de boue qui l'enveloppait. C'est au moment où il rabattait les chausses sur les chevilles de l'inconnu qu'il s'aperçut qu'il était en présence d'une femme. Celui qu'il avait pris pour un page était en réalité une grande fille au corps osseux et musclé, presque garçonnier si l'on faisait abstraction des petits seins écrasés sous une bande de toile. Jetant une couverture sur les épaules de la damoiselle, il la fit asseoir près du feu et lui mit dans les mains un gobelet d'eau-de-vie de prune.

— Excuse-moi, dit-il. Je ne pouvais pas deviner. Qui es-tu ? Que faisais-tu enfermée dans cette armure ?

La jeune femme se nettoya le visage d'un revers de main. D'après ce que Jehan pouvait en juger, elle avait les cheveux coupés à la manière des pages, et des pommettes saillantes qui trahissaient des liens de sang avec les peuples nordiques.

— Je suis Sigrid, souffla-t-elle en crispant les doigts sur le gobelet. D'ordinaire, je me fais appeler Martin... Personne ne sait que je suis une femme. L'armure m'appartient, elle a été créée par mon père, Jod le forgeron. Je vais de foire en foire, pour l'exhiber et gagner quelques sols. C'est comme ça que je vis. Je loue la cuirasse le temps d'un tournoi. Il se trouve toujours un chevalier qui brûle d'être invincible et de faire du butin. Le harnais de sable lui permet d'être plus fort que ses adversaires le temps d'une joute.

— Tu joues le rôle d'écuyer ?

— Oui, je les équipe. Ils ne pourraient pas le faire tout seuls, cette cuirasse n'a rien à voir avec les hauberts classiques.

— Et que faisais-tu au fond du cercueil ?

— C'est le baron... Il voulait d'abord me brûler vive, puis frère Antonin est intervenu. Il a eu l'idée de m'enfermer à l'intérieur de l'armure et de me faire enterrer avec elle. Il disait que Dieu pourvoirait à mon sauvetage s'il le jugeait bon.

La jeune femme fut interrompue par une quinte de toux. Elle continuait à trembler de froid en dépit de la chaleur du brasier. La boue, cuite par le feu, lui couvrait la peau de grosses écailles vertes.

— Que s'est-il réellement passé là-bas ? demanda Jehan. Je dormais à l'auberge quand le moine est venu me chercher. Je venais d'escorter un groupe de jongleurs attirés par la foire. On m'a parlé d'enfants assassinés.

Sigrid baissa les yeux et secoua la tête dans une mimique d'ignorance.

— Je ne sais pas, soupira-t-elle. Je dormais moi aussi quand les gardes me sont tombés dessus. Le baron m'avait fait venir pour lui présenter l'armure dont on lui avait dit grand bien. Il voulait briller au cours des tournois qui devaient avoir lieu chaque jour de cette semaine. Je crois qu'il avait dans l'idée de l'utiliser pour affermir son ascendant sur ses vassaux. Voilà, c'est tout. Les premiers essais l'ont convaincu d'acheter le harnais, mais j'ai remis ma réponse à plus tard. Nous sommes tous allés nous coucher. J'avais trop bu, j'ai dormi comme une souche. À l'aube, le moine a découvert les trois enfants d'Estriviers égorgés, et, comme la veille, le baron avait coupé le cou à trois brebis au cours d'un simulacre de combat, il en a déduit que la cuirasse était atteinte de somnambulisme et n'avait fait que répéter les gestes inscrits dans sa mémoire. Je crois plutôt qu'il s'agit d'une vengeance... Au cours de la présentation, le baron a humilié l'un de ses vassaux, Guillaume, un chevalier un peu trop ambitieux. Il l'a ridiculisé aux yeux des dames en l'obligeant à endosser le harnais. Or Guillaume n'est pas assez fort pour porter ce genre de carapace. Au bout d'un moment il s'est écroulé, vaincu par l'épuisement. Quand je l'ai dégagé, la haine brillait dans ses yeux. Une haine atroce. Il venait de comprendre que le baron ne lui avait pas fait honneur en le priant d'essayer l'armure.

— Et selon toi, ce serait lui l'assassin, compléta Jehan.

— Oui, dit la jeune femme. Tu es visiblement un guerrier d'expérience, je ne vais pas t'apprendre comment ces jeunes loups se comportent entre eux. Le frère tue le frère, le père égorge le fils, tout cela pour des histoires de jalousie ou d'honneur bafoué.

— Je sais, approuva Jehan. Mais cela ne nous regarde pas. Ces gens-là ont de la justice une notion toute personnelle.

Il fit une pause, puis se décida enfin à poser la question qui lui brûlait les lèvres :

— L'armure est-elle magique ? J'ai entendu mille contes à son sujet.

— C'est moi qui les ai répandus, murmura Sigrid. Pour attiser la curiosité des badauds, les pousser à abandonner quelques sols pour avoir le droit de contempler, de toucher la cuirasse. C'est mon seul moyen d'existence. Peu à peu, une légende s'est forgée, qui a grossi le nombre de curieux. Les tournoyeurs ayant loué le harnais le temps d'un combat en ont rajouté, pour le plaisir de briller dans les discussions de taverne. La chose s'est faite au fil des ans. On a fini par tenir pour acquis que l'armure conservait dans sa texture la mémoire des coups appris ; que l'habileté des combattants s'y trouvait enregistrée, et, qu'au moment de la bataille, toute cette science se trouvait régurgitée par le métal dès lors qu'on commençait à le mouvoir... Mais ce n'était qu'une fable, un miroir aux alouettes.

— Et cette accusation de somnambulisme ? s'enquit Montpéril.

Sigrid haussa les épaules.

— Je ne sais pas... La fable m'a échappé. Les gens s'en sont emparés, l'ont tournée à leur envie.

Je suppose que les chevaliers humiliés de n'être pas assez forts pour endosser le harnais se sont vengés de cette manière.

Jehan fourragea dans sa barbe pour se donner une contenance. Il avait l'impression désagréable que la jeune femme ne lui disait pas toute la vérité. Mentait-elle sciemment ou cherchait-elle à se rassurer en présentant les faits de la façon la plus rationnelle qui soit ? Il ne parvenait pas encore à le démêler, mais il n'aimait pas la façon qu'elle avait de sursauter au moindre craquement, de regarder par-dessus son épaule, les yeux écarquillés par l'effroi, comme si elle s'attendait à voir effectivement l'armure sortir du trou par ses propres moyens et s'avancer sous l'averse, en direction du bivouac.

— Je t'ai sauvé la vie, dit-il d'un ton las, alors cesse de me raconter des histoires. Je vois bien que tu meurs de peur.

La jeune femme tressaillit. Dans ce mouvement, la couverture glissa. Jehan put constater que ses bras, ses épaules, étaient constellés de brûlures, de cicatrices.

— Tu as travaillé à la forge, ça se voit, fit-il. Parle-moi de ton père. C'est lui qui a inventé cette armure, je suppose que cela n'a pas été facile.

Sigrid le regarda droit dans les yeux, comme si elle essayait de le soupeser. Il y avait une hardiesse frôlant l'insolence en elle, sans doute parce qu'à force de jouer les garçons, elle avait fini par en adopter d'instinct le comportement.

— C'est une histoire bien longue, bien lugubre, dit-elle d'un ton qui trahissait son désarroi. Je ne l'ai jamais racontée à personne, mais tu m'as sauvée, c'est vrai. Et je te dois quelque chose... Mon père s'appelait Jod, il avait appris son métier en terre germanique. Il forgeait des armes car les outils communs ne l'intéressaient pas. Dans sa jeunesse, il suivait les armées en guerre. Un jour, je ne sais comment, lui est venue l'idée d'une nouvelle cuirasse... d'un vêtement de combat comme on n'en avait jamais vu jusqu'alors.

Et, les yeux dans le vague, le regard perdu dans le crépitement des flammes, Sigrid se mit à raconter la forge, la caverne, la lente confection du harnais. Le père, muré dans son obsession. La mère morte en couches, les nourrices de passage, s'enfuyant les unes après les autres dès que les prenait la peur de ce géant au visage marqué de brûlures. Les échecs successifs, le désespoir, la peur. Et puis l'holocauste final. Le sacrifice offert aux dieux barbares. L'enfant enfermé au sein d'une armure que les flammes portent au rouge. L'enfant brûlé vif entre les parois de la cuirasse.

Elle parlait d'une voix de somnambule, une de ces voix qu'adoptent les rêveurs au cours du sommeil quand les songes leur sont un trop grand tourment et les contraignent à prendre la parole.

— Tristan, dit-elle soudain. Je l'ai appelé Tristan... et quand je pense à lui, je le nomme toujours ainsi.

— Et ton père ? interrogea Montpéril.

— Après le sacrifice il n'a plus jamais été le même, murmura Sigrid. Il a continué à travailler sur l'armure, à la perfectionner. Il s'était mis dans la tête qu'elle fonctionnait beaucoup mieux désormais. Je ne sais pas si c'était vrai, ou s'il avait décidé de le croire.

Sigrid ferma les paupières. Elle se revoyait, suppliant Jod de mettre en vente le harnais, d'aller de château en château pour le présenter aux seigneurs. Elle avait l'impression qu'elle ne recommencerait à vivre qu'une fois débarrassée de l'armure. Cette grande silhouette, dressée dans un coin de la caverne, et dont l'ombre pesait sur la famille, continuait à lui faire peur. Souvent, dans les brumes du demi-sommeil, elle avait l'impression d'entendre les pleurs d'un enfant martyrisé résonner au creux de la cuirasse. À plusieurs reprises, elle s'était réveillée, le cœur battant à tout rompre, persuadée que l'armure bougeait, là, dans la lueur brasillante de la forge en train de s'éteindre, puis le charme s'était dilué.

Longtemps, elle se félicita de n'être pas assez forte pour pouvoir enfiler le harnais de guerre, il lui aurait été insupportable de se glisser dans la cuirasse où Tristan avait trouvé la mort, là où il s'était débattu avant de succomber. Parfois elle se répétait que l'âme de l'enfant sacrifié était passée dans le métal, qu'elle l'imprégnait de sa terreur, de sa colère, et quand elle voyait son père boucler sur lui les différentes pièces d'acier, elle se préparait au pire. Elle se disait que l'armure allait se venger, prendre le contrôle des mouvements de Jod, le contraindre à se jeter dans quelque précipice. Mais cela n'arriva jamais.

Les années avaient passé. Trois, quatre, cinq... Jod s'obstinait à refuser de présenter son œuvre dans les tournois, là où elle aurait eu pourtant les plus grandes chances de soulever l'intérêt.

— Tu ne comprends pas, grognait-il. Je ne la céderai qu'à un grand paladin, un héros. Les autres ne seraient pas dignes de l'endosser. C'est un harnais conçu pour accomplir des exploits de légende.

Il vieillissait. Ses cheveux, sa barbe, devenaient gris. Sur son torse, là où le poil poussait encore entre deux cicatrices de brûlure, sa toison prenait des reflets argentés. Sigrid finit par comprendre qu'il ne se séparerait jamais de son œuvre, il y tenait trop. Il pouvait passer des heures à la frotter sous tous les angles, à en graisser les jointures, à corriger quelque infime imperfection à petits coups de lime méticuleux. Son seul vrai plaisir était de s'en revêtir et de déambuler dans la plaine, une épée à la main, en mimant un combat imaginaire. Au début, Sigrid l'avait cru frappé de démence.

— Pauvre gourde, avait-il répliqué. Tu ne comprends pas qu'il faut habituer le fer aux divers mouvements qu'il devra accomplir ? Il faut l'éroder, de manière à ce que les articulations ne rencontrent plus aucune aspérité. Les genouillères, les cubitières doivent se plier à la sollicitation avec une douceur de soie.

Il disait peut-être vrai, mais la jeune fille le soupçonnait d'une joie égoïste. Il ne voulait pas se séparer de l'armure parce qu'il l'aimait plus que tout. Cela dura jusqu'à ce qu'un hiver, après s'être entraîné au milieu de la plaine enneigée, il attrape froid. Une mauvaise fièvre de poitrine qui le tint cloué sur sa paillasse des semaines durant. Sigrid le crut proche du trépas, mais Jod surmonta le mal. Simplement, il en resta diminué. Sa belle force de jadis l'avait quitté. Très vite, il prit conscience qu'il n'était plus assez puissant pour continuer à revêtir l'armure et jouer au chevalier au milieu du tourbillon des corbeaux effrayés. Maintenant il se fatiguait vite, le poids du harnais lui faisait plier les genoux au bout de quelques instants ; il en émergeait suant, soufflant, les os endoloris. Il commença à prendre la cuirasse en détestation. Lui qui n'avait vécu que pour elle s'en détourna, au point de la laisser se couvrir de toiles d'araignée et de surveiller en ricanant les progrès de la rouille à la surface du fer.

— C'est alors que le remords l'a pris, dit la jeune femme. Tardivement, cinq années pleines après le sacrifice du bébé. Il s'est mis à crier dans son sommeil, à se débattre contre des fantômes. Parfois même il marchait en dormant. Il avait des crises de somnambulisme qui lui faisaient quitter la grotte et errer dans la montagne, au risque de se faire mettre en pièces par les ours. Il m'a demandé de briser les idoles barbares érigées au fond de la caverne car les rhumatismes ne lui permettaient plus de le faire de ses propres mains. Lui, qui ne jurait que par Thor et Odin, est allé se confesser au moutier voisin. Il en est revenu la mine sombre, bien silencieux. Je n'ai pas pu lui tirer une parole trois jours durant.

Un matin — l'office de prime venait à peine de sonner au clocher du cloître de la vallée — Jod réveilla sa fille avec impatience.

— Je pars, lui annonça-t-il. Ma décision est prise. J'y réfléchis depuis que j'ai consulté le confesseur de Saint-Euphrose. Je dois expier, sinon mon âme ne connaîtra jamais le repos. Je te laisse tout, la forge, l'armure. Fais-en ce que bon te semble. Vends les outils ou reprends le commerce à ton compte, cela m'importe peu. Je veux simplement que tu m'accompagnes jusqu'à ma dernière demeure, après nous ne nous reverrons plus et tu devras apprendre à vivre seule.

Sigrid se leva, abasourdie. Il faisait froid ; elle s'enveloppa d'un méchant manteau de futaine qu'elle avait doublé de peau de lapin. Le père remplissait une besace. Un peu de linge mal reprisé, un morceau de pain tranchet, quelques oignons, un reste de fromage mou. Ses gestes étaient lents, maladroits.

— Viens, ordonna-t-il. Il faut traverser la plaine. Ne cherche pas à me retenir, ne sanglote pas, je ne suis pas d'humeur à supporter les jérémiades. J'ai été fou, je le sais. J'espère ne pas t'avoir mis de trop mauvaises idées en tête. J'ai eu tort de te considérer comme un garçon, d'oublier qu'une fille ne peut vivre seule à moins de se faire moniale. Peut-être devrais-tu y penser après mon départ ? Tu es habile de tes mains, habituée aux gros travaux, tu pourrais rendre de grands services dans une communauté de nonnes.

Il ne dit plus grand-chose pendant le reste du trajet. Quand il s'arrêta pour souffler, Sigrid réalisa qu'ils se trouvaient au pied d'une colline au sommet de laquelle avait été érigée la léproserie de la région.

— Voilà, annonça Jod. Je rentre chez les ladres pour devenir leur serviteur. C'est la punition que m'ont proposée les moines. Mon crime est grand, il mérite un châtiment exemplaire. Je servirai les lépreux jusqu'à ce que je contracte moi-même la maladie, j'accepte cette sentence de bon gré. Nous ne nous reverrons plus, ma fille. Donne-moi un dernier baiser et partons chacun de notre côté.

Sigrid se haussa sur la pointe des pieds pour poser les lèvres sur la joue de Jod. L'espace d'un instant elle fut tentée de lui dire : « Père, ce n'est pas le dernier baiser que nous nous donnons... En réalité c'est le premier que nous ayons jamais échangé. »

Mais le forgeron avait déjà tourné les talons. Sigrid le vit frapper au portail avec le bourdon de son bâton de marche, puis la porte s'entrebâilla et il disparut.

— Je ne l'ai jamais revu et il ne m'a pas davantage donné de ses nouvelles, conclut la jeune femme. C'était il y a dix ans. Je ne sais pas s'il est encore en vie. Pour survivre, j'ai chargé l'armure sur la charrette et j'ai entamé le tour des foires. Je n'avais aucune envie de me faire nonne.

Pendant le récit, Jehan avait étendu les vêtements de Sigrid sur des bâtons, de façon à ce qu'ils sèchent à la chaleur des flammes.

— Pauvre père, soupira l'écuyère. Lui qui réservait l'armure à un chevalier digne de la quête du Graal, s'il savait ce qu'est devenue la chevalerie, aujourd'hui ! Une bande de loups qui ne pensent qu'à faire du butin, rançonner, piller, qui n'attendent que la venue d'une bonne guerre pour se désennuyer en tranchant les gorges et en violant les villageoises...

Elle se tut. La pluie avait cessé, l'humidité les pénétrait maintenant jusqu'aux os.

— Mais la malédiction ? lança de nouveau Jehan. Qu'en est-il vraiment ? J'ai souvent entendu dire que ceux qui avaient loué le harnais de sable étaient morts d'une façon bizarre.

Sigrid eut un geste vague.

— C'est arrivé, en effet, avoua-t-elle avec une certaine réticence. Mais je crois qu'on peut raisonnablement trouver une explication logique à ces décès. En fait, ceux qui louaient l'armure se croyaient invincibles et multipliaient les imprudences. Ils finissaient toujours par aller trop loin, commettre quelque bourde mortelle. Je te le répète : c'étaient des tournoyeurs de métier, sans famille. Risquant leur vie à chaque engagement.

— Je ne suis pas sûr que tu sois aussi sereine que tu le prétends, dit Jehan. Si tu ne croyais pas à la nature magique de l'armure, tu ne la surveillerais pas du coin de l'œil, comme tu le fais depuis que je t'ai sortie de la fosse.

Sigrid lui jeta un regard haineux. Il lui déplaisait d'avoir été percée à jour.

Ses épaules s'affaissèrent, elle baissa les yeux.

— Je ne puis m'en empêcher, fit-elle dans un souffle. J'ai beau me répéter qu'il s'agit d'une superstition, l'idée ne cesse de tourner dans ma tête... La nuit, surtout, quand j'essaye de dormir. Elle me visite dans mes rêves.

— Quelle idée ?

— Mon frère... Tristan. Il aurait dix-sept ans à présent. Ce serait un homme. Je me dis parfois que son âme torturée est restée prisonnière du métal, qu'elle crie vengeance. Le harnais est en quelque sorte son tombeau et il ne supporte pas qu'un étranger s'y glisse. Alors il tue celui qui ose passer outre, le « profanateur de sépulture » involontaire. Le chevalier qui a endossé le harnais... Oui... ce sont là les fables que je me raconte.

La voix de la jeune femme n'était plus qu'un souffle. Montpéril frissonna, ce n'était certes pas là le genre d'histoire à évoquer par une nuit sans lune, lorsque les démons de la forêt tendaient leurs oreilles pointues du fond des buissons, en quête de farces mauvaises.

— Il faut dormir un peu, décréta-t-il. Nous verrons demain ce qu'il convient de faire.

4

Convoitise

Ils furent réveillés par l'écho d'une galopade furieuse résonnant sous le couvert. Jehan se dressa, l'épée au poing, s'apprêtant au pire, pendant que Sigrid enfilait ses guenilles à peu près sèches. Qui venait ? Une troupe de cavaliers, en ce point retiré de la forêt, voilà qui était pour le moins curieux.

Jehan fit quelques pas au milieu de la clairière, guettant ce qui allait sortir d'entre les arbres. Un homme surgit, monté sur un cheval ferrand. Il était drapé dans un manteau azur et portait une barbe courte, d'un noir bleuté. Ses cheveux, coupés presque au ras de la peau, trahissaient sa qualité de chevalier combattant habitué au port du heaume fermé. Son destrier était houssé de mailles et montrait un écu d'azur parti d'argent à trois besants-tourteaux de l'un en l'autre avec la devise *Traiez vos la !* Il était suivi de quatre soldats à cheval, armés de piques.

— Là ! hurla le nouveau venu en désignant la fosse ouverte d'où émergeait le cercueil fracassé. Je le savais. Regardez ! L'armure a déjà forcé la boîte où on l'avait enfermée. Elle a essayé de s'échapper. Je m'en doutais ! On ne m'avait pas menti, elle est bel et bien vivante.

Il paraissait heureux de cet état de choses. Il mit pied à terre, le visage rayonnant, et s'approcha du trou, avec une expression de curiosité gourmande. Il s'accroupit, et, du bout de ses doigts gantés, effleura la cuirasse boueuse qui ressemblait plus que jamais au cadavre d'un géant à demi enseveli dans la glaise.

— Je suppose qu'elle a cessé de bouger dès que le jour s'est levé, dit-il comme s'il se parlait à lui-même. Ah ! la garce est foutrement belle.

Il se redressa et parut alors prendre conscience de la présence de Jehan.

— Je sais qui tu es, l'interpella-t-il. Les nouvelles vont vite. On m'a rapporté ce qui s'est produit chez Thibault d'Estriviers, c'est pour cette raison que je suis accouru. Il est hors de question qu'on condamne une telle merveille de ferronnerie à rouiller sous la terre. Je suis venu acquérir le harnais de sable, je me nomme Philippe de Guignes, comte de la marche de Trembleterre.

— Comte, intervint Jehan, vous vous trompez, on n'a vu nul prodige en ce lieu. C'est moi qui ai éventré le cercueil.

Philippe de Guignes éclata d'un rire sonore, agita sa main droite gantée de chevreau.

— Ne te donne pas cette peine, coupa-t-il. Tu ne me dissuaderas pas par des mensonges boiteux. Je sais que l'armure bouge toute seule, c'est de notoriété publique. Mais cela ne me fait pas peur.

C'était un homme massif, à la poitrine en barrique, les jambes comme des piliers. Son cou semblait celui d'un bœuf, mais son visage gardait aimable tournure, et devait plaire aux dames.

— C'est toi l'écuyer ? lança-t-il à Sigrid qui s'approchait, costumée en garçon.

— Pour vous servir, seigneur, dit la jeune femme en s'inclinant. On me nomme Martin. Mais je vous en conjure, ne prenez pas la menace à la légère, surtout si vous possédez femme et enfants. En mon âme et conscience je ne puis vous dire qui a tué les deux fils et la fille du baron. C'est peut-être un jaloux, mais ce peut être aussi l'armure. Je ne sais pas. Je ne sais plus... Mieux vaudrait sans doute la recouvrir de terre et la laisser là à jamais.

— Tu plaisantes ? ricana Philippe de Guignes. Est-ce là une manœuvre pour attiser ma curiosité ? Point n'est besoin de déployer de telles stratégies, je suis tout acquis à l'idée de passer contrat avec toi. Sache que je n'ai pas peur des diableries. J'ai combattu en Terre sainte, le Christ doit désormais me payer rente pour le sang que j'ai versé là-bas. Il me protégera. Je crois que ton armure réclame un bon dompteur, quelqu'un qui saura la plier à sa loi comme l'on fait d'un cheval sauvage. Il convient de lui apprendre qui est le maître, et voilà tout. Une fois brisée, elle obéira.

— Le baron d'Estriviers m'a tenu à peu près le même langage, seigneur, fit observer Sigrid.

— Thibault est une outre pleine de pets, grogna Philippe. Ne me compare pas à ce pantin. J'ai combattu avec lui, je sais ce qu'il vaut... ou plutôt ce qu'il ne vaut pas.

Se retournant vers son escorte, il leva la main. Une charrette sortit d'entre les arbres, conduite par un vilain en guenilles.

— Chargez l'armure, ordonna le comte à ses hommes. Je l'emmène chez moi. Toi, l'écuyer, monte à côté d'elle. Et toi aussi Montpéril. Je ne puis te laisser ici après t'avoir dépouillé de ce que tu étais censé garder. Les hommes du baron t'écorcheraient vif.

Jehan ne pouvait que s'incliner. Rassemblant armes et paquetage, il grimpa dans le chariot. N'étant point sot, il comprenait que c'était là une manière de l'humilier, de lui faire saisir qu'on ne le considérait pas comme un vrai chevalier, digne de chevaucher en égal à côté d'un héros des croisades. En l'installant sur le charroi, on le ravalait au rang de serf. Il ne se laissa pas aller à la colère car, s'il n'était pas noble, il avait généralement plus de malice que tous les héritiers au sang bleu qui se prétendaient supérieurs à lui.

Les soldats peinèrent pour extirper l'armure de la caisse fracturée. Philippe les regardait faire, une moue de mépris aux lèvres. Il avait un profil de faucon et des épaules d'ours. Si quelqu'un pouvait enfiler le harnais de sable comme une simple chemise de cainsil, c'était bien lui.

— Seigneur, dit encore une fois Sigrid, je vous supplie de prendre mon avertissement au sérieux. Je ne puis garantir la sécurité de vos enfants si cette cuirasse passe le seuil de votre demeure.

— La sécurité de ma mesnie ne te regarde pas, siffla le comte. Je suis assez fort pour m'en charger moi-même. Occupe-toi simplement de remettre le harnais en état. J'ai l'intention de le revêtir lors des joutes qui auront lieu chez moi, dans deux jours. De toute manière, tu n'as pas d'autre choix que de te placer sous ma protection. Si tu restes sur les terres du baron, on te jettera au bûcher.

Cela dit, il grimpa en selle et cria à ses hommes de se presser. L'armure boueuse fut enfin déposée sur le plancher du charroi, aux pieds de Jehan et de Sigrid.

Le convoi s'ébranla, cahotant sur les ornières du chemin. Philippe de Guignes en avait pris la tête. Il semblait fort satisfait de l'expédition. Jehan ne partageait pas cette joie. Il redoutait fort que les choses tournent mal avant qu'il soit longtemps.

Se rapprochant de Sigrid, il lui demanda :

— Le crois-tu assez fort pour dompter le harnois ?

La jeune fille secoua la tête en signe d'ignorance.

— Je ne pense pas, souffla-t-elle. C'est l'erreur qu'ils commettent tous. Ils s'imaginent plus puissants qu'ils ne le sont vraiment. Si l'armure est réellement hantée, le comte ne sera qu'un jouet entre ses mains.

Jehan grogna. Tout le problème résidait dans cette interrogation : l'armure était-elle hantée ou bien...

Ou bien quoi ? Qui tuait, et pourquoi ? Cela n'avait aucun sens. Seul le fantôme de Tristan, l'enfant sacrifié, aurait eu un mobile valable pour persécuter les emprunteurs successifs du harnais. Fallait-il se résoudre à admettre cette hypothèse ? Pétri de superstitions paysannes, Jehan avait toujours le plus grand mal à réfuter d'emblée les éventualités au parfum démoniaque. Baissant les yeux, il scruta l'armure boueuse étendue à ses pieds. Un spectre habitait-il cette carcasse creuse ? Un spectre qui sortait de son immobilité une fois la nuit tombée ?

— J'ai peur, chuchota Sigrid. Je suis sûre qu'il

y aura une nouvelle tuerie, et on nous en attribuera la responsabilité. J'ai déjà failli mourir enterrée vive, je ne veux pas que cela se reproduise. Il faut s'enfuir... Il faut échapper aux hommes du comte.

Jehan fit la grimace. Comme la donzelle y allait ! Il était seul contre Philippe et ses hommes. S'il estourbissait le conducteur de la charrette pour en prendre les rênes, les cavaliers auraient beau jeu de le rattraper en piquant leurs montures. La carriole, alourdie par son chargement, n'irait pas bien vite ; de plus elle se révélerait peu aisée à conduire entre les arbres. Non, il ne fallait pas y penser.

— Pas maintenant, fit-il. Il faudra attendre le moment propice. Je ne sais s'il se présentera.

Pour tromper l'attente, il essaya de rassembler ce qu'il savait de Philippe de Guignes. Il s'aperçut bien vite que la moisson serait piteuse. Jehan était rarement admis dans l'entourage des nobles, qui le jugeaient trop grossier pour s'asseoir à leur table. Il ne faisait pas partie de ces chevaliers-troubadours — race hypocrite et nouvelle entre toutes ! — qui se délassaient des tueries de la guerre en écrivant de douces chansons d'amour, de tendres poèmes courtois, et pour ce faire, troquaient momentanément la dague ensanglantée pour la plume d'oie.

On sortit de la forêt. La route devint plus large, les chevaux prirent de l'allure. Malgré cela, Jehan voyait mal comment échapper à l'escorte. Le roncin qui tirait la charrette ne battrait pas à la course les destriers des soldats.

Un fleuve fendait la plaine en deux. Un pont

l'enjambait, fragile assemblage de planches et de rondins maintenus par des liens de chanvre.

— Pas tous ensemble ! commanda Philippe en levant la main. Moi d'abord, puis deux hommes, ensuite le chariot, et le reste de l'escorte pour finir, sinon cette antiquité s'écroulera sous les sabots des chevaux. C'est compris ? Et pas de précipitation.

Il passa, puis les deux premiers hommes d'armes le rejoignirent sur l'autre rive. Vint le tour du charroi, que le paysan engagea avec une lenteur craintive, en écoutant gémir les traverses du pont. Soudain, Sigrid se redressa. Avec le manche de sa dague, elle frappa le vilain à la nuque pour l'étourdir, puis le fit tomber du siège. Elle prit sa place, saisit le fouet, et en cingla jusqu'au sang la croupe du cheval qui hennit de souffrance. Fou de douleur, le roncin se jeta en avant, en une course incontrôlée. Sigrid empoigna les rênes, fit se cabrer l'animal. Quand les sabots de la bête de trait retombèrent sur les planches à claire-voie, on entendit craquer tout l'assemblage, et le pont se mit à vaciller sur ses piles mal plantées dans la vase. La charrette glissa vers la droite, déséquilibrée, puis passa par-dessus bord, enfonçant le fragile parapet. Jehan n'eut que le temps de pousser un juron avant de basculer dans le vide. La seconde suivante, le chariot touchait la surface de l'eau au milieu d'une grande gerbe d'éclaboussures. Le courant, très vif, l'entraîna comme s'il s'agissait d'un radeau ou d'une grosse barque. Jehan, alourdi par sa cotte de mailles, se cramponnait aux ridelles, essayant de ne pas couler. Pour un chevalier, tomber dans une rivière tout harnaché était ce qu'il pouvait redouter de pire. Le poids de l'épée joint à celui de l'écu suspendu à son flanc l'entraînait irrésistiblement vers le fond.

Le cheval avait disparu, longes rompues, mais la carriole continuait à pirouetter sur elle-même, ne se décidant pas à couler, sans doute parce que le fond en avait été passé au bitume. La vitesse du flot emportait les naufragés loin de l'escorte, qui essayait de se maintenir à hauteur en galopant de part et d'autre du cours d'eau. Cette poursuite fut bientôt rendue impossible par les obstacles du relief, et Philippe de Guignes, avec un cri de rage, dut se résoudre à voir la charrette lui échapper.

Jehan continuait à lutter pour ne pas sombrer. Il maudissait l'initiative de l'écuyère et les scrupules qui l'avaient poussée à jeter le charroi dans le fleuve. La famille du comte serait peut-être épargnée, mais eux risquaient fort d'y rester !

La force du courant lui faisait craindre la proximité d'une cascade. S'il voyait juste, la carriole se briserait en franchissant la chute d'eau. Quant aux nageurs, ils seraient écrasés sous les débris. D'où il se tenait, il ne voyait pas Sigrid. Peut-être avait-elle coulé depuis longtemps ?

Le grondement de l'eau en furie l'avertit que la cascade se rapprochait. Il lâcha la charrette et tenta de s'en éloigner en nageant pour ne pas risquer de la recevoir sur la tête. Il avait beaucoup de mal à se maintenir à la surface. Le flot le roulait telle une balle de chiffons. Cependant, la cotte de mailles l'empêchait de se déchirer la chair chaque fois qu'il heurtait un rocher. Alors qu'il commençait à suffoquer, il se sentit jeté dans le vide. Il commença à tomber, à tomber...

Le choc l'assomma à demi, et, empêtré dans son équipement, il se serait à coup sûr noyé si une poigne gigantesque ne s'était alors refermée sur son épaule, le tirant hors de l'eau comme un chaton.

Il crut d'abord qu'un ours l'avait saisi entre ses pattes, un ours dépourvu de fourrure et habillé de guenilles. Le monstre — qui était chauve comme un œuf — tenait déjà Sigrid sous son bras gauche, à la façon d'un vulgaire paquet. Il se déplaçait au milieu du tumulte de la cataracte sans éprouver la moindre difficulté. La créature se mit en marche vers la berge, où se tenait un homme vêtu d'un long manteau noir et coiffé d'un bonnet rouge dont l'extrémité se terminait par une clochette, comme en portent les bouffons. Il avait les traits émaciés, une barbe colorée en vert, enduite de gomme résineuse, et peignée en pointe telle celle d'un diable. Jehan, qui enregistrait ces images dans le brouillard d'une demi-syncope, se demanda s'il ne venait pas d'aborder sur la rive des enfers. Derrière l'homme à la barbe verte, se tenait une femme dont la figure se dissimulait sous un masque de porcelaine blanche dépourvu d'expression, et derrière cette créature masquée, venaient encore des enfants-gnomes, contrefaits, à peine âgés de six ou sept ans, mais dont les visages — barbouillés de couleurs vives — étaient déjà ceux de vieillards précoces. Certains se cachaient du reste sous des draps, comme s'ils répugnaient à étaler leurs infirmités en plein jour. L'homme à la barbe verte semblait communiquer avec le géant au moyen d'un langage constitué de gestes et de mimiques muettes.

— Ah, ah ! persifla la femme à la tête de porcelaine. Ils sont trempés comme des soupes. Ils doivent avoir des grenouilles plein l'estomac.

Les gnomes frétillèrent de rire à cette évocation. Le colosse laissa tomber Jehan et Sigrid sur la berge.

— Excusez Ursus, chevalier, dit l'homme à la barbe verte en s'agenouillant près de Jehan. Mais c'est un simple d'esprit, sourd et muet de surcroît. Je suis Bézélius, le montreur de phénomènes. Je vais de foire en foire avec ma mesnie de monstres, c'est ainsi que nous gagnons notre pitance.

Montpéril toussa, vomit un peu d'eau. Son gambison détrempé pesait sur ses épaules. Il entreprit de se dévêtir.

— Nous allons vous prêter une chemise, dit Bézélius fort obligeamment. N'ayez crainte, mes monstres sont propres, et ce petit bain forcé a bien décrassé Ursus.

Il badinait en souriant avec ostentation, mais son regard restait froid et scrutateur. Jehan réalisa qu'il était difficile de lui donner un âge. Il avait le teint mat et les yeux très noirs des Égyptiens. Des anneaux de cuivre pendaient à ses oreilles. Pour le reste, il devait être d'une maigreur phénoménale car ses bras, jaillissant des larges manches de son manteau, étaient à peine plus épais que des brindilles sèches.

— Voici Junia, annonça-t-il en désignant la femme à visage de porcelaine, notre costumière-cuisinière. Et nos petits gnomes : Zapo, Zupo, Zipo et Zepo... Je les surnomme nos anges fracassés. Vous ne trouvez pas qu'ils ont l'air de chérubins ayant raté leur premier vol et qui se seraient cassé la figure depuis le haut des nuages ? Ensuite, Dieu les a congédiés, c'est compréhensible : ils déparaient quelque peu son paradis avec leur gueule de travers !

Il parlait vite, d'une voix chuintante, étrangement persuasive, une sorte de souffle d'hypnotiseur qui vous perçait les oreilles. Se penchant vers Sigrid, il dit :

— Toi je te connais, le damoiseau. Tu es Martin, le montreur d'armure. Nous avons souvent fréquenté les mêmes foires, mais tu es plutôt fier, et tu as coutume de rester à l'écart. Tu n'es pas très aimé des forains, maître Bézélius n'a cependant aucune prévention contre toi. Ne vient-il pas de te sauver de la noyade ?

Sigrid se redressa sur un coude. Jehan observa que la jeune femme avait pris la précaution de se mettre à plat ventre afin de mieux dissimuler sa poitrine que les vêtements trempés auraient pu mouler.

— L'armure, haleta-t-elle entre deux quintes de toux. Elle est dans l'eau, au pied de la cascade... Il faut la récupérer.

— Ah, ça ! grogna l'Égyptien en feignant de rire. On ne peut pas dire que tu t'écorches la langue à dire merci, toi. Soit, comme je suis bon bougre, je vais demander à Ursus d'aller quérir ta ferraille.

Et, se redressant, il se lança dans une pantomime compliquée que le géant suivit d'un œil attentif avant de redescendre dans la rivière.

— Il a été élevé par les ours, expliqua Bézélius. Son village a été massacré par une bande de routiers, et, tout bambin, sachant à peine trotter, il s'est enfui dans la forêt. C'est là qu'une ourse l'a recueilli et adopté. Elle l'a élevé avec ses petits. Ursus ne sait que grogner, il se nourrit de miel, reste indifférent aux piqûres d'abeilles comme à toutes les atteintes physiques, et dort six mois chaque hiver. Le grand problème, c'est qu'il dédaigne les femmes et ne veut s'accoupler qu'avec des femelles ours, ce que l'Église voit bien sûr d'un très mauvais œil.

Jehan se contenta de hocher la tête en songeant qu'il s'agissait probablement là du boniment que le montreur de phénomènes débitait d'ordinaire aux badauds.

La monstrueuse famille se déplaçait à bord d'un grand charroi bâché tiré par deux percherons laidement pommelés. Des masques bariolés, des marottes de plâtre étaient suspendus aux ridelles.

— Avez-vous été victimes d'un accident, mes beaux sires ? s'enquit le drôle d'un ton moqueur. Ou bien couriez-vous si vite devant vos poursuivants que vous n'avez pas vu où vous mettiez les pieds ?

Jehan comprit que l'Égyptien n'ignorait rien de leurs démêlés avec le baron Thibault. Savait-il également que Philippe dc Guignes s'était mis en tête de réquisitionner le harnais maléfique pour son usage personnel ?

Ursus revenait, tenant entre ses bras l'armure qui était aussi large et aussi haute que lui. Il la serrait contre sa poitrine, comme il l'aurait fait d'un mannequin de son. Il la laissa tomber sur la berge, dans un grand fracas de métal.

— Peut-être serait-il plus prudent de ne pas nous attarder ici ? dit Bézélius. Je vous propose de grimper dans le chariot et de faire la route en notre compagnie. Le jeune Martin pourra aisément démonter son harnais de guerre et en dissimuler les différentes pièces dans le fouillis de nos accessoires de théâtre. Quant à vos personnes, dame Junia se fera un plaisir de vous déguiser en monstres, c'est là une de ses grandes spécialités.

Jehan n'éprouvait guère de sympathie pour l'Égyptien, mais, en l'absence de toute monture, Sigrid et lui pouvaient difficilement envisager d'aller à pied en remorquant l'armure.

— Soit, dit-il. J'accepte la proposition. Nous vous dédommagerons pour le coup de main si vous nous menez jusqu'à la prochaine ville.

On les aida à grimper dans la charrette, encombrée d'un incroyable capharnaüm : décors démontables, toiles peintes, statues de carton-pâte, astres, planètes et étoiles de papier doré, épées de bois... Des dizaines de masques pendaient, accrochés en grappes, dardant sur le visiteur leurs yeux vides. Pour la plupart effrayants, ils étaient agrémentés de cornes, de barbes et de longues moustaches. Les caisses, les coffres, formaient un labyrinthe que la troupe avait annexé et où chacun semblait avoir creusé son nid. Des cages en fer, munies de cadenas énormes, servaient de logement aux différents gnomes qui s'y précipitèrent, comme si les intrus représentaient un danger. Il planait sur tout cela une odeur épaisse de baume et d'encens, de pâte asiatique. Ursus posa l'armure aux pieds de Sigrid, et partit lui aussi s'enfermer de son plein gré dans la plus grande des cages. La jeune fille, avec des gestes précis, se mit à démonter la cuirasse sous le regard scrutateur de l'Égyptien. La femme au masque de porcelaine s'emparait de chaque pièce et s'empressait de l'enfouir dans les profondeurs du bric-à-brac.

— Voilà, dit Bézélius d'un ton satisfait. Maintenant nous allons vous maquiller. C'est assez simple : avec quelques boules de cire amollie, on fabrique de merveilleux bubons, des verrues, des loupes, qu'un peu de miel suffit à coller sur la peau. On change la forme d'un nez. L'important, c'est d'être assez hideux pour ôter à quiconque l'envie de vous examiner de trop près.

Jehan se sentait un peu mal à l'aise au milieu de ces étrangers, mais déjà, la femme au masque de porcelaine avait mis une bassine de cire à tiédir sur un réchaud empli de braises. Elle malaxait la pâte en examinant le visage du chevalier. Au fond de leur cage, Zipo, Zepo, Zupo et Zapo menaient grand tapage. Se suspendant aux barreaux, ils gigotaient en tous sens en poussant des cris aigus. Leurs membres grêles, déformés, leur donnaient l'apparence de lutins prisonniers.

— N'ayez crainte, fit l'Égyptien en s'asseyant sur un ballot de tissu rouge. Ces malheureux ne sont pas dangereux, ce ne sont que de pauvres infirmes. Des gosses que leur famille aurait de toute façon abandonnés au fond d'une forêt. On ne veut d'eux nulle part, pas même dans les couvents hospitaliers, car les moines et les nonnes les croient possédés par le démon, ou nés d'accouplements monstrueux. Si je ne les avais pas recueillis, ils seraient morts de faim depuis longtemps.

Par gestes, il fit comprendre à Ursus qu'il devait sortir de sa prison et prendre les rênes des chevaux.

— J'aime mieux que ce soit lui qui conduise, expliqua Bézélius. Sa stature décourage les brigands.

Le chariot s'ébranla. Dame Junia travaillait sur le visage de Jehan, s'appliquant à en modifier l'aspect. Montpéril ne cessait de se demander ce qu'elle pouvait bien cacher sous son masque de porcelaine. Quelle difformité ?

Pendant ce temps, Bézélius avait tiré une fine lame du revers de l'une de ses manches, et, s'approchant par-derrière du géant chauve occupé à conduire la charrette, avait commencé à lui entailler le cuir chevelu.

— Ursus n'est pas comme nous, se crut-il forcé d'expliquer. Il n'a pas de nerfs et n'éprouve aucune douleur. On pourrait lui trancher les quatre membres qu'il ne cesserait de sourire. Ne pensez donc pas que je lui inflige une torture odieuse, j'essaye tout simplement de parfaire son aspect extérieur, de façon à le présenter comme un véritable enfant des forêts. Le public est friand de ces sortes de prodiges, et la concurrence est grande.

Pendant qu'il parlait, il avait entaillé le crâne du colosse en six endroits. À présent, il introduisait des graines entre les lèvres de chaque blessure.

— À quoi rime tout cela ? grogna Jehan.

— Ce sont des semences, commenta l'Égyptien. La liquidité du sang et la chaleur du corps les poussent à germer, comme elles le feraient en terre. Avec un peu de chance, elles prendront racine et, une fois la peau crevée, donneront naissance à de fort belles floraisons. Ça ne marche pas à tous les coups, mais, lorsque la greffe prend, le résultat est assez spectaculaire. Ursus arbore alors des feuilles en guise de cheveux. Ces petites tricheries sont innocentes et nous permettent de gagner notre vie.

Maintenant, à l'aide d'un fil et d'une aiguille, il fermait chaque plaie comme il l'eût fait d'un accroc dans un vêtement.

— Observez bien, insista-t-il. En Occident, on s'obstine à cautériser les plaies au fer rouge, ce qui est absurde et ne les guérit qu'en surface. En Orient, au contraire, on pratique la suture, qui consiste à ravauder le corps comme on le ferait d'un vêtement déchiré. C'est plus long, mais beaucoup plus solide. Nos fisiciens ont tout à apprendre des Maures, mais ils ne veulent pas l'admettre.

Ursus avait subi l'intervention sans tourner une seule fois la tête. Le sang perlait en gouttelettes fines à chaque entaille. Placide, indifférent, il conduisait les chevaux sans s'occuper de ce qui se passait autour de lui.

L'atmosphère de fantasmagorie du charroi emplissait Jehan d'une vague inquiétude. S'il avait pu s'enfuir, il l'aurait fait sans hésiter. Les montreurs de phénomènes lui avaient toujours fait peur.

Dame Junia, ayant fini de le travestir, lui fit découvrir son nouveau visage dans un morceau de fer poli. Montpéril laissa échapper un cri. Il était, lui-même, devenu un monstre.

5

Chasseurs de diables

Quand le soleil eut atteint son zénith, Jehan commença à se sentir un peu plus rassuré. Après tout on approchait de midi et aucun maléfice ne s'était encore abattu sur lui. Par égard pour les visiteurs, Zupo, Zipo, Zapo et Zepo s'étaient de nouveau entortillés dans de vieux draps percés de trous à la hauteur des yeux. Bézélius avait repris son monologue, intarissable.

— J'expose des animaux empaillés ou conservés dans l'esprit de vin, expliquait-il. Des bêtes prodigieuses venues des quatre points cardinaux. J'ai des sirènes naturalisées, des lézards dont les yeux sont des escarboucles. J'ai une grande réserve d'homoncules à peine plus grands que l'ongle du pouce ; ces minuscules lutins profitent du sommeil des femmes pour s'introduire dans leur ventre par l'ouverture des parties honteuses. Ensuite, ils se nourrissent de tout ce qu'avale la pauvre donzelle qui se met à maigrir et n'a bientôt plus que la peau sur les os. En vérité, j'ai toutes sortes de lutins. Tenez, compagnons, en voici un que j'ai ramené des terres africaines.... Regardez !

Arrachant un linge couvrant une cage, il démasqua un petit personnage assez laid, haut comme un pichet de vin, dont la peau rosâtre tirait sur le violet. Ses mains, parfaitement formées, semblaient celles d'un humain. On l'avait habillé d'un costume de bourgeois, ce qui ne paraissait guère lui convenir car il était en train de manger son chapeau.

Jehan retint un sourire. Il n'était point aussi sot que l'Égyptien se l'imaginait. Il avait déjà vu ce genre de « lutin » à la foire de Provins. C'était simplement un petit singe qu'on avait épilé et rasé sur tout le corps pour accentuer sa ressemblance avec un homme.

— Au cours de mes voyages j'ai pu contempler toutes les créatures dont parlent les bestiaires, déclamait Bézélius. Les cyclopes qui n'ont qu'un œil mais peuvent lire les pensées au fond des cervelles. Les créatures qui n'ont qu'un énorme pied et s'en servent comme d'une ombrelle pour se protéger tant il fait chaud dans leur pays oublié de Dieu. Les momies, qui sont des hommes immortels fabriqués par les pharaons, mais qui vivent emmaillotés de bandelettes car le vent du désert émietterait leur chair desséchée s'ils ne prenaient cette précaution. J'ai contemplé des baleines qui, en réalité, sont des îles devenues vivantes et qui ont dévoré tous leurs habitants. J'ai vu des menhirs se briser comme des œufs pour donner naissance à des bêtes qui changent en pierre tout ce qu'elles touchent...

Il brassait l'air de ses bras décharnés, désignant les paquets et ballots qui l'entouraient, comme si la Création tout entière se tenait là, enveloppée de chiffons sales, ficelée par ses soins. Jehan supposa qu'il s'agissait de bestioles trafiquées : des enfants mort-nés dont on avait tranché les jambes pour les remplacer par une queue de poisson. Il connaissait les astuces des montreurs de bestiaires. Ces drôles étaient capables des farces les plus malhonnêtes.

Comprenant qu'on ne le prendrait pas au sérieux, l'Égyptien interrompit sa harangue. Dès lors, sa curiosité se reporta sur les tristes événements du château et sur les pouvoirs supposés de l'armure.

— Ainsi, dit-il d'un ton rêveur, elle leur a coupé le cou ? Je vous avouerai, compagnons, que je n'ai point coutume de pleurer sur les malheurs des riches, aussi ne vous étonnez pas de mon hilarité. L'idée de ces trois marmots insolents décapités dans la nuit m'est même assez douce. Je ne vois pas pourquoi les seigneurs auraient seuls le droit de piller, de violer et de tuer. Ton armure, jouvenceau, est peut-être venue sur terre pour semer un peu de justice dans la vie des pauvres gens.

— L'armure n'a rien fait ! cracha Sigrid d'un ton buté. Je crois que l'un des vassaux du baron a profité de la mauvaise réputation de la cuirasse pour mettre à exécution un projet de vengeance. Le harnais de sable lui a permis de détourner l'attention générale, voilà tout.

— C'est bien possible, admit Bézélius, mais c'est beaucoup moins excitant. Je préfère croire que ton armure est somnambule et découpe les nobles en rondelles à la nuit tombée.

Il ricanait, la bouche fendue jusqu'aux oreilles, mais ses yeux brillaient d'un feu plein d'une haine retenue.

La conversation languit. On décida de s'arrêter

pour manger quelque chose et laisser reposer les chevaux qui trottaient depuis le matin.

Jehan avait à peine posé pied à terre qu'un groupe de cavaliers surgit de la forêt bordant la route. Il crut d'abord qu'il s'agissait de brigands, mais distingua bientôt des robes de bure attestant la présence de moines. Trois tonsurés s'approchaient, le visage austère, escortés de soldats en armes.

— Arrêtez, ordonna celui qui chevauchait en tête. Je suis frère Wilfrid. Je dois contrôler votre convoi. Nous avons pour mission de traquer les lépreux qui cherchent à s'introduire frauduleusement dans les villes. Sortez tous de cette charrette. J'ai avec moi un fisicien qui vous examinera. Si vous avez quelque tare suspecte, vous serez immédiatement conduits dans une léproserie. Ne cherchez pas à vous enfuir, nos hommes d'armes vous flécheraient avant que vous ayez eu le temps de faire dix pas.

Jehan serra les poings. La menace devait être prise au sérieux. Il se maudit d'avoir cédé aux caprices de Bézélius et de s'être laissé travestir en monstre.

Les moines descendirent de cheval tandis que les soldats encochaient négligemment un trait sur la corde de leur arc.

— Approchez, frère Worm, dit Wilfrid. C'est encore l'un de ces détestables troupeaux de monstres qu'attirent les foires. Il vous faudra être vigilant. Ces créatures portent souvent les stigmates du péché. La plupart d'entre elles sont le résultat d'accouplements contre nature. Chaque fois qu'une femme prend du plaisir au jeu d'engendrement, voilà ce qui en résulte. Vous ne répéterez jamais assez à vos ouailles qu'elles ne doivent pas céder au mirage de la jouissance si elles ne veulent pas voir des êtres contrefaits sortir de leurs entrailles. Dieu a inventé la procréation pour multiplier l'Espèce, mais le diable a inventé le plaisir pour fabriquer un peuple à son image.

Les moines avaient déplié une sorte de paravent fait de roseaux et de draps tendus. Ils l'arrangèrent de manière à former une sorte de cabinet aux allures de confessionnal.

— Quand on vous ordonnera d'avancer, lança frère Wilfrid, vous pénétrerez dans cette guérite et vous vous mettrez entièrement nus, pour que le fisicien puisse vous examiner. Si vous renâclez, vous serez déclarés ladres présomptifs, et les soldats vous conduiront à la léproserie.

— Mon père, intervint Bézélius. Il n'y a ici aucun malade contagieux. Je suis un montreur de bestiaire fort connu dans les foires. Je travaille à l'édification du peuple en lui faisant découvrir les curiosités du monde.

— Tais-toi, trancha Wilfrid. Garde ton boniment pour ta pratique. Maintenant je vais examiner le contenu de ton chariot. Si j'y découvre des objets d'essence satanique, j'y mettrai le feu. Sortez tous, et ne faites aucun geste menaçant.

— Vous ne trouverez rien de compromettant, dit l'Égyptien. Il n'y a là que des animaux empaillés et des accessoires de théâtre en carton colorié.

— On m'a nommé à cette charge pour faire la guerre aux lépreux, gronda Wilfrid. Pour se venger de leur malheur, ces créatures ignobles viennent pisser et cracher dans les fontaines. Certains d'entre eux ne respectent même pas la règle du bâton et de la clochette pour annoncer leur passage. Il en résulte des épidémies terribles qui déciment les villages.

Jehan sentit son estomac se nouer. Dès à présent, ils étaient livrés à la décision arbitraire du fisicien. Si celui-ci se trompait dans son diagnostic, ils finiraient tous à la ladrerie. Frère Wilfrid grimpa dans le charroi dont il se mit en devoir de bousculer les caisses et d'éventrer les paquets. Il ne parut pas remarquer l'armure démontée, et sans doute en confondit-il les pièces éparses avec les accessoires de théâtre jetés en vrac. Le singe rasé retint par contre toute son attention, et il se saisit de la cage qu'il examina avec horreur.

— Voyez ! lança-t-il aux prêtres qui l'accompagnaient. Un homoncule. Je le confisque. Nous le brûlerons après l'avoir exorcisé.

La cage à la main, il examina un à un les passagers du chariot. La femme au masque de porcelaine excita tout particulièrement sa méfiance, et c'est elle qu'il expédia en premier derrière le paravent. Jehan entendit un froissement de vêtements, des chuchotis.

— Alors ? s'impatienta Wilfrid. Est-elle ladre ?

— Non, lâcha le fisicien. Un simple cas de petite vérole. La victime en est bien enlaidie, mais elle est saine. L'attaque est ancienne et parfaitement sèche.

— À toi, ordonna Wilfrid en pointant l'index vers Jehan. Va là-bas, mets-toi nu.

Montpéril s'exécuta. Il atteignit le paravent au moment où Junia en sortait. À moitié rhabillée, elle achevait de nouer son masque au moyen d'un lacet de cuir.

— Enlève ces guenilles, commanda le médecin lorsque Jehan fut en face de lui.

— Je suis un ancien soldat, expliqua le routier. Je fais le comédien pour survivre, ces difformités sont fausses.

Et il arracha les excroissances de cire rose que Junia avait collées sur son visage. Son corps, constellé de cicatrices acheva de convaincre l'homme de l'art.

— Rien de suspect, frère Wilfrid, cria le fisicien. Un pauvre bougre d'ancien soldat qu'on a maquillé pour faire peur à la populace.

L'examen continua : Sigrid, l'Égyptien et Ursus se succédèrent derrière le paravent. Quand vint le tour du géant, les choses faillirent se gâter car le sourd-muet ne comprenait pas ce qu'on attendait de lui. Lorsqu'on lui arracha sa chemise, il leva ses poings énormes, et les archers le mirent en joue. Bézélius intervint, mimant les gestes que l'homme-ours devait accomplir. Ursus suivait cette pantomime d'un air hébété, cherchant à en percer les secrets.

— C'est un innocent, expliqua précipitamment l'Égyptien, mais il ne ferait pas de mal à une mouche. À présent il va être doux comme un agneau.

« Pourvu que les tonsurés ne s'aperçoivent pas que ce quintal de muscles est totalement insensible à la douleur, songea Jehan. Ils seraient bien fichus de l'accuser de sorcellerie. »

L'insensibilité aux piqûres ou aux incisions était en effet considérée comme la preuve directe d'une allégeance à Satan. Si le fisicien avait le malheur de le découvrir, Ursus était perdu.

Le colosse, suivant docilement les indications du montreur de bêtes, se dépouillait déjà de ses guenilles sans même attendre d'être à l'abri du paravent.

— Quelle impudeur ! gronda frère Wilfrid en faisant la grimace. C'est davantage un animal qu'un être humain.

Au vrai, Ursus se révélait d'une complexion athlétique qui eût éveillé la jalousie de bien des chevaliers. Curieusement, il n'avait aucun poil sur le corps, ce qui achevait de lui donner l'apparence d'un monstrueux poupon.

— Un innocent, clama de nouveau Bézélius. C'est un être naturel très docile, élevé par les bêtes. Il fait toujours sagement ce qu'on lui ordonne.

Les moines étaient sur le qui-vive, craignant visiblement de se faire arracher la tête par le colosse aux yeux vides. Le fisicien haussa les épaules.

— Belle complexion, marmonna-t-il. Dommage qu'il n'y ait pas l'ombre d'une idée dans cette caboche. Dieu a sans doute voulu que cette trop grande puissance ne soit mise au service d'aucune pulsion mauvaise.

— Sans doute, approuva frère Wilfrid.

Jehan devina que les moines étaient déçus. Ils avaient espéré quelque capture glorifiante, ils se retrouvaient en présence d'une poignée d'infirmes mêlés de cabotins. Il eut peur que les « gnomes » Zupo, Zapo, Zepo et Zipo fassent les frais de cette déception.

Les enfants piaillaient, effrayés par les soldats qui braquaient leurs flèches sur eux. Enveloppés dans leur drap, ils refusaient de se montrer au grand jour.

— Ce sont des mioches rachitiques, tenta d'expliquer Bézélius. Les survivants d'une famine qui a contrarié leur croissance. Ils n'ont pas plus de six ou sept ans. Nous les déguisons en lutins pour amuser les paysans, ils font des cabrioles et dansent sur le devant de la scène.

— Qu'on les emmène derrière le paravent pour les examiner les uns après les autres, commanda Wilfrid.

Le fisicien dut venir chercher chacun des mioches et lui immobiliser les bras pour l'emmener dans la guérite d'examen. Dès qu'on les dépouillait de leur drap, les gnomes se mettaient à pleurer et à pousser des cris lancinants. Leurs ululements exaspéraient frère Wilfrid ; Jehan devina que le drame n'allait plus tarder à éclater. Trois des gnomes avaient subi l'examen, et le médecin se préparait à se saisir du quatrième quand Wilfrid laissa éclater sa colère.

— Cela suffit ! hurla-t-il. Ces bestioles sont de toute évidence d'essence diabolique. Vous avez remarqué, frère Worm, comme elles se débattent et souffrent lorsque vous posez les mains sur elles ? C'est parce qu'elles ne peuvent supporter le contact d'un homme de Dieu. Je suis certain qu'il s'agit de créatures sataniques. *Illuc unde abii redeo :* tous ces gens sont des démonolâtres. Nous avons assez perdu de temps. Soldats, garrottez ces marauds, hissez-les dans le chariot et mettez le feu à la voiture !

— Mais, frère Wilfrid... bégaya le fisicien. Nous n'avons découvert aucune preuve réelle de...

— Ma conviction est faite, trancha l'autre. Je n'ai pas besoin d'instruire un procès. Je suis exorciste de formation et je sens ces choses d'instinct. Il y a crime de mescréance.

Les hommes d'armes avaient mis pied à terre. Se ruant sur les prisonniers, ils leur lièrent prestement les mains. Ils étaient trop nombreux pour que Jehan puisse tenter quelque chose.

— N'avez-vous pas peur d'aller trop vite en besogne ? plaida encore une fois le médecin. Ces « lutins » sont bel et bien de très jeunes enfants... J'ai déjà observé de telles carences chez les victimes de longues disettes. Des atrophies surviennent qui...

— Vous n'êtes qu'une dupe, coupa frère Wilfrid. Vous ne ferez jamais un bon exorciste. Le Malin vous fait gober tous ses leurres.

Les soldats jetèrent Jehan dans le chariot. Un grand pêle-mêle de corps se forma.

— Des fagots ! ordonnait Wilfrid. Entassez des branchages entre les roues, je veux voir tout cela flamber avant qu'il soit longtemps.

Jehan se débattait, essayant de se débarrasser de ses liens. S'il pouvait saisir son épée, il tenterait une sortie suicidaire. Mais le chanvre tenait bon et se contentait de lui entailler la peau sans accepter de se rompre. Dehors on allumait des torches, d'un moment à l'autre le feu serait mis aux fagots, le charroi s'embraserait.

Frère Wilfrid psalmodiait une prière en latin.

— Arrêtez ! hurla soudain une voix impérieuse dans le lointain. Arrêtez immédiatement. Posez cette torche sur le sol ou nous vous abattons.

— Quoi ? gronda frère Wilfrid. Qui ose parler ainsi ?

— Moi, répliqua l'inconnu. Gaston de Brêle. Premier vassal du très haut et très puissant comte Philippe de Guignes. Je vous ordonne de vous éloigner de ce chariot. Les prisonniers nous appartiennent, nous les pistons depuis ce matin.

6

Le dîner de la peur

— Hé bien ! ricana Philippe en approchant son cheval du chariot pour jeter un coup d'œil sous la bâche. On dirait que je vous ai sauvé la mise de justesse, mes bons compères. J'espère que vous saurez vous en montrer reconnaissants.

L'un de ses soldats sauta alors dans la charrette pour délivrer les prisonniers.

— Reprenons les choses où nous les avons laissées, fit le comte. L'armure est-elle toujours en votre possession ?

— Oui, avoua Sigrid. Démontée, éparpillée au milieu des travestis.

— J'aime mieux cela, grogna le comte. Si elle avait été emportée par le courant, vous n'auriez plus eu aucune valeur à mes yeux et je vous aurais rendus à vos amis les bons moines.

Il fallut se remettre en route, mais cette fois, deux hommes d'armes s'installèrent dans le chariot pour en assurer la conduite.

On roula ainsi jusqu'au début de l'après-midi, dans l'angoisse de ce qui allait suivre. On arriva enfin en vue d'une maison forte, mi-crénelée à pierre, mi-ceinturée de troncs écorcés. L'ensemble était vaste et sans doute aussi labyrinthique qu'une taupinière. Un charmant village avait proliféré sur les coteaux environnants. Trembleterre — qui tirait son nom d'un séisme ancien dont la région avait été victime — était réputé pour la qualité de ses vignobles dont le vin, fort chargé en alcool, devait être bu largement additionné d'eau ou de miel si l'on ne voulait pas perdre la tête sitôt le premier hanap avalé.

— Je ne crois pas réellement à ces histoires d'armure hantée, dit une fois de plus Philippe. (Il avait répété cette profession de foi à trois ou quatre reprises pendant la chevauchée, comme s'il essayait avant tout de s'en convaincre lui-même.) Je suis un homme de guerre réaliste. Ce qui s'est produit chez Thibault d'Estriviers est à mon sens une vengeance privée. L'assassin a mis à profit la présence de l'habit de fer car, à cause de sa mauvaise réputation, la cuirasse faisait un coupable tout désigné, mais il ne faut pas chercher plus loin.

Jehan devina qu'il n'en voudrait pas démordre et n'essaya pas d'insister. Le château avait belle allure. La foire dressait déjà ses baraques, ses tentes bariolées, à l'ombre des remparts. Philippe congédia le montreur de monstres en lui disant qu'il lui était reconnaissant d'avoir sorti l'armure de la rivière, et lui ferait porter une bourse en manière de remerciement. Avant le départ du chariot, Sigrid rassembla les pièces du harnais que le comte remit à ses serviteurs. À cette occasion, le maître des lieux s'amusa de voir les valets grimacer sous le poids des nombreux éléments de fer bruni.

— Il est bon que cette armure ne puisse être

endossée par n'importe qui, observa-t-il. C'est de toute évidence l'habit d'un héros.

Il se rengorgea ainsi jusqu'à ce qu'on soit entré dans la cour du castel. Là, des servantes accoururent pour présenter aux arrivants des pichets d'eau claire et des toailles à l'aide de quoi ils purent se laver les mains, le visage, et se sécher.

— On vous donnera d'autres vêtements, décréta Philippe avec largesse. Maintenant venez, je vais vous présenter mon épouse et mes enfants.

Jehan et Sigrid durent lui emboîter le pas, suivis par la cohorte des varlets portant l'armure en pièces détachées. Dans la grande salle attendaient une belle jeune femme blonde et trois garçonnets aux cheveux de même couleur. Tous quatre paraissaient fort intimidés, et même un peu effrayés par l'arrivée du vêtement de guerre, dont le casque noir évoquait plus que jamais la tête coupée d'un reptile géant. Ils se pelotonnèrent dans un coin près de la cheminée sans ouvrir la bouche, et les petits garçons, dans un geste qui parut agacer le comte, essayèrent de se cacher dans les plis de la longue robe de la châtelaine.

— Ah ! les vilains crapauds, gronda Philippe. Il serait grand temps qu'on les arrache aux jupes des femmes pour en faire des hommes. Mais cela ne tardera plus à présent, l'aîné aura sept ans dans trois mois. Si l'on tarde trop à mettre les garçonnets à la dure, ils ne sont plus bons qu'à se faire tonsurer.

Puis, se tournant vers Sigrid, il lui donna l'ordre de le fervestir pour qu'il puisse se rendre à la joute de none.

— Vous coucherez au château pendant toute la

durée des festivités, décida-t-il. Je vais vous faire préparer deux chambres.

Le retour du comte avait provoqué un afflux de courtisans qui, tous, venaient assister au harnachement de leur suzerain. Jehan profita de cette cohue pour s'éclipser. Il n'avait aucune envie de participer au tournoi et voulait avant tout récupérer son équipement demeuré dans le charroi des baladins. Il quitta donc le château pour gagner le champ de foire où flottaient les habituelles odeurs de pâte frite et de saucisses grillées. L'hospitalité de Philippe de Guignes l'ennuyait, il aurait préféré prendre le large. Bien sûr, Sigrid était touchante, mais il ne pouvait rien pour elle. Le mieux aurait été qu'elle se débarrasse définitivement de l'armure en la vendant un bon prix et refasse sa vie en avouant sa nature féminine. Pourquoi n'achetait-elle pas une rôtisserie ou une taverne ? Il cessa bientôt de réfléchir car la foire l'empoigna.

C'était là un campement sordide, un pêle-mêle de tentes, de chapiteaux, d'échoppes de quatre planches assemblées. Tout cela en un labyrinthe aux méandres encombrés d'une foule roulante, aux bouches et aux mains grasses, mâchant saucisses, oublies, beignets ruisselants d'huile chaude. Cela empestait la graisse frite, la sueur des hommes et le con mal lavé des ribaudes officiant à la chaîne dans l'ombre des recoins. Les ours dressés s'y frayaient un chemin, partageant leurs puces avec tous ceux qui les caressaient. Les cochons en liberté se faufilaient entre les jambes des badauds, accomplissant leur besogne de nettoyage, car on les avait lâchés là pour engloutir les ordures, — et les garnements les imitaient, profitant de l'aubaine pour aller fourrer le nez sous la robe des filles et parfois leur lécher l'intérieur des cuisses. Partout l'on vomissait ou l'on baissait culotte pour soulager quelque colique subséquente à une trop grande ingestion de vin de poire. Montés sur des échasses, les baladins, la trogne enfarinée ou fardée de carmin, invitaient les vilains à les suivre pour admirer les merveilles ramenées des solitudes désertiques, voire tombées de la lune une nuit de grand vent. Sur les tréteaux se pressaient des hommes noirs, des hommes jaunes dont les yeux se réduisaient à deux boutonnières. Et partout des femmes, largement décorsetées, enveloppées de jupes fendues en lanières qui s'envolaient autour de leurs jambes dès qu'elles se mettaient à danser au son des tambourins. On finissait par tout confondre, la pâte croustillante, juteuse, des beignets, et la chair de ces catins qu'on avait envie de mordre à pleine bouche. C'était une empoignade d'odeurs, le benjoin, la myrrhe, l'encens, se tressant en volutes lourdes aux émanations des poils pubiens, des barbes, des aisselles. On ne savait plus ce qui puait, ce qui embaumait, on se laissait porter, béant, hagard, enivré. Saoulé d'appétits primitifs, rotant, pétant, et demandant toujours plus.

Jehan eut du mal à localiser l'estrade des montreurs de phénomènes. Zupo, Zepo, Zipo et Zapo y faisaient des cabrioles, déguisés en fous, le visage bariolé. Marottes vivantes dont les grimaces attiraient déjà une foule non négligeable. On avait dressé les décors de toile peinte, monté une tente. Bézélius haranguait les badauds dans de grandes envolées de manches. Ursus se tenait derrière lui, les bras croisés, statue de chair monumentale seulement vêtue d'un pagne. On lui avait peint des signes cabalistiques sur la poitrine et le ventre.

Jehan se glissa dans la tente, à l'arrière de l'estrade. Le soleil qui tapait sur la toile y avait déjà installé une chaleur lourde qui avivait l'odeur entêtante des baumes, des gommes, de l'oliban, du styrax, du galbanum.

Junia, la femme au masque de porcelaine, travaillait seule, déballant coffres et paquets. Elle en tirait d'incroyables créatures empaillées ou conservées dans l'esprit de vin qu'elle disposait sur des sellettes. Quand Montpéril s'approcha, elle était en train de redresser une sorte de cercueil oblong contenant un cadavre si desséché qu'on l'eût dit modelé dans la glaise.

— C'est une momie égyptienne, expliqua-t-elle en remarquant l'air ébahi du routier. Un mort qu'on a vidé de ses entrailles avant de le tremper dans le sel et le bitume, tout cela pour qu'il puisse traverser le temps en restant intact.

— Vous appelez cela intact ? grogna Jehan en se penchant sur le hideux cadavre. Par Dieu, on dirait un gigantesque hareng saur !

— Les momies sont très recherchées par les apothicaires, les fisiciens, ajouta Junia. Ils les réduisent en poudre pour en faire des remèdes.

— Vous voulez dire qu'ils font avaler des morceaux de cette chose à leurs malades ?

— Oui, chevalier, c'est ainsi, confirma la femme au masque en éclatant d'un rire clair d'une grande beauté. Là-bas, dans leur pays, les Maures les cassent en miettes pour allumer les feux de camp, car on ne trouve pas de bois dans le désert, et la moindre brindille vaut plus cher que l'or, qu'on sort de terre à foison.

— Et ça ? questionna encore Jehan en désignant la dépouille desséchée d'un petit animal inidentifiable.

— C'est l'ichneumon dont parle Diodore de Sicile dans le livre premier de sa grande *Bibliothèque historique,* expliqua Junia. Les Égyptiens de l'Antiquité pharaonique adoraient cette bête comme un dieu parce qu'elle vivait dans la boue et profitait du sommeil des crocodiles — qui dorment, comme vous le savez peut-être, la bouche ouverte — pour leur sauter dans la gueule, courir jusqu'au fond de leur ventre et leur dévorer les entrailles. Là, vous pouvez voir des peaux de panthères que les prêtres de Thèbes utilisent comme cartes du ciel car ils prétendent que chaque tache imprimée sur la fourrure indique en réalité l'emplacement d'une étoile.

Jehan examina rapidement le reste du bestiaire. Ces monstres, réels ou fabriqués, l'oppressaient quelque peu. Des fœtus hideux d'enfants à deux têtes flottaient dans des bocaux.

— Nous les présentons comme l'exemple de ce qui se produit lorsqu'on n'observe pas la sainte abstinence et qu'on copule dans la nuit du samedi au dimanche, avant d'aller à la messe, dit Junia. Les prêtres trouvent cela très pédagogique. C'est une manière de nous concilier leurs grâces. Une petite compromission, une petite lâcheté... il faut bien vivre.

Elle plongea les mains dans divers ballots pour en retirer le camail, l'écu et l'épée de Jehan.

— Vous savez, murmura-t-elle d'une voix empreinte de tristesse, je n'ai pas toujours fait ce méprisable métier. Jadis je chantais des romances d'amour, j'allais de château en château. Bézélius m'accompagnait au luth. Nous formions un couple de baladins fort appréciés. J'étais très jolie, et l'on nous accueillait toujours avec plaisir. Les seigneurs aimaient m'écouter... me regarder. J'étais en train d'acquérir une manière de renommée quand la malchance m'a frappée. La petite vérole. Elle m'a rongé le visage, me criblant de cicatrices hideuses. En deux semaines, elle m'a fait une figure de pendu becqueté par les corbeaux. J'étais perdue pour le métier, je ne charmais plus personne. J'ai bien essayé de continuer à exercer en me plâtrant la face avec des onguents, des pommades de beauté, comme il est recommandé dans *Ce Secret des Secrets,* mais la sueur, la chaleur et l'angoisse délayaient chaque fois mon maquillage, et la vérité apparaissait dans les coulures des fards. Je me suis fait huer, on m'a chassée des salles de banquet en me lapidant avec des os graisseux prélevés dans les plats. C'était trop de honte. C'est alors que Bézélius a eu l'idée du commerce de monstres. J'ai dit oui, à condition qu'il n'achète jamais de ces enfants que des marchands sans cœur mutilent et déforment pour les transformer en phénomènes hideux. Nous n'employons que des malheureux, recueillis ici et là, au hasard des routes. Ursus, le sourd-muet, ou les quatre gamins si maigres qu'on dirait des squelettes... Moi je ne chante plus, je n'ai plus le cœur à ça. Et puis les années ont passé, mon talent s'est rouillé. Quand je veux me faire belle, désormais, je maquille le masque de porcelaine, je ne puis faire davantage.

Sa voix s'était mise à trembler. Jehan aurait aimé lui apporter une quelconque consolation, mais il restait démuni devant tant de détresse.

— Mon grand regret, soupira Junia, c'est que

personne n'ait jamais fait mon portrait à l'époque où j'étais belle. Il me resterait au moins ça aujourd'hui. Mais j'étais sotte, je m'imaginais que cela durerait toujours. Vous savez comme on est à dix-sept ans.

Elle se tut, caressa le masque du bout des doigts et dit :

— Savez-vous ce que je rêve de faire, chevalier ? J'aimerais avoir le courage de le coudre sur ma peau afin que personne ne puisse plus jamais me l'enlever. Mais je ne suis pas assez brave pour entreprendre une telle opération moi-même. Il me faudrait soudoyer un bourreau. Un bourreau saurait m'immobiliser et resterait insensible à mes cris de souffrance. Oui, ce serait peut-être la solution... De cette manière, je cesserais de vivre dans la peur qu'on m'arrache mon masque. Quand je marche dans la foule, très vite je ne pense plus qu'à cela, vous savez ? J'imagine qu'un garnement, qu'un escholier farceur va surgir pour me démasquer... Je ne le supporterais pas. Cet après-midi, quand le moine m'a forcée à me dévoiler, j'ai cru mourir de honte. Il y avait tant de dégoût dans son regard.

Elle s'ébroua pour chasser ces tristes pensées et tendit le camail à Montpéril.

— Voici vos armes, dit-elle. Je vous aime bien car il n'y a en vous aucune jactance, aussi permettez-moi de vous donner un conseil : fuyez les parages de l'armure de fer noir. Elle est mauvaise, je le sens. Il y a en elle quelque chose de terrible, comme si l'acier était tout imprégné de tristesse, de colère. Le garçon qui s'en occupe, Martin l'écuyer, en est prisonnier. Jamais il ne parviendra à rompre le lien qui l'y attache. Je ne sais pourquoi. Passez votre chemin, chevalier. Il n'y a rien de bon pour vous là-dedans.

Jehan enfila le haubert, suspendit épée et écu. La perte de son cheval le contrariait, mais il savait qu'il ne devait pas trop se plaindre. Il aurait subi un plus grand préjudice s'il avait dû abandonner ses armes dans la rivière. Une bonne cotte de mailles valait tout de même autant qu'une demi-douzaine de bœufs !

Il sortit de la tente après avoir salué dame Junia. L'histoire de l'ancienne trobairitz était fort triste et lui avait assombri l'humeur. Il déambula un moment entre les estrades de cracheurs de feu, de briseurs de chaînes, sans trop savoir ce qu'il devait faire. Il finit par s'attabler sous la tente d'un rôtisseur et commanda un morceau de baleine, qu'il fit passer à l'aide d'un grand pot de bière. La bête géante n'avait pas d'autre goût que celui de la saumure où elle avait été conservée. Jehan n'avait voulu en manger que parce qu'il avait trouvé amusant de dévorer un bout de ce monstre aussi grand qu'un navire.

Il y eut soudain un grand mouvement de foule provoqué par le début du tournoi. La populace se pressa le long des barrières délimitant le champ clos où allaient s'affronter les deux conrois en présence. Les chevaliers combattaient à pied, à armes réelles. Dans un instant ils se jetteraient les uns sur les autres et se frapperaient à tour de bras, oublieux des commandements de l'Église qui condamnait la pratique du *torneamentum*. Montpéril avisa, dominant le groupe de droite, la haute silhouette de Philippe de Guignes, fervestu du harnais de sable. L'armure lui donnait un aspect redoutable et le faisait paraître bien plus grand que ses commendés. L'acier, d'un brun très sombre, absorbait la lumière du soleil sans renvoyer aucun éclat. Quand les deux troupes se ruèrent l'une sur l'autre au signal du héraut d'armes, Jehan se détourna. La suite ne l'intéressait guère. Il savait que les barrières ne tarderaient pas à céder sous la poussée des combattants, et que ceux-ci se répandraient dans la ville, se poursuivant, se frappant, sans souci de blesser les badauds ou de saccager l'étal des boutiques. Comme il était lui-même harnaché de pied en cap, il ne tenait pas à être capturé par l'un ou l'autre des jouteurs et tenu de payer rançon. Il regagna donc la cour du château et se fit conduire dans ses appartements. Un valet l'accompagna jusqu'à une chambre étroite, seulement meublée d'un lit, d'un coffre et d'un prie-Dieu. Des vêtements propres pendaient sur une tringle fichée dans le mur. Jehan se mit nu, se glissa dans le lit et s'endormit aussitôt, indifférent aux clameurs du tournoi.

On vint le réveiller alors que sonnaient complies. Il faisait nuit. Philippe de Guignes avait décidé de banqueter plus tard que de coutume pour célébrer sa victoire à la rencontre de l'après-midi. Jehan s'habilla pour gagner la salle du festin. On le fit asseoir à côté de Sigrid, avec laquelle il partagerait une écuelle et un gobelet. Tout au bout de la table, le comte avait installé la grande armure, comme s'il s'agissait d'un émissaire royal. Les gantelets de fer, calés sur les accoudoirs du fauteuil de chêne, créaient l'illusion que la cuirasse était bel et bien « habitée ».

— Je n'aime pas ça, souffla Sigrid à l'oreille de

Jehan. Le baron d'Estriviers avait fait la même chose. La même détestable farce. Et l'on sait comment cela a fini. C'est à croire qu'ils veulent tous provoquer le diable.

La nourriture était fort bonne, cygnes rôtis, hérons farcis aux cailles se succédaient, le tout fortement poivré de ces épices venues du bout du monde et qui pesaient leur poids de poudre d'or. Mais l'assemblée demeurait étrangement silencieuse. L'épouse, les enfants du comte semblaient plus terrifiés que jamais, et c'est à peine s'ils osaient manger. Montpéril eut l'impression que la dame et les petits garçons se retenaient de pleurer. Pendant ce temps, Philippe riait à gorge déployée et buvait à la santé de l'armure en levant sa coupe pour la saluer. On n'entendait que lui. Il passa la soirée à narrer par le menu ses exploits lors du tournoi. On n'ignora bientôt plus rien de la manière dont il avait rançonné maints jeunes loups accourus du fin fond des provinces pour le défier.

— Je ne me reconnaissais plus, lâcha-t-il soudain. Sous cette carapace, on devient invincible. On ne sent plus les coups que vous porte l'adversaire. Plus besoin de s'encombrer d'un bouclier, c'est tout juste si l'on a encore besoin d'une épée. On pourrait fendre les têtes, écraser à coups de poing tous ces heaumes qui gigotent autour de vous. Martin, c'est décidé. Je ferai ta fortune. J'achète le harnais de sable. Ton prix sera le mien.

— Nous en reparlerons, seigneur, murmura Sigrid plus pâle que jamais.

Jehan sentait l'appétit le quitter. Chaque fois qu'il relevait le nez de son écuelle, il avait l'illusion que l'armure avait changé de position. Oh ! pas beaucoup, mais un peu. *Juste assez pour prouver qu'elle était habitée par le diable.*

« Ne deviens pas stupide, se disait-il. Si elle a remué, c'est à cause de la gesticulation des convives, elle ébranle la table et les vibrations se communiquent aux gantelets qui... »

Il devenait nerveux. Le vin, trop fort, lui tournait la tête. Rompu aux piquettes largement coupées d'eau des tavernes, il n'avait guère l'habitude de crus aussi riches, que Philippe faisait en outre servir presque purs. Plus le temps passait, plus les convives paraissaient pressés de s'en aller. L'appétit manquait, c'est à peine si l'on touchait aux plats. Seul Philippe de Guignes continuait à pérorer et à dévorer, en guerrier échauffé par la bataille. L'un des petits garçons s'était mis à pleurer silencieusement, comme assailli par un mauvais pressentiment. Sa mère lui passait la main dans les cheveux, pour essayer de le calmer au plus vite, afin que ses sanglots n'irritent point son père.

Enfin l'on se leva ; c'est presque en se retenant de courir que chacun prit congé. Un serviteur, torche au poing, accompagna Sigrid et Jehan jusqu'à leurs chambres respectives, car le comte, voulant étaler ses richesses, les avait logés séparément, ce qui n'était guère la coutume.

— J'ai peur, murmura la jeune femme lorsque le serviteur se fut retiré après avoir allumé les chandelles. Tout recommence comme au château du baron. J'ai l'impression de revivre la même soirée... On dirait un enchantement.

Elle respirait avec difficulté, ne cessait d'aller et venir en se passant la main dans les cheveux. Jehan lutta contre l'envie qui lui venait subitement de la saisir aux épaules, de l'attirer contre sa poitrine.

— Et ces gosses... haleta Sigrid. Tu as vu les enfants ? On aurait dit qu'ils comprenaient tout, qu'ils sentaient des choses...

— Allons, intervint Montpéril. Ne dramatisons pas. Je pense que l'aspect de l'armure les effrayait, c'est tout.

Sigrid eut un geste d'impatience.

— Tu ne sais pas ce que tu dis, grogna-t-elle. Tu n'étais pas chez Thibault d'Estriviers. Moi je t'affirme que nous sommes pris dans un voût, un enchantement. Tout se remet en place, point par point. Jusqu'aux mots du comte. Le baron avait prononcé les mêmes. Je sais qu'un grand malheur se prépare, je le sens au fond de moi.

— Je ne dormirai que d'un œil, promit Jehan pour la calmer. Va donc te reposer, tu es à bout de nerfs. Mais si rien ne se passe d'ici l'aube, vends l'armure et pars sans te retourner. Il est temps pour toi de changer de vie.

Sigrid l'avait à peine écouté.

— Tu n'étais pas au tournoi, reprit-elle. Tu n'as pas vu le comte manier l'épée. Il frappait, frappait... Si la mémoire de ses gestes est restée prisonnière du métal...

Jehan la saisit par les poignets et l'obligea à lui faire face.

— Ça suffit, trancha-t-il. Un coup tu refuses de croire aux esprits, un coup tu vois des malédictions partout. Il serait peut-être temps d'arrêter ton parti.

Sigrid se dégagea d'un geste brusque. Jehan fut étonné de la force impérieuse dont étaient capables ses membres minces et durs. Mais il est vrai qu'elle maniait le marteau depuis sa plus tendre enfance.

— Je n'y peux rien, soupira-t-elle. Ce sont des terreurs qui me viennent avec la nuit. Passé complies, je me sens prête à admettre les pires fables.

— Nous sommes tous un peu comme ça, conclut Jehan conciliant. Va dormir. La journée a été rude.

Il la laissa pour gagner sa chambre, mais il était loin d'éprouver le calme qu'il étalait par jactance de vieux guerrier à qui on ne la fait pas. Une fois dans ses appartements, il ôta son haubert mais posa son épée sur un banc, la lame nue, au cas où...

Homme d'instinct plus que de réflexion, il avait grand mal à démêler ce qu'il éprouvait ; d'ailleurs il ne consacrait jamais de longs moments à examiner son âme, comme le faisaient les clercs, les poètes. Il savait la vie brève et essayait de se contenter de joies simples, immédiates. Seuls ceux qui vivent loin du danger ont loisir de tirer des plans sur la comète ou d'écouter vibrer interminablement les cordes de leurs sentiments. Montpéril, lui, savait que le fil de son existence pouvait être tranché du jour au lendemain au détour d'un chemin. Il suffirait pour cela d'une flèche ou d'un carreau d'arbalète expédié par quelque coupe-jarret. Alors tout serait dit.

Il s'allongea sur la couche sans souffler la chandelle et écouta les bruits de la nuit. Il allait céder à la somnolence lorsqu'il crut surprendre un frôlement, comme peut en produire une lourde cape traînant sur les dalles d'un corridor. Saisissant d'une main le bougeoir, de l'autre son épée, il se dirigea vers la porte. Malheureusement, quand il ouvrit celle-ci, le courant d'air souffla la flamme de la bougie, si bien qu'il se retrouva plongé dans les ténèbres, et c'est à peine s'il eut le temps d'entr'apercevoir un pan de tissu noir à l'angle du couloir. Une cape, sûrement, comme il l'avait supposé. Dans un réflexe de combattant, il jeta la bougie inutile et cramponna son épée à deux mains pour faire face à tout ce qui pourrait jaillir de l'obscurité. Rien ne vint, il finit par se sentir un peu idiot. Il eut scrupule à ameuter le château pour des craintes vagues. Il ne pouvait, à son âge, se comporter comme un jeune soldat dont c'est le premier tour de garde et qui croit voir un signal de reconnaissance ennemi derrière le moindre coassement de grenouille.

Mal à l'aise et mécontent, il referma la porte, poussa le banc en travers, puis se rallongea, la main sur le pommeau de l'épée. C'est ainsi qu'il passa le reste de la nuit, tantôt dormant, tantôt s'éveillant de cauchemars absurdes, le souffle court, la poitrine mouillée de sueur.

Un peu avant l'aube, il rêva qu'il errait sur un champ de bataille et que ses pieds pataugeaient dans de larges mares de sang. Il ne voyait pas les cadavres, mais il sentait leur odeur, cette odeur à la fois fade et entêtante, puissamment intime, qui monte des corps qui se vident. Le rêve avait quelque chose de si réaliste qu'il s'éveilla en sursaut. Un rayon de lumière grisâtre tombait de la meurtrière. La nuit se délayait, mais l'odeur du sang était toujours là, elle...

Cette fois, Jehan bondit sur ses pieds et sortit dans le couloir. Son cœur battait très fort, lui cognant aux tempes. Le nez froncé, il suivit l'odeur. Elle le mena vers les appartements seigneuriaux. Quand il arriva dans la salle du banquet, il vit tout de suite les traces rouges sur le sol. Elles menaient à l'armure, toujours coincée entre les bras du fauteuil de chêne. Ses solerets, ses poulaines étaient tout englués de sang, comme si elle avait pataugé dans les flaques d'un abattoir, et elle tenait entre ses gantelets une grande épée au tranchant rougi. La ventaille relevée permettait de voir qu'elle était vide.

Jehan pivota sur lui-même et remonta les traces imprimées sur le sol. Elles le menèrent jusqu'à la porte d'une chambre encadrée de flambeaux éteints. Il la poussa. L'odeur du carnage le suffoqua dès qu'il eut franchi le seuil de la pièce. Dieu ! Ça empestait l'hémorragie comme au plus fort d'une bataille. Dès que ses yeux se furent accoutumés à la pénombre, ses craintes se vérifièrent. La dame du château et ses trois petits garçons reposaient nus sur le lit. Très pâles, leur chair blanche se découpant sur l'enveloppe de la paillasse que leur sang avait teinte sur toute sa surface. On leur avait tranché la tête pendant leur sommeil, et leurs corps exsangues semblaient des statues d'albâtre allongées sur un coussin cramoisi, en offrande à quelque dieu barbare.

Un bruit aigrelet, en provenance d'un coin de la pièce, fit sursauter Jehan. C'était une servante, jeune et dévêtue, qui se tenait recroquevillée dans un angle de la maçonnerie. Elle claquait des dents et roulait des yeux fous.

— Que s'est-il passé ? lui demanda Jehan en s'agenouillant devant elle.

— L'a... L'armure, balbutia la jeune fille. L'armure noire... elle est venue... Je l'ai vue. Elle tenait une grande épée à la main... Elle les a tués, tous les quatre, d'un seul coup.

— Et toi, insista Jehan, où étais-tu ?

La pauvrette désigna le pied du lit seigneurial où une mince paillasse avait été jetée à même le dallage. Rien d'étonnant à cela, les maîtres faisaient souvent dormir un valet dans leur chambre pour n'avoir point à affronter le froid des couloirs si l'envie les prenait de quelques friandises nocturnes.

— Je l'ai vue... bégaya la servante. Elle était immense... et noire... Elle a levé l'épée, et...

Ses dents se remirent à claquer. Jehan s'aperçut alors que les cheveux de la malheureuse étaient devenus blancs de terreur.

7

Farce de sang

Jehan donna aussitôt l'alarme. Philippe de Guignes dormait seul. Peut-être faisait-il chambre à part depuis longtemps, de manière à pouvoir culbuter ses maîtresses en toute quiétude. Ses appartements empestaient le fauve. Quand il rejeta sa couverture, il apparut nu, massif, le torse couturé de cicatrices. Ses jambes étaient deux piliers tapissés de poils noirs. On eût dit un sanglier ayant appris à se tenir en équilibre sur ses pattes postérieures.

— Comte, lança Jehan d'une voix altérée. Il s'est produit un grand malheur. Votre épouse et vos fils ont été assassinés au cours de la nuit.

— Ah ? fit simplement Philippe. Laissez-moi le temps de passer un vêtement, j'arrive.

Il sortit de la chambre habillé d'un pelisson bordé de fourrure.

— Voyons cela, marmonna-t-il en se grattant la tête. Tu dis qu'on les a tués ?

— On leur a tranché le col, d'un seul coup d'épée, expliqua Jehan un peu interloqué par le sang-froid de son hôte. Une servante qui couchait dans la pièce affirme avoir vu l'armure noire commettre le crime.

— Jeanneton ? grogna le comte entre deux bâillements. C'est la chambrière de ma femme. Voilà qui est intéressant car c'est une fille de bon jugement, habituellement peu portée aux extravagances féminines.

Les cris de Jehan avaient rameuté serviteurs, gens d'armes et invités. Une foule hagarde, à demi nue, encombrait les couloirs. Les femmes se cachaient le visage dans les mains, les hommes, pour se donner une contenance, regardaient de tous côtés, la dague au poing, comme si le danger allait surgir de derrière une tenture. Philippe les écarta avec impatience. Son visage ne trahissait aucune souffrance, aucune alarme. S'étant frayé un chemin, il s'avança sur le seuil de la chambre du crime. Les mouches avaient déjà envahi l'endroit. Le comte se pencha sur les quatre corps serrés les uns contre les autres, dans l'abandon du sommeil. L'un des petits garçons, qui suçait son pouce, avait eu la main tranchée en même temps que la tête. Le sang caillé, qui virait au brun-noir, faisait paraître encore plus laiteuse la chair des cadavres.

Philippe se détourna de la couche et s'approcha de la chambrière qui continuait à grelotter de terreur à l'endroit où l'avait laissée Jehan.

— Raconte... dit simplement Philippe de Guignes.

— L'armure est entrée alors que je changeais les chandelles, bégaya Jeanneton. Laudes venaient de sonner... La femme et les petits dormaient profondément. J'étais moi-même en train de m'assoupir... Je ne l'ai même pas entendue ouvrir la porte, d'un seul coup elle était là, immense... toute noire. J'ai cru que mon cœur allait s'arrêter. Je suis retombée sur ma paillasse, incapable de pousser un cri...

— Tu as vraiment vu l'armure ? martela le comte.

— Oui seigneur, oui, souffla Jeanneton en baissant la tête. Je le jure sur la Sainte Croix. C'était bien elle.

Jehan fronça les sourcils. Depuis un moment il était en éveil. Quelque chose n'allait pas. D'abord, il y avait l'indifférence du comte, et puis... et puis un détail qu'il n'avait tout d'abord pas remarqué dans l'affolement de la découverte. La femme assassinée... Elle était nue, offrant au regard un pubis blond. Non rasé. Or toutes les dames de qualité se faisaient épiler les parties basses afin de se débarrasser de l'aspect bestial qu'implique toute pilosité. Il était étonnant que l'épouse de Philippe de Guignes n'ait pas sacrifié à cette habitude. Jehan s'approcha du maître des lieux et lui posa la main sur le bras :

— Comte, j'en ai assez de cette farce. Dites-moi la vérité, cette femme, ces enfants n'ont jamais été ni votre épouse ni vos fils, n'est-ce pas ?

Philippe eut un sourire cruel.

— Bien observé, fit-il. J'avais pris mes précautions. Avant de partir à votre recherche, j'ai demandé à mes hommes de dénicher parmi mes serfs une fille et trois mioches entretenant une ressemblance suffisante avec ma famille. Jeanneton s'est chargée de dégrossir ces souillons pour leur permettre de tenir efficacement leur rôle. Ils avaient ordre de ne pas ouvrir la bouche, de rester effacés. Mes gens et mes amis étaient bien sûr dans la confidence.

— Et quel était le but de cette manœuvre ?

— Tromper l'ennemi... qu'il soit d'essence diabolique ou humaine. Nous savons désormais qu'il n'est pas omniscient puisqu'il est tombé dans le panneau. Si c'est un démon, il est de moindre grandeur. Si c'est un homme, nous pourrons le prendre au collet puisqu'il commet des erreurs.

— Pourquoi n'avoir pas monté une embuscade ? s'étonna Jehan. Vous auriez pu cacher des soldats derrière une tenture, essayer de surveiller l'armure...

— Je ne croyais pas vraiment à cette histoire de malédiction, grogna Philippe. En fait, cette petite duperie n'avait pour objet que de me prouver qu'il *n'existait pas* de malédiction. C'était une manière de me rassurer définitivement.

— Voilà qui est raté, persifla Jehan écœuré qu'on fasse si bon marché de la vie de quatre êtres humains. Il fallait monter une embuscade, il le fallait.

— Mes hommes auraient eu trop peur d'affronter une armure magique. (Le comte haussa les épaules.) Ils n'auraient pas bougé. Non, cela n'aurait servi à rien. Regarde Jeanneton... Ses cheveux sont devenus ceux d'une vieillarde, or elle n'a que dix-huit ans.

— Alors vous nous soupçonniez, moi et l'écuyer ? gronda Jehan. Il n'y avait que nous deux, au banquet, pour croire que la dame et les trois garçons étaient bien votre mesnie.

— Je ne soupçonne pas l'écuyer, non, fit le comte avec raideur. Il est trop fluet pour mouvoir l'armure. Le poids du harnais le tiendrait cloué au sol, et il ne pourrait faire plus de trois pas sans s'écrouler. Toi... je ne crois pas. Tu es homme de guerre, tu es fort, c'est évident, mais pas assez pour accomplir tout ce chemin depuis la salle du festin jusqu'ici. J'ai porté le harnais noir tout l'après-midi, au cours de la joute. Je sais ce qu'il pèse, et, à la fin, j'avais moi-même les membres rompus. Non, si quelqu'un s'est glissé dans l'armure, c'est de toute évidence un homme fort. Un homme de ma corpulence.

— Pas forcément, contre-attaqua Montpéril. L'assassin a pu démonter l'armure, la transporter pièce après pièce au seuil de ce couloir et s'en revêtir juste avant de pénétrer dans la chambre. Ensuite il a fait la même chose en sens inverse.

— C'est idiot, cracha Philippe. Il n'a pas tué Jeanneton. Il courait donc le risque qu'elle donne l'alarme par ses hurlements. De plus, il est pratiquement impossible de revêtir ou de se débarrasser du harnais sans l'aide d'un écuyer. Un homme très habile pourrait le faire, mais sa gesticulation engendrerait un grand vacarme, et il courrait le risque de rouler sur le dos sans pouvoir se relever... En outre, la manœuvre que tu suggères prendrait un temps infini. Elle ne serait à la rigueur envisageable que si l'assassin avait pris la précaution de supprimer la chambrière. La servante morte, il pouvait s'équiper et se déséquiper à loisir.

— Mais Jeanneton n'a pas donné l'alarme, fit remarquer Jehan.

— *Elle aurait pu,* s'entêta Philippe. L'assassin ne pouvait pas raisonnablement tabler sur son silence.

— Nous sommes donc dans une impasse, conclut Montpéril. L'écuyer aurait pu enfiler et ôter le harnais en fort peu de temps, mais il est trop faible pour en supporter le poids et donc le faire remuer. Quant à votre hypothétique colosse, vous affirmez qu'il aurait eu le plus grand mal à s'équiper. Ne subsiste donc que la solution merveilleuse : l'armure est hantée, elle bouge toute seule. En silence, si rapidement qu'elle n'a pas à se soucier que l'on donne l'alarme dans son dos !

Le visage du comte se ferma.

— Vous m'agacez, chevalier, grogna-t-il avec une soudaine hauteur. Je vous trouve bien raisonneur.

Il ne put en dire davantage car Sigrid venait d'apparaître. À la vue des cadavres, elle se détourna et vomit.

— Je le savais, hoqueta-t-elle lorsqu'elle se fut reprise. Je vous avais prévenu... Vous n'avez pas voulu en tenir compte.

— Que tout le monde sorte ! ordonna Philippe. Et qu'on nettoie cette pièce.

Les curieux refluèrent.

Jehan et Sigrid se laissèrent bousculer. La débandade les amena dans une salle commune où se restauraient d'ordinaire les hommes d'armes et la valetaille. Il y régnait le va-et-vient habituel des jours de fête, et les filles de cuisine entraient et sortaient, tenant par les pattes des oies, des poules, qui battaient désespérément des ailes. Çà et là, des groupes se formaient, chuchotant. La nouvelle du meurtre commençait à circuler.

Montpéril et la jeune femme s'installèrent à l'écart, de part et d'autre d'une table encombrée de légumes. Le routier révéla à sa compagne l'odieuse ruse employée par Philippe de Guignes.

— Je le savais, murmura Sigrid. C'est de ma faute, je n'aurais jamais dû sortir l'armure de la rivière. Il fallait la laisser où elle était. Elle aurait rouillé, elle serait devenue inutilisable.

— Ne t'accable pas de la sorte, fit Jehan. Nous n'avons aucune preuve que l'armure a réellement bougé.

— La servante l'a vue ! protesta la jeune femme.

— Oui, grommela le routier. Comme tu dis : la servante l'a vue... *mais seulement elle.* Personne d'autre ne peut confirmer son témoignage. Elle pourrait très bien mentir, pour une raison que j'ignore. Parce qu'on l'aurait payée, tout simplement. Elle a pu être soudoyée par un assassin, un assassin qui s'est glissé dans le château habillé comme toi et moi. Elle balbutie cette histoire d'armure tueuse parce que la légende est dans l'air depuis que la famille du baron d'Estriviers a été massacrée.

— Ce que tu dis est idiot, observa Sigrid. Si elle a été soudoyée par l'assassin, il faut admettre qu'elle a omis de lui révéler que les rôles de la femme et des enfants étaient tenus par des paysans... Pourquoi ?

— Parce que dès lors, le crime était sans importance et lui permettait de gagner de l'argent à bon compte, répondit Jehan. Quatre vilains de plus ou de moins, qu'est-ce que ça fait ? À mon sens, il n'est pas impossible que cette brave petite Jeanneton ait été abordée par le meurtrier et qu'elle ait conclu un pacte avec lui en nourrissant l'arrière-pensée de le berner. Une farce, une farce sanglante, comme on a l'air de beaucoup les apprécier par ici.

— Mais les cheveux blancs ? objecta la jeune femme.

— Petit tour de magie, éluda Montpéril. Les

apothicaires possèdent des élixirs parfaitement capables de blanchir une chevelure. Des sortes d'acides... je ne sais leur nom exact. Jeanneton a très bien pu user d'un semblable artifice pour se donner l'apparence d'une femme morte de peur.

— Il faudrait l'interroger.

— J'y pense, dit Jehan. Mais on n'en tirera rien par la douceur. Je n'ai aucun pouvoir ici. Et si je fais part de mes soupçons au comte, il n'hésitera pas à soumettre la gamine à la torture pour la faire avouer. Je ne veux pas être à l'origine d'un supplice, surtout si, en définitive, elle est innocente. De plus, sous l'effet de la souffrance, la pauvre fille est capable d'accuser n'importe qui : toi, moi... et nous nous retrouverons dans une sale situation.

— C'est absurde, lâcha Sigrid. La vente du harnais me rendrait riche. Je n'ai aucun intérêt à contrarier l'affaire.

— Le danger, murmura Jehan, c'est qu'on risque très vite de nous regarder de travers. Ni toi ni moi n'avons de motif pour avoir commis ces crimes, mais nous restons des étrangers.

— Crois-tu que le comte voudra encore acheter l'armure après ce qui vient de se produire ? interrogea Sigrid.

— Je ne sais pas, avoua le routier. Je pense qu'il nous communiquera sous peu sa décision.

Il ne se trompait pas : alors que sonnait l'office de tierce, Philippe de Guignes les fit convoquer dans la grande salle où avait eu lieu le festin, la veille. L'armure noire était toujours là, assise dans le grand fauteuil seigneurial. On lui avait simplement retiré l'épée des mains et nettoyé les taches sanglantes qui la souillaient.

— Je suis en proie à la confusion, grogna le

comte. La raison me hurle aux oreilles d'envoyer ce harnais au diable, et toi avec, l'écuyer. Mais le guerrier qui est en moi me souffle que je n'aurai jamais d'autre occasion de mettre la main sur une pareille cuirasse. Lors du tournoi, je me suis réellement senti invincible, et je sais que cet équipement est supérieur à n'importe quel haubert classique. Celui qui le revêt devient le maître du champ de bataille, aucun coup ne peut plus lui porter préjudice. J'ai donc décidé de courir le risque. Je vais acheter le harnais de sable, mais vous ne sortirez ni l'un ni l'autre de mes terres tant que vous n'aurez pas démasqué le coupable de ces crimes. Vous serez en quelque sorte mes prisonniers. Je veux être fixé. Savoir si l'armure est réellement habitée par un esprit démoniaque, ou si elle déchaîne la colère d'un assassin dont j'ignore tout. Je veux savoir si je cours le risque de me damner en l'utilisant, ou si elle n'est qu'une carapace de fer, un outil, sans plus de malice qu'un marteau ou qu'une enclume.

— Une chose est évidente, lança Jehan. L'assassin, s'il est humain, n'appartenait pas à votre maison puisqu'il n'a pas été en mesure de s'apercevoir qu'il ne se trouvait pas en présence des bonnes victimes.

— C'est vrai, admit Philippe. Mais j'ai beaucoup d'ennemis, et ma femme, mes fils ne leur sont pas familiers.

— Permettez-moi une question, dit Jehan. Où sont votre moitié et vos enfants en ce moment même ? Les avez-vous envoyés loin d'ici ?

— Non, lâcha le comte avec réticence. Dès qu'il s'agit de leur sécurité, je n'ai confiance en personne. Ils sont ici, retranchés en une pièce secrète dont je suis seul à connaître l'existence. Une chambre cachée qui ne figure sur aucun plan, et dont les Guignes se transmettent l'emplacement de père en fils.

— Ils sont ici, à l'intérieur du château ? s'étonna Montpéril.

— Oui, fit le comte avec une sorte de fierté farouche. Mais personne ne sera en mesure de les débusquer. Je les ai enfermés nuitamment avant votre arrivée, avec assez de provisions et d'eau pour tenir une semaine. Ils devront se contenter de ce qu'ils ont car aucun serviteur ne les ravitaillera. Pour ne courir aucun risque, j'ai même égorgé les chiens de mes fils qui auraient pu se laisser aller à remonter la piste. Comme je vous le dis, je n'ai rien laissé au hasard.

— Sont-ils plongés dans l'obscurité depuis tout ce temps ? interrogea Jehan, ou bien jouissent-ils de quelque lumière ?

— Non, grommela Philippe. La chambre secrète n'a aucune ouverture sur le ciel afin qu'on ne puisse en détecter la présence en scrutant les murailles. Elle est aveugle. Comme l'air qu'on y respire s'y renouvelle difficilement, on ne peut allumer ni torche ni bougie, car dès lors, on s'asphyxierait très vite. Ne vous inquiétez pas, mon épouse et mes fils sont de sang bleu, ils auront à cœur d'affronter l'épreuve sans une plainte.

Jehan ne dit rien. Il essayait d'imaginer l'angoisse de cette femme et de ses trois fils, emmurés vivants au cœur d'un cube de ténèbres. Des aveugles, condamnés à se déplacer à tâtons dans une atmosphère confinée que l'absence de commodités devait alourdir au-delà du supportable.

Bien que n'ayant jamais habité dans un castel, il connaissait l'existence de ces « chambres d'assaut » où les seigneurs entassaient femmes, enfants et richesses quand le château devait être mis en défense. Certains préféraient cela aux fameux souterrains d'évacuation, qui, trop souvent, s'avéraient à demi éboulés ou remplis d'eau et de rats... ou qui — parce que trop courts — faisaient sortir les fuyards au beau milieu des lignes adverses !

N'empêche, cette réclusion devait être fameusement éprouvante pour les nerfs.

— Très bien, décréta le routier. Ils sont donc apparemment en sécurité, mais ont-ils la possibilité d'actionner la porte secrète de leur côté ? Je pose cette question, parce qu'on peut tout craindre de la fantaisie, de l'impatience des enfants. Une semaine dans le noir, c'est très long pour un gamin. Vos fils pourraient être tentés de profiter d'un moment d'assoupissement de votre épouse pour ouvrir la porte dérobée et sortir faire un tour. Ne serait-ce que pour aller caresser leurs chiens, justement.

— J'y ai pensé, trancha Philippe. Je sais aussi que ma femme a tendance à faire leurs quatre volontés et qu'elle serait bien capable de céder à leur besoin de grand air. En prévision de tout cela, j'ai verrouillé la porte de mon côté, avec une clef que je porte au cou et qui n'existe qu'à un unique exemplaire. Le ressort qui commande l'ouverture de la porte n'obéit qu'à cette clef. Je suis désormais le seul à pouvoir les faire sortir de la cachette. Vous entendez : *le seul.* Mes fils peuvent bien gémir, pleurer ou pousser des cris de colère, personne ne les entendra. Les murailles sont trop épaisses pour cela. Je suis tranquille, jamais le meurtrier ne les trouvera.

— Que voulez-vous que nous fassions ?

— L'assassin vient forcément de l'extérieur. Lorsqu'il apprendra qu'il a manqué son coup, il fera une nouvelle tentative.

Jehan réfléchit.

— Et si vous lui laissiez croire qu'il a réussi ? proposa-t-il.

— Vous vous imaginez que je vais enterrer somptueusement une paysanne et ses trois bâtards en prétendant qu'il s'agit de mon épouse et de mes fils ? s'emporta Philippe. Que je vais pleurer en public sur son corps ? Non, il n'en est pas question ! Ce serait faire offense à mon lignage. Mettez-vous en chasse, débusquez le tueur, il vient du dehors, je vous le répète.

Sur cette dernière affirmation, il déclara l'entretien terminé et ordonna à Sigrid de tenir l'armure prête car il comptait se rendre au tournoi aujourd'hui encore. Jehan se retrouva seul. Une image le hantait : celle du pan de cape noir entrevu au détour du couloir au cours de la nuit. Quelqu'un s'était glissé dans le château comme un voleur, il en avait la conviction ; mais qui ?

« Tu aurais dû te lancer à la poursuite du visiteur, songea-t-il. Tu as commis une erreur. Ton instinct ne t'avait pas trompé, quelque chose se préparait bel et bien. »

Il ne se souciait guère du mobile. Si le tueur était l'un des familiers du comte, il avait pu — comme cela était sans doute arrivé chez Thibault d'Estriviers — mettre à profit la présence de l'armure pour vider une vieille querelle, et Dieu sait si les sujets de haine ne manquaient pas entre vassal et suzerain. Revenant à son idée première, Montpéril arrêta un valet et se fit conduire auprès de Jeanneton. La chambrière était alitée sur une paillasse, dans la partie du grenier à foin qu'occupaient les domestiques du château. Elle avait les yeux écarquillés et frissonnait de tout son corps, comme si elle était étendue nue sur un lac gelé. De toute évidence, elle souffrait des effets résiduels d'une grande terreur. Jehan avait souvent vu des paysannes dans le même état au sortir d'un viol collectif, comme il s'en produit couramment dans les guerres, quand les soldats cherchent à se délasser après quelque bonne tuerie. Mais il n'était pas tout à fait naïf, il savait qu'on pouvait produire les mêmes symptômes en ingérant certaines plantes vénéneuses engendrant une stupeur de tout l'esprit. C'était ainsi, en absorbant de la jusquiame, de l'aconit, que les sorcières se préparaient aux délires du sabbat.

Il s'agenouilla près du grabat et demanda d'une voix douce :

— Jeanneton, dis-moi qui t'a payée pour raconter cette histoire d'armure... Le comte va tôt ou tard réaliser que la fable du harnais diabolique repose sur ton seul témoignage, et il n'hésitera pas à te jeter dans les mains du tourmenteur pour s'assurer que tu ne mens pas. Si tu me dis la vérité, je te laisserai partir et prendre quelque avance. Parle-moi.

La jeune fille tourna vers lui ses yeux dilatés.

— Je... Je ne comprends pas ce que vous voulez dire, bredouilla-t-elle. Je ne mens pas... Je le jure sur les saintes reliques. J'ai vu l'armure... Elle était gigantesque, son casque touchait presque l'encadrement de la porte. Elle bougeait très vite, sans difficulté, comme lorsque monseigneur le comte Philippe la revêt...

Elle se mit à répéter ce qu'elle avait déjà dit deux heures plus tôt. Elle n'avait pas l'air de jouer la comédie, mais cela ne prouvait rien. Jehan renonça.

— Tu es en danger, murmura-t-il. Le comte va revenir à la charge. Peu à peu, l'idée que tu mens peut-être va faire son chemin dans sa cervelle ; il voudra alors te faire avouer que tu as été payée pour soutenir cette fable absurde. Comprends-tu ce que je dis ? Ne reste pas ici, fiche le camp pendant qu'il en est encore temps.

— Je ne ferai sûrement pas ça ! s'indigna Jeanneton. Le comte Philippe a été bon pour moi. Ce qui s'est passé n'est pas si grave après tout. La fille et les gosses n'étaient que des vilains que j'avais moi-même décrassés. Leur disparition est sans importance. Il suffira de quelques écus et leurs familles se réjouiront bientôt de leur mort.

— Tu es plus idiote que je le croyais, cracha Montpéril en se redressant. Débrouille-toi, je t'aurai prévenue.

Il s'en alla, abandonnant la jeune fille en chemise sur sa paillasse, au milieu des bottes de foin sèches.

À la fin de l'après-midi, Philippe de Guignes revint au château, suant, soufflant, mais ravi d'avoir encore terrassé ses adversaires. Avisant Montpéril, il le tira à l'écart et lui dit :

— Pendant que je me battais j'ai eu comme une illumination. La servante, cette Jeanneton, il se pourrait bien qu'elle mente, après tout.

8

Les suspects

Jeanneton fut saisie par les gardes du château dans l'heure qui suivit. Montpéril n'avait pu dissuader le comte de soumettre la jeune fille à un interrogatoire mené par le géhenneur officiant dans les caves de la maison forte.

La petite servante aux cheveux blancs cria longtemps. Des heures durant on perçut, entre les bouffées de musique montant de la foire, l'écho de ses supplications où elle mêlait la souffrance au nom du Seigneur tout-puissant. Jehan ne fut pas convié à la procédure, que Philippe de Guignes mena de bout en bout. Pendant tout ce temps le routier ne tint plus en place.

— Si la petite a trop mal, expliqua-t-il à Sigrid, elle peut accuser n'importe qui pour qu'on cesse de la tourmenter. Elle risque de donner le premier nom qui lui passera par la tête. Le tien, le mien. Si cela se produit, nous sommes fichus.

Dans cette éventualité, il tenta de s'approcher des écuries pour voir s'il ne pourrait pas voler une paire de chevaux, mais on lui barra le chemin ; il s'aperçut à cette occasion qu'il était discrètement surveillé par les hommes du comte.

Vers le soir, les cris cessèrent brusquement ; le bruit courut que Jeanneton était morte d'un décrochement du cœur au beau milieu d'un nouveau tourment. Philippe remonta. Il empestait la sueur, comme s'il avait mis lui-même la main à la pâte, et paraissait de fort méchante humeur.

— Cette garce n'a pas avoué, grogna-t-il. Jusqu'au bout elle s'est accrochée à cette histoire d'armure entrant tout à coup dans la chambre.

Il semblait bouleversé, non parce qu'il avait contribué au massacre d'une innocente, mais parce que l'entêtement de la chambrière rendait soudain plausible l'hypothèse de l'armure somnambule.

S'approchant d'une desserte, Philippe se versa une large rasade de vin pur mais n'en offrit pas à Jehan.

— Elle n'a pas cessé d'invoquer le nom du Seigneur, grommela-t-il. Elle a réclamé la présence du chapelain pour se confesser pendant que le bourreau lui sortait la moelle des jambes. Ah ! Je suis très ennuyé, tout aurait été plus simple si quelqu'un l'avait payée pour raconter cette fable.

Le corps de Jeanneton fut jeté à la fosse commune, où il rejoignit ceux des vilains qui avaient tenu les rôles de la dame et des enfants du château. Il n'y eut pas de banquet ce soir-là. Plusieurs des invités de Philippe avaient du reste plié bagage au cours de la journée, prétextant quelque affaire délicate nécessitant leur présence au fin fond des provinces.

— Cette nuit tu monteras la garde, ordonna Philippe à Jehan. Mes soldats sont trop superstitieux pour être réellement efficaces. Je n'y peux rien, nous sommes en un pays imprégné de magie où les charaieresses, les sorcières, ont toujours été fort nombreuses. C'est le seul défaut de la contrée. Les hommes y sont ardents à la bataille mais se recroquevillent comme des petits garçons dès que pointe la corne du diable. De plus, ma garnison permanente ne compte que dix hommes, c'est le nombre en usage dans la plupart des châteaux.

Jehan accepta, d'ailleurs avait-il le choix ? Cependant, la maison était grande et il la connaissait mal. Quand sonnèrent complies, il n'y avait plus personne dans les couloirs car chacun s'était barricadé dans ses appartements. Les valets eux-mêmes, terrifiés par la fable de l'armure somnambule, avaient pris la fuite après avoir planté des torches ici et là.

C'était la nuit des châteaux forts, quand l'obscurité avale les formes de la bâtisse et la réduit à une montagne creuse sur laquelle s'acharne ce vent dont on ne perçoit le souffle nulle part ailleurs mieux que sur un chemin de ronde. C'était l'odeur de la pierre mouillée, de la caverne primitive d'où l'humanité était sortie en rampant. Cette impression étrange de ne plus faire vraiment partie du monde mais d'être juché sur un caillou tombé de la lune, de monter la garde sur un astre naufragé, tout de granit. Un sentiment insolite vous saisissait alors, une exaltation orgueilleuse, la fierté farouche de dominer le petit peuple, d'être là, enraciné sur la roche, maître des hauteurs, plus près de Dieu qu'aucun des vilains traînant sur la plaine. Une alliance entre la pierre des murailles et le fer du haubert qui vous couvrait le corps. Matières nobles, qui en s'entrechoquant produisent des étincelles. Oui, Montpéril avait connu tout cela, cette ivresse trompeuse du guetteur qui, levant la tête, cède soudain à l'illusion qu'il pourrait planter sa pique dans le ventre rond de la lune. Et puis...

Et puis la réalité vous reprenait, avec l'odeur de la merde, de la pisse, ruisselant le long des remparts par les trous d'évacuation des murs ; la puanteur des douves, qu'on eût aimé remplies d'eau mais qui, la plupart du temps, servaient à entasser les détritus d'une demi-année. Et cela montait, en vapeur épaisse les jours de forte chaleur, cela fermentait jusqu'à prendre feu. Jehan connaissait bien la sourde oxydation des ordures, cette brûlure de braise qui court, sournoise, invisible, sur la croûte grise des déchets, si vive qu'on peut s'y rôtir les pieds si l'on commet l'erreur de s'y enfoncer. Enfant, il y mettait à cuire des navets, des petits poissons, des oisillons dont il se régalait ensuite avec ses compagnons.

Avec le temps, le château — d'abord enraciné dans la colline — finissait dévoré par les ordures montant à l'assaut des remparts. Alors les nobles fuyaient les pestilences, le nez plongé dans un bec à parfum, laissant à la valetaille le soin de curer les immondices et de faire place nette. Il fallait trois semaines pour faire la guerre aux déchets, enlever à pleines charrettes la crotte d'un semestre entier, puis tout recommençait.

Oui, c'était cela un château, ce mélange de noblesse sauvage et de grouillement fétide.

Montpéril déambulait, l'épée sur l'épaule, en essayant de réfléchir. Ses pas résonnaient sur le dallage des corridors, sous les voûtes. Il ne put s'empêcher d'aller voir l'armure, dont Sigrid avait étalé les différentes pièces sur une gigantesque table à tréteaux dans la salle de réception. Démontée, elle semblait moins menaçante. Quiconque aurait voulu s'en équiper aurait mis beaucoup de temps, et n'aurait pu le faire en silence ; c'était là la raison principale pour laquelle Jehan avait demandé à Sigrid d'éparpiller le harnais de sable, bien que cette disposition déplût souverainement à Philippe, qui aimait contempler la cuirasse toute montée, comme s'il s'agissait d'une statue digne d'admiration. À n'en pas douter le comte était envoûté. Quand il se mettait à scruter le vêtement de guerre, son regard devenait brillant, étrange. Parfois il quittait son fauteuil pour aller caresser la courbe d'une spallière ou la découpe de la ventaille. On eût dit qu'il se trouvait en présence d'une jolie femme ; cette passion mettait Jehan mal à l'aise. Le comte était-il ensorcelé ? Ce n'était pas impossible puisqu'il acceptait de faire courir un terrible danger à sa famille en s'obstinant à conserver la cuirasse dans ses murs. Après tout, il lui aurait suffi de chasser Sigrid et sa ferraille pour que tout rentre dans l'ordre. Pourquoi ne le faisait-il pas ? *Parce que l'armure le tenait en son pouvoir ?*

Jehan en était là de ses réflexions quand il entendit un gémissement étouffé aussitôt interrompu, comme par une main posée sur une bouche. L'écho déformant les sons, il s'avoua incapable de localiser le bruit et se trouva réduit à progresser au hasard. Il était tard, laudes venaient de sonner dans le lointain, l'épée commençait à peser entre ses mains. Il crut deviner une galopade lointaine, comme si quelqu'un prenait la fuite à son approche ; soudain, au détour d'un couloir, il vit surgir un chien. Le routier était si tendu qu'il faillit décapiter la bête d'un revers de lame. L'espace d'un battement de cœur, son imagination déformée par la peur lui avait fait entrevoir un gnome se déplaçant à quatre pattes. Ce n'était qu'un chien, un chiot plutôt, dont on avait lié le museau à l'aide d'une ficelle pour l'empêcher d'aboyer. Malgré cela, la bestiole avait gémi, et Jehan avait perçu sa plainte. Qui avait amené cet animal au château, dans quel but ?

« Par l'enfer, songea brusquement Montpéril. Tu deviens idiot. C'est évident. L'assassin a essayé de se servir de la bête pour localiser la chambre secrète où sont cachés l'épouse de Philippe et ses trois fils. »

Le corniaud vint renifler les jambes du chevalier et lui fit fête. C'était vraiment un jeune animal, facile à dissimuler dans un sac ou sous une cape. Avait-il eu le temps de remonter la piste jusqu'à la cache invisible creusée dans l'épaisseur des murs ? Jehan le saisit par la peau du dos et se rendit chez Philippe. Le comte se réveilla dès que Montpéril eut frappé du poing à la porte. Quand il ouvrit, il était nu, l'épée à la main.

— Quoi donc ? aboya-t-il.

Jehan lui montra le chien.

— Voilà ce que j'ai trouvé dans le couloir, annonça-t-il. Avez-vous déjà vu cette bête ? Sort-elle de votre chenil ?

— Je ne crois pas, grommela le comte, mais il faudrait vérifier auprès du varlet de chasse. Où voulez-vous en venir ?

— Quelqu'un essayait de localiser la chambre secrète au moyen de cet animal, expliqua patiemment Jehan. L'assassin l'a introduit dans votre maison avec l'intention manifeste de lui faire renifler un objet appartenant à votre épouse ou à l'un de vos fils. C'était une bonne idée. Si le chien a le flair d'un pisteur, il aurait pu sans grand mal mener le tueur là où il le désirait.

— Par Dieu ! haleta Philippe. Croyez-vous qu'il a eu le temps de le faire ? Où avez-vous surpris cette bête ?

Jehan le lui dit, le comte parut se rasséréner.

— Le corniaud a gémi, dit Montpéril. Il n'appréciait sans doute pas d'avoir le museau lié, c'est ce qui a trahi sa présence. Mais ce stratagème signifie que vos gens ont bavardé et que le criminel sait à présent qu'il s'est trompé de victimes. Il a décidé de récidiver. Il a appris l'existence de la chambre secrète et tente d'en percer la localisation. Il s'entête. Ou il a pris cela comme un défi, ou il vous déteste vraiment et n'aura de cesse d'exterminer vos proches.

Le comte s'empara du chien, qui lui reniflait les pieds et, d'un geste rapide, lui mit la tête à l'envers pour lui briser les vertèbres cervicales. L'animal eut à peine le temps de couiner qu'il était déjà mort.

— Charogne, grogna Philippe. Je déteste ces manières sournoises de faire la guerre. Si l'on me veut du mal, on n'a qu'à me défier en champ clos, j'ai toujours relevé le gant.

— Vous plaisantez ? ricana le routier. Qui aurait envie de vous affronter alors que vous moissonnez dix jouteurs d'un seul revers de lame à chaque tournoi ? Non, le danger c'est que le criminel risque de recommencer. Il ne faut pas qu'il puisse faire renifler à un quelconque pisteur l'un des mouchoirs de votre épouse, ou l'un des jouets de vos fils. Vous savez comme moi qu'il n'en faut pas davantage à un bon chien de chasse pour retrouver une proie.

— Mais que peut-on faire ? soupira Philippe. Dois-je brûler tous les objets de ma famille ? Vider les coffres pour jeter au feu robes et chemises ?

— Non, fit Jehan. Mais on peut avoir recours à un subterfuge. Faites attraper une demi-douzaine de renards par vos gens, qu'ils les saignent et recueillent le sang dans une bassine. Nous ferons ensuite « laver » les couloirs, les escaliers, avec une eau additionnée de ce sang. L'odeur des renards sera partout, elle rendra fou tout chien qu'on essaiera de faire pénétrer dans l'enceinte du château. Et pour parfaire ce tour, nous couperons la peau des goupils en lanières. Lanières que nous dissimulerons ici et là, entre les boiseries, dans les interstices des pierres. Si l'assassin se glisse dans votre maison en compagnie d'un nouveau pisteur, la bête perdra la tête et se mettra à courir dans tous les sens, affolée par l'odeur du gibier. Il ne lui en faudra pas plus pour oublier le parfum de votre dame, si par malheur on a pu le lui faire renifler sur un mouchoir ou une écharpe volée.

— Parfait ! s'extasia le comte. Allons de ce pas réveiller les valets pour qu'ils se mettent en chasse. Ils gardent toujours quelques goupils en cage pour le cas où je déciderais d'improviser une partie de chasse dans la plaine.

Il fut fait comme l'avait suggéré Jehan. En pleine nuit, on vit donc une armée de valets ensommeillés nettoyer le dallage des corridors au moyen de charpies imprégnées d'eau rougie. Une odeur de boucherie se répandit dans tout le château, une de ces odeurs comme il en plane sur les champs de bataille au soir des grandes tueries.

Cependant Jehan ne pouvait se défaire d'une certaine angoisse. Il avait la conviction que l'assassin tenait déjà en sa possession un quelconque objet dérobé à la dame du château, et que l'idée du chien de chasse lui était venue à cause de cela, *justement*...

Cette hypothèse impliquait qu'il s'agissait d'un familier de la maison. Quelqu'un en mesure d'approcher la maîtresse du lieu, ou ses enfants. Un vassal, un domestique...

Le lendemain, le comte était sur des charbons ardents. Il avait pris la décision de ne pas rester les bras croisés et de passer à la contre-offensive.

— Si quelqu'un a pu revêtir l'armure pour décapiter les croquants que je faisais passer pour les miens, décréta-t-il, c'est qu'il est d'une certaine corpulence. Il faut donc orienter nos soupçons vers tous les hommes susceptibles de mouvoir le harnais sans aussitôt tomber à genoux.

Jehan n'avait aucun argument solide à lui opposer. Il craignait que cette chasse au suspect ne dégénère, comme c'est souvent le cas dès lors qu'on s'obstine à vouloir dénicher coûte que coûte un coupable. D'ailleurs le comte ne lui demanda pas son avis. À la tête d'une escorte armée, Philippe se mit à parcourir le champ de foire, scrutant la foule d'un œil accusateur, en quête d'hommes bâtis en force.

— Le visiteur nocturne vit obligatoirement à proximité du château, répétait-il, sinon il ne s'y introduirait pas si fréquemment. C'est peut-être un vilain obéissant aux ordres d'un seigneur... C'est peut-être également l'un de ces petits chevaliers loqueteux qui courent les tournois. Des va-cul-nu qui n'ont pour toute richesse qu'un destrier, une lance et un méchant haubert démaillé. Hélas, ces gens-là sortent d'une famille qui crierait vengeance si je faisais mine de toucher à un seul de leurs cheveux, et la coutume leur donnerait raison. Je ne veux pas m'engager dans une multitude de guerres privées, de *faides* comme disent les Frisons. On peut y voir sa mesnie décimée, ses terres envahies. Du reste, aucun de ceux que j'ai rencontrés pendant la joute ne serait en mesure de revêtir le harnais de sable.

Suivant la ligne de son idée fixe, il fit arrêter six forains de belle allure. Des garçons charpentés en force, anciens bûcherons ou carriers, qui avaient préféré devenir lutteurs de foire. Il les fit conduire dans la cour du château et ordonna à Sigrid de les fervestir chacun à leur tour au moyen de l'armure noire. Dès que l'un était prêt, il lui commandait de bouger, de courir, de remuer les bras, mais les pauvres bougres n'avaient pas l'habitude de se mouvoir à l'intérieur d'une carapace, et la plupart d'entre eux n'avaient pas assez de force pour tenir debout un tel assemblage de plaques de métal.

Leur inertie mit Philippe de Guignes en rage.

— Ils simulent ! hurla-t-il. Qu'on allume des torches et qu'on en caresse la cuirasse, nous verrons bien s'ils conservent les pieds collés au sol.

Un flambeau fut embrasé et promené sur la dossière du corselet d'acier, à la hauteur des omoplates. La carapace ne mit pas longtemps à devenir brûlante, l'homme qui s'y trouvait enfermé poussa un cri de douleur.

— Avance ! gronda Philippe, tu échapperas au feu.

Le garçon fit un pas en avant, puis un autre, tomba au troisième dans un grand fracas métallique. Immédiatement le garde glissa le flambeau sous la pansière, pour le contraindre à se relever. L'homme hurlait, le métal de la cuirasse lui dévorait les chairs comme le fond d'une marmite posée sur la braise.

— Pitié ! hurla-t-il. C'est trop lourd !

Une odeur de viande grillée emplit l'air. Sigrid était devenue d'une pâleur de cadavre et semblait sur le point de défaillir. La cérémonie lui rappelait probablement le sacrifice de son jeune frère, aussi Jehan se glissa-t-il auprès d'elle pour la soutenir au cas où elle viendrait à s'affaisser.

À l'intérieur de la cuirasse, le garçon sanglotait en se débattant maladroitement. Il fallut se résoudre à l'en sortir. Un garde aspergea le harnais au moyen d'un seau d'eau pour permettre à l'écuyer de s'en approcher. Le liquide grésilla en touchant le métal, et un nuage de vapeur s'échappa de la fente du heaume. Le lutteur qu'on extirpa du corselet était couvert de grosses cloques partout où sa peau avait touché le fer. On le chassa à coups de bâton, et un second suspect prit sa place. La cérémonie recommença, sans connaître plus de succès. Les torches promenées sur l'armure ne faisaient qu'affoler les victimes, qui perdaient l'équilibre, s'étalaient, et se laissaient griller sur place, incapables qu'elles étaient de se relever sans l'aide d'un valet.

— Ah ! Nous perdons notre temps, s'emporta Philippe de Guignes. Ces drôles n'ont pas plus de force qu'une nonnette !

Brûlés, battus, les lutteurs regagnèrent la foire où ils répandirent la rumeur que le comte était devenu fou et qu'il essayait de faire rôtir les pauvres gens en les enfermant dans une grande marmite articulée.

9

Le domaine des tourments

La méfiance du comte s'exaspéra. À présent, il surveillait du coin de l'œil chacun de ses chevaliers, les scrutant, les soupesant. L'un d'entre eux le haïssait-il en secret ? C'était possible car il les rudoyait et ne les récompensait pas toujours comme ils le méritaient. Il suffisait d'un guerrier déçu, humilié de n'avoir point reçu la terre qu'il convoitait, de s'être vu préférer un autre compagnon d'armes. Philippe ne pouvait toutefois se conduire avec eux comme il l'avait fait avec les croquants de la foire. Ces gens avaient tous des familles, même lointaines, qui exigeraient que l'offense soit lavée dans le sang.

— Si je veux m'en prendre à l'un d'eux, je dois prévenir sa famille quarante jours à l'avance, répétait Philippe. C'est la nouvelle loi. On appelle cela la Quarantaine-le-Roi. Si je ne respectais pas ce délai, je serais dans mon tort et perdrais mon affaire devant n'importe quel tribunal. Cela pourrait me coûter fort cher, et même me ruiner.

Il cherchait à se rappeler quelle faute il avait bien pu commettre, quelle injustice. Ces guerriers étaient pour la plupart très jeunes — vingt, vingt-deux ans — ils avaient le sang vif et la réflexion n'était pas leur qualité première. Alors ?

L'armure revint. Elle rôdait la nuit, parcourant le château à la recherche de la chambre secrète. Un vieux domestique la vit et mourut de peur dans les heures qui suivirent. Une servante l'entr'aperçut au fond d'un couloir et devint folle. Enfin, Jehan la surprit en train de se déplacer sous les colonnades de la chapelle alors que lui-même descendait l'escalier de la cour. Bien qu'il fût à un jet de pierre de l'inquiétante enveloppe, il put constater que celui qui la portait marchait d'un pas régulier, sans paraître souffrir du poids additionné des différentes plaques d'acier la composant. Le harnais de sable allait, ventaille baissée, une épée à la main, ses mouvements étaient souples et silencieux, bien qu'un peu hésitants, comme si la cuirasse cherchait son chemin... ou avançait au hasard, à la façon d'un somnambule. Jehan, un instant frappé de stupeur, dévala l'escalier. Hélas, quand il atteignit le jardin de la chapelle, l'armure avait disparu. Il parcourut les galeries, s'attendant à tout moment à se retrouver face à face avec la carapace géante. En vain, l'énorme masse de métal s'était évaporée. Où se cachait-elle ? Pour s'échapper ainsi, il aurait fallu qu'elle se mette à courir... or seul un colosse aurait pu accomplir ce prodige. Jehan demeura sur le qui-vive, l'épée à la main. Tout se passait comme si le harnais noir s'était soudain enfoncé dans l'épaisseur de la muraille. Y avait-il ici, quelque part, un passage secret seulement connu des familiers de la maison ?

« Il n'y a pas d'autre explication, songea Montpéril. Celui qui s'amuse avec nous connaît très bien la topographie du château. Il prend soin de se manifester à proximité d'une trappe ou d'un panneau dissimulé, et, sitôt qu'il est repéré, plonge à l'abri du passage, donnant à son apparition une allure spectrale. »

Quand il regagna la salle de réception, Jehan découvrit le harnais démonté, étalant ses pièces détachées sur la grande table à tréteaux. Le meurtrier avait donc eu le temps de s'en défaire, cela impliquait que le passage secret offrait également les avantages d'un raccourci.

« Pendant que je m'échinais à remonter les escaliers et les corridors, songea le routier, le criminel a sans doute utilisé une cage à poulie dissimulée dans l'épaisseur d'un mur, ce véhicule l'a hissé jusqu'ici en quelques tours de manivelle. Cette avance lui a largement laissé le temps de se déshabiller. »

Il se sentait stupide, et cela le rendait enragé. Il passa le reste de la nuit à essayer de se rappeler le moindre détail de l'apparition, à palper les murs du rez-de-chaussée donnant sur le jardin de la chapelle. Mais si un passage dérobé s'ouvrait bien là, il fut incapable d'en découvrir l'entrée.

Le lendemain, dès l'aube, il s'empressa de narrer son aventure nocturne à Philippe de Guignes et lui demanda de lui préciser l'emplacement des couloirs secrets. Le comte haussa les sourcils.

— Il n'y en a point, répondit-il, du moins pas à cet endroit. Et de toute manière je suis seul à les connaître.

— Quelqu'un a pu avoir accès aux plans du château, insista Jehan. Ou soudoyer le maître d'œuvre.

— C'est mon père qui a lui-même dessiné les plans de cette maison, lança Philippe. Il n'était pas assez sot pour indiquer l'emplacement des chambres secrètes sur ses croquis. Quant aux ouvriers qui les ont bâties, c'étaient des prisonniers de guerre saxons, des étrangers ne parlant pas un mot de notre langue, enfermés sous bonne garde pendant toute la construction, et exécutés une fois celle-ci menée à bien. Mon père ne laissait jamais rien au hasard. Non, je vous le répète : il n'existe aucun couloir secret au niveau des jardins de la chapelle. Êtes-vous sûr qu'il s'agissait bien du harnais de sable ?

— Oui, s'impatienta Jehan. Sa silhouette n'est à nulle autre pareille. Il faudrait être aveugle pour se tromper. Je l'ai vue distinctement, dans la lumière d'un flambeau. Une chose m'a frappé cependant : l'armure avançait en zigzag, un peu à la manière d'un somnambule.

Le comte blêmit.

— Vous voulez dire qu'elle était... vide ? dit-il d'une voix tendue.

— Non, pas forcément, fit Montpéril. On pourrait hasarder qu'elle était peut-être trop lourde pour celui qui la portait.

— C'est idiot, cracha le comte. Si elle était trop lourde pour l'assassin, celui-ci n'aurait pu détaler comme un lapin quand vous vous êtes lancé à sa poursuite.

— Sauf s'il a pu s'engouffrer dans un passage dérobé, insinua Jehan.

— Il n'y a pas de passage dérobé à cet endroit ! martela le comte. Par la Morbleu, mettriez-vous ma parole en doute ?

Jehan renonça. Il n'accordait qu'un crédit limité

aux serments de Philippe. Les couloirs secrets avaient une telle importance stratégique qu'on en révélait rarement l'existence. Le comte ne voulait rien dire des arrangements architecturaux arrêtés par son père ; c'était de bonne guerre, mais, pour Montpéril, cette connaissance de la géographie intime du castel ne faisait que confirmer l'hypothèse d'un meurtrier connaissant parfaitement la maison.

— Une chose est sûre, conclut-il avant de tourner les talons. L'assassin cherche à localiser la chambre cachée où votre épouse et vos fils se terrent. Il prend de gros risques pour y parvenir, comme si sa haine l'aveuglait. Pensez-y.

Instinctivement, le comte avait porté la main à son cou, là où il avait suspendu la clef commandant la serrure du repaire clandestin.

— Ne leur rendez pas visite, conseilla Jehan. Sous aucun prétexte, car il se pourrait qu'on vous épie, qu'on observe vos faits et gestes. Ont-ils encore assez d'eau et de nourriture pour tenir jusqu'à la fin de cette histoire ?

— Je l'espère, balbutia le comte. Mais mes fils ont la gloutonnerie de leur âge. J'ose penser que mon épouse aura su les empêcher de dévorer toutes les provisions dès les premiers jours. Rien de pire que des enfants qui s'ennuient dans l'obscurité. Et puis on est toujours à la merci d'un geste malheureux... À force de se déplacer à tâtons, on renverse un tonneau plein d'eau, et l'on se retrouve condamné à mourir de soif.

Au fur et à mesure qu'il se parlait à lui-même, l'angoisse creusait ses traits. Jehan n'aurait pas aimé être à sa place. Il avait entendu parler d'enfants morts de suffocation pour être restés trop longtemps dans l'obscurité.

— Ne cédez pas aux alarmes chimériques, dit-il. Le criminel compte sûrement là-dessus. Il doit se dire que, tôt ou tard, vous commettrez l'erreur d'aller vérifier comment se porte votre famille. C'est pour cela qu'il s'embusque dans les couloirs. Il pense que vous mettrez la nuit à profit pour vous faufiler dans la chambre secrète. Gardez-vous-en.

Le comte hocha la tête sans répondre. Jehan prit congé.

Comme il en avait assez de l'atmosphère du château, il se rendit au champ de foire. Il savait que les hommes de Philippe le surveillaient, déguisés en villageois, affublés de grosses capes. Il sentait leur présence dans son dos. On ne le laisserait pas filer. L'affaire du château des poisons, dont il conservait un triste souvenir, l'avait auréolé d'une réputation de fin limier, ce qui était absurde car, s'il avait joué un rôle dans cette horrible histoire, c'était plutôt celui de la victime et de la dupe. Peut-être le comte, mal renseigné, misait-il sur ses dons de perceur de mystère pour mettre fin à la malédiction pesant sur l'armure ?

Jehan s'arrêta devant les tréteaux des montreurs de bêtes. Sur l'estrade, Bézélius répétait une sottie en compagnie d'Ursus qu'il avait affublé d'une peau d'ours pelée. Par gestes, il lui indiquait ce qu'il convenait de faire ; le géant au regard vide obéissait docilement. Les villageois étaient fort gourmands de ces historiettes très salées au cours desquelles on se permettait d'exhiber quelques bons vits de bois peints en rouge, de dire grand mal des moines et des seigneurs. Jehan se glissa sous la tente. Junia était là, arrangeant la galerie des monstres bousculée par la curiosité des visiteurs. Elle avait fardé son masque de porcelaine avec tant de science qu'il semblait presque vivant dans la pénombre du chapiteau.

— C'est parce que je dois jouer, tout à l'heure, dit-elle en remarquant le regard du routier. Sur les planches, le masque ne gêne personne, et comme mon corps n'a pas été trop touché par la maladie, je puis faire encore illusion.

Elle eut un rire triste et ajouta :

— Une vieille trobairitz défigurée par la petite vérole ne peut espérer mieux. J'ai quarante ans, vous savez. C'est beaucoup pour une femme. Les hommes n'aiment que les pucelles fraîches comme des pétales de rose. Le masque a au moins cet avantage que je puis jouer les jeunes filles, alors qu'en réalité, on ne me permettrait que d'incarner des mégères. Il me suffit pour cela de dessiner un frais minois sur la porcelaine. Un peu de couleur, quelques traits de pinceau, et le miracle s'accomplit.

— Vous n'êtes pas vieille, dit maladroitement Jehan en lui prenant la main. Et puis tous les hommes ne sont pas attirés par les pucelles, comme vous semblez le croire.

— C'est gentil de mentir, soupira Junia, mais je n'ai plus guère d'illusions, chevalier. Si Bézélius ne m'avait point été fidèle, j'aurais fini dans un fossé. Même les nonnes n'auraient pas voulu de moi, car pour elles, un visage est toujours le reflet de l'âme qu'il contient. Si l'on est laid, c'est qu'on est habité par le vice. Si l'on est malade, c'est qu'on a commis quelque péché dont Dieu exige la punition. Leur morale est simple, sans détour. Elle n'admet pas le hasard, l'injustice.

— Bézélius est votre... amant ? s'enquit Jehan.

— Non, fit précipitamment Junia. Ne vous mettez pas cela en tête. Nous n'avons jamais partagé le même lit. Ni quand j'étais belle, ni... *après.* Avant, il n'était pour moi qu'un accompagnateur, un bon musicien, mais pas davantage. Mes amours, je les menais avec des chevaliers de rencontre. J'étais légère, volage, avide de cadeaux. Après... quand Bézélius est resté le seul à ne pas me tourner le dos, je n'ai pas voulu m'offrir à lui. Ç'aurait été un piètre cadeau, et j'aurais eu l'air de vouloir le récompenser. Non, nous sommes restés compagnons, comme par le passé. Je sais qu'il est amoureux de moi, mais nous n'en parlons jamais. C'est mieux ainsi. Une femme qui n'a plus de visage n'est plus une femme. Je ne suis rien de déterminé. Mi-humaine mi-statue, je pourrais sans doute prendre ma place au milieu des autres phénomènes.

D'un geste las, elle avait désigné la cohorte des monstres desséchés encombrant la tente, sirènes, cyclopes, lézards hérissés d'épines ou de griffes.

D'une voix à peine audible, elle ajouta :

— Un masque a cela d'agréable qu'il vous donne la force de dire des choses qu'on n'oserait jamais formuler à visage découvert. Il ne faut pas venir me voir si souvent, chevalier. Vous me plaisez, j'aime votre compagnie, mais je n'ai rien à vous offrir. De plus je suis fragile, la solitude fait de moi un être qui s'enflamme facilement. Ne me tentez pas, ne me faites pas croire à des chimères. Il est préférable que vous ne reveniez pas. Je suis vieille, je suis laide, mais mon cœur a soif d'embrasements. Depuis qu'Ursus vous a sorti de la rivière, je me surprends à regarder trop souvent de votre côté, à espérer vos visites. Ce n'est bon ni pour vous, ni pour moi. Tentez plutôt votre chance avec cette jeune fille qui se déguise en garçon, cet « écuyer » qui se fait appeler Martin.

— Vous avez deviné ? s'étonna Jehan.

— Bien sûr, une femme remarque tout de suite ces choses-là. C'est votre maîtresse ?

— Non. C'est quelqu'un d'étrange. Elle me met un peu mal à l'aise.

Junia se rapprocha de Jehan et lui saisit les deux mains.

— Il ne faut pas revenir, répéta-t-elle. Je ne veux pas faire de peine à Bézélius. Je ne suis pas à lui, mais au moins je ne suis à personne, et cela lui suffit. C'est un être passionné qui me voue un véritable culte. Je lui dois la fidélité. Oui, c'est le prix que je dois payer. Sortons, maintenant, car il pourrait s'étonner de nos longs conciliabules. Donnez-moi des nouvelles du château. On raconte des choses horribles sur le champ de foire. On parle de fantôme, d'enfants massacrés, de tortures. On dit que le comte est en train de devenir fou.

Jehan lui livra une version édulcorée des événements. Le soleil l'éblouissait. À trop vivre dans la pénombre des labyrinthes fortifiés, on en arrivait à se persuader que le même jour grisâtre régnait partout. Sur l'estrade, Ursus se livrait à une pantomime qui surprit Jehan.

— Comment ce simple d'esprit fait-il pour se rappeler tout cela ? questionna-t-il. Je croyais qu'il avait à peine plus de cervelle qu'un moineau.

— Les infirmes reçoivent toujours quelque don compensatoire, expliqua Junia. C'est une des lois

Il s'éloigna, la rage au cœur. Illettré, il avait toujours été attiré par les femmes savantes, susceptibles de lui expliquer les secrets de cet univers auquel il ne comprenait pas grand-chose, mais il se savait trop rustre pour justement retenir leur attention.

Il venait à peine de regagner le castel quand Philippe le fit chercher par un valet.

— On m'a rapporté que vous rendiez fréquemment visite à ces baladins montreurs de phénomènes, dit-il d'un ton sourd. Nourrissez-vous quelque soupçon à leur égard ?

La question prit Montpéril au dépourvu, et c'est presque en bredouillant qu'il répondit :

— Non, ces gens m'ont sauvé la vie. Il s'agissait d'une simple visite de courtoisie.

Le comte se leva avec brusquerie et se mit à arpenter la pièce sans dissimuler son irritation.

— Allons ! siffla-t-il. On vous dit fin renard, expert à démasquer les fourberies. L'affaire des poisons a fait de vous un héros de chanson populaire. Vous n'accomplissez rien sans raison. Je sais ce qui vous trotte par la cervelle, je crois d'ailleurs que je suis parvenu aux mêmes conclusions que vous.

Jehan fronça les sourcils, il n'aimait pas le tour que prenait la conversation. À n'en pas douter, les espions attachés à ses basques avaient fait leur rapport.

« Je n'aurais pas dû aller voir Junia, songea-t-il. J'ai attiré la suspicion sur Bézélius et ses monstres. Tout cela va mal finir car le comte est à bout. »

— Hier, reprit Philippe, je suis allé me mêler à la foule sur le champ de foire. J'ai vu cet homme... Ce géant. C'est lui que vous êtes allé observer, n'est-ce pas ? Vous hésitez à parler parce que vous n'avez encore aucune preuve de sa culpabilité et que vous êtes scrupuleux. Trop scrupuleux. Il ne faut pas tant hésiter. La torture est là pour nous faire gagner du temps, elle hâte heureusement les procédures.

— De qui parlez-vous ? coupa Montpéril.

— Du géant ! tonna soudain le comte perdant tout vernis de sociabilité. Je parle de l'homme-ours, celui qu'exhibe cet Égyptien de malheur.

— Ursus ? Mais c'est un idiot, un simple d'esprit, riposta Jehan. Il ne ferait pas de mal à une mouche.

— Il est bâti comme moi, martela Philippe. L'avez-vous remarqué ? Même stature, même corpulence. Il pourrait porter l'armure sans la moindre peine. Il pourrait même courir avec elle... Vous voyez où je veux en venir ? Le criminel que vous avez surpris hier soir ne s'est pas enfoncé dans un mur, comme vous vous obstinez à le croire, il s'est enfui en courant, c'est tout. Or seule une créature comme cet Ursus serait en mesure d'accomplir un tel exploit.

— Comte, tenta de plaider Jehan. Vous vous emportez. L'inquiétude vous enfièvre l'esprit, vous mourez d'envie de pendre le coupable, je le sens bien, mais ce nigaud serait bien incapable de revêtir un harnais de guerre. C'est un géant élevé par les ours, un crétin inoffensif à qui le montreur de phénomènes a enseigné quelques tours simples. Il n'y a pas de malice en lui.

— Et s'il feignait l'imbécillité ? riposta Philippe. Ce serait un bon déguisement. Si c'était un homme d'armes, un assassin dépêché par l'un de mes ennemis ? Il joue les idiots, se fait engager par de la Création. On ne sait pourquoi. Les aveugles ont l'ouïe plus fine qu'un chien, les boiteux ont les mains lestes. Ursus, lui, possède une mémoire étonnante. Il suffit de lui montrer quelque chose, et il l'enregistre sans le moindre effort. Lorsque Bézélius mime un pas de danse, Ursus le copie, et danserait bientôt toute la nuit si on ne le forçait pas à se coucher. Le faire jouer sur les tréteaux est chose aisée pour nous. Une fois que Bézélius a mimé les déplacements, les gestes, Ursus s'y conforme sans une hésitation. Je crois qu'il nourrit une formidable vénération pour l'Égyptien. Cela nous est bien utile, car il nous serait impossible de payer de véritables comédiens. Ursus se moque de l'argent, du moment qu'il peut manger à satiété, il est content.

Montpéril ne se décidait pas à partir, pourtant il sentait l'œil courroucé de Bézélius l'observer à la dérobée. Le montreur de bêtes était jaloux. Pour l'heure, il déclamait un passage d'*Érec et Énide* en vue de la représentation du soir.

En cele isle n'ot l'en tonnoirre,
Ne n'i chiet foudre ne tempeste,
Ne bos ne serpenz n'i areste,
N'i fait trop chaut, ne n'i yverne.

— Partez, implora soudain Junia d'une voix à peine audible. Vous voir me fait du mal. Je n'ai rien à offrir à un homme normal. Et par pitié, ne me dites pas que je suis intelligente, je m'en moque. Si c'était possible je donnerais tout mon esprit pour retrouver mon visage de jadis.

Elle lui avait pris le bras et le poussait, suppliante. Jehan se demanda si elle ne redoutait pas la colère de Bézélius, et si celui-ci ne se laissait pas aller à la battre.

l'Égyptien à la barbe verte, et se glisse dans les châteaux pour supprimer la descendance du seigneur de l'endroit. Avez-vous songé qu'il se trouvait déjà à la foire qui battait son plein sous les murailles du baron Thibault ?

— Vous insinuez qu'il suivrait l'armure ?

— Oui, parce qu'elle lui fournit une excuse commode. Tout ce fatras de sorcellerie, de nigromancie, finit par échauffer les esprits. On en vient à oublier la vraie raison des exécutions.

Jehan se mordit les lèvres.

— Et quelle serait cette raison ? s'enquit-il.

— Je vous l'ai déjà dit ! explosa le comte. La *faide*. La vengeance sournoise. Un ennemi, un adversaire, dont nous avons peut-être, Thibault et moi, jadis exterminé la famille selon les lois de la guerre. Dieu ! Comment me le rappellerais-je ? Vous êtes homme d'épée, vous savez bien qu'au-delà d'un certain nombre, on ne compte plus les têtes moissonnées. Cet ennemi, ruiné, sans fief ni bannière, a pu choisir de se venger par traîtrise, sans annoncer ses intentions. Il n'a plus d'armée, plus de château, alors il engage un mercenaire, un tueur, et lui ordonne de nous punir par là où nous l'avons atteint. Ce raisonnement tient parfaitement debout, vous ne m'en ferez point démordre. J'ai la certitude que l'homme-ours est le tueur lancé à nos trousses. Il faut l'arrêter, lui faire avouer le nom de son maître.

— Mais il est muet ! protesta Jehan. Sourd-muet.

— Supercherie, clama Philippe. Rien qu'une ruse pour amener les gens à parler librement devant lui. Ne soyez pas naïf. Cet homme est coupable, je le sens.

Montpéril comprit qu'insister ne servirait à rien.

Déjà, Philippe de Guignes appelait ses gardes, leur commandait de se rendre au champ de foire pour se saisir de l'homme-ours.

— Je vais avec eux, lança Jehan. Il y a sûrement moyen d'obtenir que tout cela se passe en douceur. Quand vous aurez examiné ce nigaud d'un peu plus près, vous comprendrez qu'il ne peut nullement être ce que vous prétendez.

— Je ne suis pas borné, lâcha le comte. Si vous réussissez à me convaincre, le bonhomme sera libre de repartir retrouver ses compagnons ; je lui donnerai même une bourse en dédommagement.

La machine était en marche, Jehan ne pouvait plus l'arrêter ; tout au plus espérait-il en limiter le formidable pouvoir de destruction. L'escouade prit le chemin du champ de foire, décidée à en découdre. Les soldats avaient emporté des chaînes, un carcan. Ils avaient tous entendu parler de l'homme-ours et se raidissaient en prévision de l'affrontement. Montpéril était au désespoir. Pendant que le groupe se forait un chemin dans la foule, il essayait de se rassurer en se répétant que la bonhomie d'Ursus désarmerait forcément la hargne de Philippe. Non, le danger n'était pas réel, il s'agissait d'un simple malentendu.

Quand on arriva devant la tente des phénomènes, Bézélius interrompit la représentation et s'avança au bord de l'estrade, inquiet. Junia, alertée par le brusque silence qui s'était fait, émergea du chapiteau, et se précipita à la rencontre de Jehan.

— Que se passe-t-il ? demanda-t-elle avec anxiété. Pourquoi ces soldats ?

— Une fantaisie du comte Philippe, soupira Montpéril d'un ton plein de gêne. Il s'est mis en tête qu'Ursus pouvait être responsable des événements qui ont eu lieu au château.

— Quoi ? balbutia Junia. Que dites-vous ? C'est complètement absurde. Vous ne lui avez donc pas expliqué qui est réellement Ursus ? Par Dieu, cet homme est peut-être un simple d'esprit, mais il vous a sauvé la vie. Sans lui, vous seriez resté sous la cascade, votre équipement vous aurait entraîné par le fond. Qu'avez-vous donc dans le cœur et dans la tête ?

Sa voix, déformée par la douleur, contrastait étrangement avec son masque, qu'elle avait maquillé de manière souriante. Elle tituba, repoussa Jehan qui tentait de la soutenir.

— Laissez-moi, cria-t-elle en proie au dégoût. Je vous croyais notre ami. Dire que nous vous avons sauvé. Ne me touchez pas ! Vous n'avez aucun honneur.

Jehan était à la torture, mais il ne pouvait rien faire contre les gardes du comte. Ceux-ci, lance en avant, avaient encerclé l'estrade. Ursus les regardait d'un œil morne, comme si tout cela ne le concernait pas.

Bézélius essaya de parlementer sans réussir à accrocher l'attention des soldats ; ses bras maigres voletaient dans les airs, décrivant des arabesques compliquées.

— Les apparences sont contre moi, dit précipitamment Jehan, mais j'essaye de vous aider. Pouvez-vous faire qu'Ursus se laisse emmener sans résistance ? Il s'agit d'un malentendu, je vous assure qu'il sera libre dans une heure. Je ferai tout pour cela.

La tension était extrême. Les soldats, effrayés

par l'homme-ours, étaient prêts à embrocher n'importe qui au moindre geste malheureux.

— Que va-t-on lui faire ? lança l'Égyptien sur la défensive. Au moins laissez-moi vous accompagner. Il ne comprendra rien à ce que vous lui demanderez.

— Je crains que cela ne complique encore un peu plus les choses, souffla Jehan, et qu'on vous accuse de complicité. J'essayerai de vous imiter, j'ai observé votre méthode. Le comte aura davantage confiance en moi qu'en vous.

Les gens d'armes s'impatientaient. On hurla au colosse de descendre. Les vociférations, qu'il n'entendait pas, le laissèrent indifférent. Il leva les yeux au ciel, et sa mimique exaspéra, on y vit de la morgue, de l'insolence.

— Je vais venir te chercher ! hurla le chef de l'escouade en tirant son épée.

Jehan s'interposa.

— Je vous en prie, souffla-t-il à l'Égyptien, décidez-vous avant que les choses ne dégénèrent. Je n'ai aucun pouvoir sur ces hommes.

Bézélius se résolut enfin à bouger. Il disparut un instant dans les coulisses et revint, porteur d'un pot de miel qu'il mit entre les mains du colosse après lui avoir fait signe de suivre Montpéril.

Junia poussa un cri déchirant.

— Nous ne le reverrons jamais ! gémit-elle. On emmène un pauvre innocent, un malheureux au cerveau de nouveau-né. Devrons-nous toujours subir les caprices des puissants ?

Elle s'adressait à la foule. Une rumeur de colère courut.

— Assassin ! cria-t-elle à l'intention de Montpéril. Tu porteras la responsabilité de ses souffrances !

Ramassant une pierre, elle la jeta à la face de Jehan, le touchant au front. Le routier sentit le sang lui couler dans les sourcils et le long du nez.

— Devons-nous nous saisir de la garce ? lui demanda le chef des gardes.

— Non, laissez, murmura le routier. C'est sans importance.

Ursus se laissait emmener. Pour l'heure, il ne semblait préoccupé que de son pot de miel dans lequel il fourrait la patte, tel un ours gourmand. Il avalait cela en même temps que les mouches attirées par le parfum sortant du pot, et ne se souciait nullement des lances, des épées qui l'encerclaient. La populace hésitait. En peu de jours, Ursus avait conquis le public par sa force placide, son apparence d'énorme nouveau-né. On n'appréciait guère de le voir emmené vers on ne savait quel tourment.

— Ne craignez rien, chevalier, souffla le chef d'escorte. J'ai des archers sur les créneaux. Si ces gueux font mine de bouger, nos traits les cloueront sur place.

Ils passèrent enfin la barbacane. Philippe, sans doute trop impatient pour rester dans ses appartements, attendait dans la cour intérieure en marchant de long en large. Il avait contraint Sigrid à descendre, elle aussi, et avait fait aligner sur une toile les différentes pièces de l'armure noire.

— Voici donc cet homme élevé par les ours, dit-il avec un ricanement sceptique. Oh, oh ! L'astuce du miel est bien imaginée. Peut-être est-elle de trop...

Il se planta devant Ursus qui continuait à manger, piochant dans le pot et suçant ses doigts avec gourmandise.

— Comte, rappela Jehan. Cet homme est infirme, il ne vous entend pas, il ne peut pas davantage vous répondre. De plus, il est insensible à la douleur, par un caprice de la nature que les fisiciens ne sont pas en mesure d'expliquer.

— Je sais cela, grogna Philippe de Guignes qui scrutait le visage du colosse. C'est bien ce que je pensais, lui et moi sommes à peu près de la même corpulence.

— C'est un idiot, répéta Montpéril. Il ne sait même pas ce qu'est une armure. Comment pourrait-il s'en revêtir ?

— Faisons un essai, siffla le comte. Le harnais est là, démonté. Ordonne à ton homme-ours de le passer.

Au ton de Philippe, Jehan comprit qu'il était inutile de tergiverser. Essayant d'attirer l'attention d'Ursus, il mima l'action de s'habiller, et désigna les pièces éparses sur le sol. Il n'était pas inquiet, l'assemblage du harnais noir était d'une terrible complexité, il avait pu s'en rendre compte en regardant Sigrid opérer. Un néophyte ne pourrait que s'empêtrer dans le piège des ressorts, des boucles, des boutons.

Ursus, qui venait de terminer son miel, regarda les plaques de fer étalées à ses pieds. Il dut croire qu'on allait le récompenser pour ce nouveau tour, car il laissa tomber le pot vide, et, les mains poisseuses, se pencha pour empoigner une paire de grèves, ces plates protégeant la jambe depuis le cou-de-pied jusqu'au genou.

Jehan écarquilla les yeux, soudain saisi par une appréhension terrible. Le nigaud semblait parfaitement savoir ce qu'il faisait. Il assemblait les pièces les unes après les autres, avec une dextérité étonnante, comme s'il avait servi d'écuyer toute sa vie.

« Ce n'est pas possible, songea Jehan. Comment aurait-il appris ? »

Tout à coup, les paroles de Junia lui traversèrent l'esprit : « Ursus possède une mémoire étonnante. Il suffit de mimer devant lui une action, il l'enregistre sans le moindre effort, et se révèle capable de la reproduire à l'infini... »

Il se revit, au bord de la rivière, quand le géant avait repêché l'armure. Sigrid s'était empressée de la démonter, de la sécher, pour éviter qu'elle ne rouille. Elle avait ensuite réclamé de la graisse d'essieu à Bézélius pour en frotter les pièces. Elle avait fait tout cela *sous les yeux d'Ursus,* et le géant avait enregistré chacun de ses gestes. Son invraisemblable mémoire lui restituait à présent la marche à suivre. Il reproduisait, sans rien comprendre à ce qu'il faisait.

— Hé bien ! siffla Philippe de Guignes. Voilà qui est intéressant. Ne prétendiez-vous pas, chevalier, que ce gentilhomme n'était qu'un crétin ? Il me semble, à moi, fort versé dans la science des armes. Pas un de mes piétons ne serait capable de se débrouiller aussi bien avec un pareil habillement. J'éprouve moi-même quelque jalousie puisque j'ai encore besoin de l'aide de Martin avant chaque tournoi.

— C'est une coïncidence malheureuse, comte, bredouilla Jehan. Le bonhomme a simplement assisté à un démontage en règle du harnais de sable, et il en a retenu la méthode, rien de plus.

— Rien de plus ? Comme vous y allez ! goguenarda Philippe. Avez-vous remarqué comme le drôle est rapide et précis ? Faites-le courir maintenant.

Montpéril obéit, la mort dans l'âme. La démonstration par quoi il avait espéré innocenter Ursus se retournait contre le pauvre suspect.

Ursus courut avec aisance, comme s'il était vêtu d'une simple cuirasse de peau bouillie. Il faisait tout cela le regard vide, sans que ses yeux laissent voir la plus petite étincelle d'intelligence.

— Pour moi la cause est entendue, conclut Philippe en se raidissant. Nous tenons notre coupable.

À un nouveau signe de Jehan, Ursus se déharnacha. Curieusement, dès qu'ils reproduisaient des gestes observés, ses gros doigts devenaient habiles.

« Il est comme une bête dressée, pensa le routier. Il s'applique à bien faire parce qu'il croit que sa docilité va lui valoir une récompense. Un autre pot de miel. »

— Comte, lâcha-t-il. Si cet homme était le tueur que vous cherchez, il ne se serait pas trahi en enfilant la cuirasse. Il se serait obstiné à jouer les imbéciles en gardant les bras ballants.

Philippe de Guignes haussa les épaules.

— Tu n'y es pas du tout, répliqua-t-il. C'est justement parce qu'il misait sur l'argument que tu viens d'énoncer qu'il a agi de la sorte. Il a cru que la naïveté apparente l'innocenterait, qu'elle serait plus convaincante que l'immobilité. C'est subtil. Avec un autre que moi cela aurait pu marcher. Mais je ne m'y laisserai pas prendre. L'homme est habile, il joue les infirmes à merveille. Je crois qu'il a fait de toi sa dupe.

Philippe s'approcha d'Ursus qu'il tenta de regarder dans les yeux, mais le géant, comme toutes les bêtes, détestait cela ; il ne cessait de tourner la tête de droite et de gauche. En réalité, il attendait une nouvelle gourmandise et commençait à s'impatienter.

— Et toi ? lança le comte en se retournant vers Sigrid. Tu es le valet de cette armure, qu'en penses-tu ?

La jeune femme baissa les yeux. Elle hésitait à parler, et Jehan redouta ce qu'elle allait dire.

— Je ne sais rien de cet individu, fit « Martin ». Je lui serais même plutôt reconnaissant de m'avoir tiré de la rivière, mais...

— Mais ?

Sigrid s'agenouilla devant Ursus et, du bout de l'index, désigna des traces rougeâtres sur la peau des jambes.

— Regardez, dit-elle. En raison de sa taille, cet homme ne peut se vêtir avec des habits normaux. On lui a donc fabriqué au moyen de toile à sac une espèce de tunique qui lui laisse les bras et les jambes nus. Quand il a enfilé la cuirasse, tout à l'heure, j'ai remarqué que sa peau présentait des écorchures cicatrisées à certains endroits bien précis. Je connais ces marques, ce sont celles que laisse le harnais de sable lorsqu'on l'enfile avec trop de rapidité et que l'on n'a pas encore l'habitude de le porter. Je les ai souvent vues sur le corps d'autres chevaliers au terme d'une journée de joute. Vous-même, seigneur comte, devez en montrer de semblables aux mêmes endroits. Regardez... là, et encore là... Ce sont les cubitières, les genouillères, qui ont pincé la chair ; il en est résulté des hématomes, des irritations. C'est ce qui arrive lorsqu'on remue trop vivement à l'intérieur du harnais, et cela sans avoir pris la précaution de se protéger au moyen d'un gambison. Je ne veux tirer aucune autre conclusion. Je puis seulement dire que cet homme a effectivement enfilé l'armure noire à un moment ou un autre.

— Allons, tu vas trop vite ! protesta Jehan. Il vient peut-être de se faire ces marques lorsqu'on l'a forcé à courir.

— Non, fit Sigrid en s'obstinant. Si c'était le cas, elles n'auraient pas eu le temps de cicatriser. Regardez d'un peu plus près, chevalier, vous verrez que les croûtes sont anciennes. Quant aux meurtrissures, elles présentent cet aspect jaunâtre qu'ont tous les vieux hématomes.

Jehan recula, mécontent. Il avait espéré l'appui de Sigrid ; au lieu de cela, la jeune femme passait dans le camp de l'adversaire.

— Martin, insista-t-il en cherchant le regard de l'écuyère. Comment peux-tu être sûr qu'Ursus n'a pas enfilé le harnais noir à ton insu ? Après tout il t'a vu le désarticuler au bord de la rivière et sa mémoire a enregistré tous tes gestes, il aurait donc pu...

— Impossible, coupa « Martin », je n'ai jamais cessé de surveiller l'armure. Et puis rappelez-vous, chevalier : Ursus conduisait la charrette. Il ne lui était donc pas possible de se cacher au fond du charroi pour se fervestir en cachette.

— Ça suffit, trancha Philippe. Assez de palabres, mon opinion est arrêtée. Cet homme est un simulateur. Il faut maintenant lui arracher le nom de son employeur. Le bourreau s'en chargera.

— Mais c'est absurde, cria Jehan. Vous allez

tourmenter une créature infirme dont la chair n'enregistre aucune sensation !

— J'ai dit il suffit ! gronda le comte. Vous passez les bornes, Montpéril. Vous devenez discourtois. Soyez beau joueur, la partie vous échappe. Vous avez fait ce que vous pouviez, mais la culpabilité du suspect est par trop évidente. Vous connaissez comme moi l'adage des juges : « Abondance de soupçons vaut preuve ».

Se tournant vers les gardes, il leur ordonna de se saisir d'Ursus et de l'entraîner dans les profondeurs du château.

C'est alors que les choses se gâtèrent car le géant attendait toujours sa récompense. Pour se faire comprendre, il avait ramassé le pot de miel vide et en frappait le pavé en poussant des grognements gutturaux. Les soldats le piquèrent de la pointe de leur lance, faisant couler son sang, mais il n'eut pas un frémissement.

— Voyez ! clama Jehan. Il est insensible. Je ne vous ai pas menti.

— Il est simplement dur à la souffrance, grogna le comte. Tout comme moi. Il se maîtrise à la perfection. Nous verrons s'il parvient à conserver sa belle impassibilité sous les tenailles du bourreau.

Ursus n'entendait pas bouger d'un pouce. Comme on refusait de lui donner une nouvelle ration de miel, il décida de regagner la baraque de Bézélius et se mit en marche avec l'intention évidente de quitter l'enceinte du château. Les gardes s'interposèrent, mais il les balaya d'un revers de bras, sans méchanceté, comme on écarte une branche qui vous barre la route. Les hommes d'armes s'effondrèrent, pêle-mêle, dans un fracas de ferraille. On baissa la herse pour l'empêcher de s'enfuir, et Ursus ne prit conscience de l'obstacle qu'une fois le nez dessus. Son exaspération grimpa alors d'un cran, il empoigna la grille de fer forgé pour l'arracher de ses montants. Hélas, il n'était pas assez fort pour un tel exploit. Toute la troupe lui tomba dessus, essayant de lui passer des chaînes aux pieds, de le garrotter à l'aide de nœuds coulants. Les soldats se suspendaient en grappes à ses épaules, à ses bras. Ursus poussait de longs mugissements tristes, ne comprenant rien à ce qui lui arrivait. Titubant, empêtré du poids de ses agresseurs, il se mit à faire le tour de la cour. On l'avait ralenti, mais pas immobilisé. Les gardes amenèrent un cheval, à l'encolure duquel on avait attaché une corde. On espérait entraver le colosse avec l'autre extrémité de ce lien, et le faire traîner par la bête sur les pavés, tel un bœuf mort au sortir des abattoirs. Ursus fut bientôt presque nu, saignant par mille entailles. Comme cela arrive souvent chez les créatures de son espèce, il avait un minuscule pénis, non développé. Un pénis de garçonnet imberbe. Il continuait à mugir sur une note de plus en plus lamentable. En réalité, il n'essayait pas de se défendre. Jamais il ne frappait avec l'intention de faire mal, il se contentait de secouer les bras d'un mouvement agacé, à la façon d'un homme tentant d'éloigner des insectes importuns. Au risque de se faire piétiner, un soldat parvint à lui entraver les chevilles à l'aide de la corde. On fouetta le cheval qui fit un bond en avant. Cette fois Ursus perdit l'équilibre. En s'abattant, il écrasa sous sa masse les soldats qui s'étaient suspendus à lui. On entendit craquer les côtes et les échines. Le cheval fut rapidement conduit vers une porte béante, traînant dans son sillage l'homme-ours qui se retournait les ongles en essayant de s'accrocher aux interstices des pavés. La porte se referma enfin. Ursus venait d'entrer dans le domaine des tourments.

— Voilà, conclut Philippe de Guignes. Je descendrai tout à l'heure surveiller l'interrogatoire, quand le géhenneur l'aura un peu ramolli. En attendant, allez boire une coupe de vin, chevalier, vous êtes tout pâle.

Et il grimpa l'escalier sans plus se soucier de Jehan, de Sigrid, et des gardes blessés qui gémissaient sur les dalles.

Dès qu'ils furent seuls, Montpéril se rua vers l'écuyère.

— Pourquoi ne m'as-tu pas soutenu ? siffla-t-il en essayant de contenir sa colère.

Sigrid haussa les épaules et s'agenouilla pour remettre en ordre les pièces de l'armure qu'Ursus avait jetées en vrac sur le sol.

— Ne m'aboie pas aux oreilles, répliqua-t-elle sèchement. Je n'ai fait que dire la vérité. Tu l'as vu, je n'ai rien inventé. Cet homme portait les marques de l'armure. Je connais ces traces par cœur, je les ai vues s'inscrire jour après jour sur le corps de mon père. Elles sont très reconnaissables. Je sais que cela ne te fait pas plaisir, mais je n'y puis rien. Tant pis si cela fâche la dame au masque de porcelaine que tu courtises avec tant d'assiduité.

Pris de court, Jehan resta muet. Il ne savait effectivement comment apprendre à Junia et à Bézélius ce qui venait de se passer. Il avait perdu le contrôle de la situation, tout s'était retourné contre lui. L'idée qu'on puisse torturer Ursus lui était odieuse. Abandonnant Sigrid à ses travaux de rangement, il s'engouffra dans le château et se fit conduire à la crypte. Pendant qu'il s'enfonçait dans le dédale des passages à la voûte noircie par la fumée des torches, il se fit la réflexion qu'on n'entendait aucun cri de souffrance ; seuls lui parvenaient les claquements d'un fouet manié avec force. Quand il franchit le seuil de la salle des tortures, il vit qu'on avait lié Ursus sur un chevalet fait de deux grosses poutres entrecroisées, et que le bourreau, manœuvrant la corgiee sans épargner sa peine, lui cinglait la poitrine, y traçant à chaque coup un nouveau sillon sanglant. Le simple d'esprit ne tressaillait même pas ; le regard perdu, il suivait le travail d'une grosse araignée tissant sa toile au plafond. Le géhenneur poussa un cri de rage. Se tournant vers les gardes, il gronda :

— Que suis-je censé faire avec une pratique pareille, hein ? Je pourrais l'écorcher vif qu'il ne pousserait pas un gémissement.

— Il simule, fit la voix de Philippe de Guignes dans le dos de Jehan. Continue. Je connais ce genre de fier-à-bras. Ils sont très endurants mais finissent toujours par rendre les armes. Il suffit d'insister.

Jehan reprit son plaidoyer mais le comte lui fit signe de se taire.

— Vous niez l'évidence, chevalier, lui lança-t-il. Je sais que cet homme vous a sauvé la vie et que vous vous sentez redevable envers lui, mais votre argumentation ne tient pas. Vous avez comme moi entendu la confirmation de l'écuyer. Votre ami l'homme-ours a bel et bien enfilé l'armure et s'en est trouvé marqué. Je m'en tiendrai là, tous vos beaux discours n'ébranleront point ma conviction.

Le bourreau, exaspéré, avait abandonné le fouet pour des tenailles rougies au feu. Avec les mâchoires de l'outil, il avait entrepris d'arracher les mamelons du colosse. L'odeur de chair grillée devint insupportable. Cependant, Ursus qui ne ressentait toujours rien, se mit à renifler avec gourmandise, persuadé qu'on avait mis quelque rôti à la broche et qu'il en aurait bientôt sa part. Cette méprise était odieuse et Jehan se vit sur le point de tirer son épée pour trancher les poignets du tourmenteur. Il recula, essayant de se maîtriser.

— Ce nigaud est dépourvu de sensibilité épidermique, énonça-t-il pour la millième fois. Vous le déchirez vainement. Il ne dispose que du goût et de l'odorat, c'est tout. Ne me demandez pas d'expliquer ce caprice de la nature, je ne suis pas fisicien. Vous allez le tuer sans obtenir le moindre aveu... et ce sera une terrible faute.

Philippe de Guignes haussa les épaules, le meurtre des vilains n'était pas pris en compte par l'Église. Enfin, pas vraiment, car si l'on commençait à s'inquiéter de l'âme des gueux on finirait par prouver un jour que les sangliers en possédaient une également !

Jehan tourna les talons et quitta la salle de tourment qui résonnait des seuls cris de rage du bourreau déçu. Il ne comprenait rien à ce qui se passait. Ursus ne pouvait être un tueur, et cependant il portait les marques du harnais noir. Quelle logique mystérieuse gouvernait donc ces prodiges ?

Ne sachant plus que faire, il sortit du château. La première personne qu'il aperçut, sitôt franchie la barbacane, fut Junia, assise sur une borne. Elle avait probablement essayé d'entrer mais les gardes l'avaient repoussée. D'un revers de manche, elle avait essuyé le maquillage souriant dont le masque de porcelaine était précédemment décoré. Elle se leva et courut à la rencontre de Jehan.

— Pardonnez-moi, balbutia-t-elle en lui saisissant les mains. Tout à l'heure je me suis comportée comme une idiote... J'ai cédé à la peur. Je vous supplie de ne pas m'en tenir rigueur. Comment va Ursus ? Comment les choses évoluent-elles ?

— Mal, avoua Montpéril. Le comte est borné, il essaye de se rassurer en se répétant qu'il tient enfin son assassin et que le péril est conjuré.

— Mon Dieu ! souffla Junia. Ursus ne pourra pas se défendre, c'est un innocent.

— Pourtant... dit Jehan avec une hésitation. Il y a quelque chose de troublant, d'inexplicable. Quelque chose que je n'avais pas prévu.

Et il lui exposa le problème des marques imprimées par l'armure sur le corps du géant. Junia demeura interloquée.

— Ça ne tient pas debout, grommela-t-elle. On n'imagine pas Ursus s'en prenant à tous ces gens. Il n'aurait aucune raison de le faire. Aucun mobile. Pourquoi s'en irait-il assassiner la famille d'un comte ou d'un baron qu'il n'a même jamais rencontré ?

Jehan s'arrêta sur le bord de la route. Depuis un moment, une vilaine idée lui trottait dans l'esprit. Une idée qui l'avait foudroyé au sortir du château. Il hésitait cependant à la formuler tant elle était dérangeante.

— Je suis d'accord avec vous, Junia, murmura-t-il. Ursus n'a aucun mobile, mais il pourrait avoir été utilisé par quelqu'un. *Quelqu'un qui aurait tout pouvoir sur lui.*

— Qui ? haleta la femme au masque de porcelaine. Et pourquoi ?

— Bézélius, lâcha Montpéril. L'Égyptien fait ce qu'il veut de l'homme-ours. Il lui montre une pantomime et le géant la reproduit docilement, sans se poser de question.

— Où voulez-vous en venir ? Quel serait le mobile ?

— Vous, dame Junia. Bézélius a tué ceux qui vous ont humiliée jadis. Rappelez-vous. N'avez-vous point chanté chez le baron Thibault d'Estriviers ? Et aussi chez le comte Philippe ? Juste après votre maladie, quand pour paraître en public, vous dissimuliez vos cicatrices sous une couche de fard... C'est vous qui me l'avez raconté.

Junia tressaillit et porta instinctivement la main à son masque.

— Par Dieu, haleta-t-elle. Vous avez raison... Je suis allée dans ces châteaux, Bézélius m'accompagnait. C'était mon instrumentiste, mon musicien. Il était là quand la chaleur des torches et de la cheminée m'a tant fait transpirer que la sueur a commencé à délayer mon maquillage. Alors les emplâtres dont j'avais masqué les cicatrices se sont mis à ruisseler sur mon front, sur mes joues. C'était comme des larmes de cire ou de peinture. Elles coulaient sur ma robe, j'en sentais le goût sur ma langue... J'essayais de chanter mais les regards me scrutaient, de plus en plus de convives arrêtaient de manger pour me dévisager. Et puis, l'un des fils de la maison a crié qu'il avait peur en me montrant du doigt. Il disait : « C'est un pendu qui chante ! Un pendu tout becqueté par les oiseaux et qui s'est décroché de sa corde. Il me fait peur. Je veux qu'on le jette dans un trou. » Tout le monde s'y est mis. Ils criaient : « Fiche le camp, drôlesse, tu veux donc nous couper l'appétit avec ta face vérolée ? » Je crois que c'est le baron Thibault qui a crié : « Je connais cette tête, elle ressemble au cul de mon écuyer après une semaine de chevauchée : les mêmes furoncles lui tiennent lieu de taches de rousseur. On devrait les marier ! » Quand j'ai commencé à pleurer, ils ont attrapé tout ce qui traînait sur la table : les os, les carcasses, ils m'en ont lapidée. C'est Bézélius qui m'a tirée dehors, j'étais incapable de bouger. J'aurais voulu mourir. J'ai toujours dans l'oreille les rires des enfants qui avaient fini par trouver la farce amusante. Ils riaient plus fort que les autres, et leurs mères faisaient chorus en répétant : « C'est vrai qu'elle est vilaine. A-t-on idée de se montrer quand on est si laide ! » Parfois, la nuit, je revis cette horreur, en rêve.

— Et la chose s'est reproduite chez le comte Philippe...

— Oui, c'est vrai. Mais c'était normal, les châteaux étant voisins. C'était le circuit habituel des troubadours. Je me suis entêtée, je ne voulais pas rester sur un échec. J'ai voulu essayer un autre maquillage. J'ai dû passer la journée à me plâtrer la face, en vain. La même humiliation m'attendait le soir au banquet. Cette fois, j'ai essayé de me jeter dans le vide du haut des remparts. Bézélius m'a retenue de justesse. Il pleurait autant que moi... C'est sa souffrance qui m'a donné la force de continuer à vivre. Je me suis dit que si je me supprimais, je le rendrais encore plus malheureux.

C'est ce soir-là que j'ai renoncé à chanter et que Bézélius a eu l'idée de devenir forain.

— Il vous aime, murmura Jehan. Il vous aime plus que tout... et je crois qu'il a décidé de vous venger.

— C'est affreux.

— Je pense qu'il a imaginé de punir ceux qui s'étaient moqués de vous de la manière la plus cruelle qui soit. Il s'est servi d'Ursus pour porter les coups. Il lui a suffi de mimer devant le nigaud les différentes étapes du crime à accomplir. Quelques mannequins de théâtre, des poupées de son et une épée de bois ont fait l'affaire. Vous l'avez dit vous-même : Ursus reproduit toujours fidèlement les gestes qu'on lui enseigne. Le bougre est un simple d'esprit, il n'a pas de conscience, pas d'états d'âme. C'est le tueur idéal, l'innocent criminel par excellence. Bézélius est innocent, lui aussi, puisqu'il n'a pas porté les coups. Et nous voilà en présence d'un curieux paradoxe : deux femmes et six enfants assassinés par un couple d'innocents, le montreur de marionnettes et son pantin. Le premier n'a pas touché à la lame, le second n'avait aucune idée de ce qu'il faisait.

Junia titubait, elle chercha l'appui d'un calvaire pour ne pas défaillir. Sous le masque, son souffle était rauque.

— Ce n'est pas possible, haleta-t-elle.

— Vous savez bien que si, dit Jehan. Je n'ai pas encore toutes les articulations de la machine, mais l'idée générale est là. Voilà pourquoi Bézélius suivait l'armure de foire en foire, il avait besoin d'elle pour demeurer impuni. Le moment venu, elle lui fournissait l'excuse du magique. Il s'est sûrement débrouillé pour qu'Ursus observe l'écuyer à la dérobée, quand celui-ci démontait le harnais pour le graisser. Ensuite, il lui a suffi de s'introduire avec le nigaud à l'intérieur des châteaux. Ce n'est pas aussi difficile qu'on l'imagine, surtout en temps de foire, quand les sentinelles sont ivres mortes ou distraites par les catins. On peut se faire passer pour un vivandier occupé à quelque livraison, un tonneau de vin ou un panier de légumes sur l'épaule. Une fois dans la place, on se terre jusqu'à la nuit. On attend. Pouvez-vous jurer que Bézélius n'a pas découché les nuits où les crimes ont été perpétrés ?

— Non, avoua Junia. Nous ne partageons pas la même couche, je vous l'ai déjà dit. Il vit sa vie d'homme sans que je manifeste la moindre jalousie. Je suppose qu'il fréquente les ribaudes, je n'ai jamais prêté attention à ses absences.

— Chaque fois, il est allé au château, continua Jehan. Il en connaissait la topographie puisqu'il s'y était déjà rendu en votre compagnie. Il a guidé Ursus là où il fallait... et il l'a laissé faire. Le nigaud a répété ce qu'on lui avait appris. Il s'est cru sur les tréteaux, pour quelque sottie, il s'est appliqué avec l'espoir qu'on le récompenserait d'un pot de miel.

Le routier s'interrompit, la gorge sèche. À côté de lui, Junia sanglotait.

— Bézélius a poussé Ursus à revêtir l'armure pour accréditer la fable de la malédiction, conclut-il. C'était un bon moyen pour couper court à l'enquête, aux interrogations. Le nigaud s'est promené à travers tout le château... et quand j'ai failli le surprendre dans la galerie de la chapelle, il s'est sauvé à toutes jambes. Seul un colosse de son acabit pouvait accomplir un tel prodige, il nous l'a prouvé tout à l'heure dans la cour du château, sans se rendre compte qu'il se condamnait.

— Ce que vous me racontez me terrifie, murmura Junia. Je n'ai rien soupçonné, rien pressenti.

— L'Égyptien l'a fait par amour de vous, dit Montpéril. C'était en quelque sorte son hommage secret. Sans doute ne vous aurait-il jamais parlé.

— Il a sacrifié Ursus...

— Ce n'était pas prévu. Sans la méfiance du comte, vous auriez pu lever le camp pour une autre foire sans être inquiétés. L'erreur de Bézélius a été de trop miser sur la superstition. Philippe de Guignes est moins crédule que ne l'imaginait l'Égyptien. Il n'a pas mordu à l'appât du diable agitant une armure vide, il s'est au contraire attaché à découvrir un coupable fait de chair et d'os.

Jehan se tut ; la machine démontée, il ne savait quelle solution prescrire.

— Où est Bézélius en ce moment ? demanda-t-il.

— Sur les tréteaux, répondit Junia avec lassitude. Il fait visiter la galerie des phénomènes. Nous ne pouvons pas nous permettre de tout arrêter, c'est notre seul gagne-pain. Sans Ursus, il n'est pas possible de continuer à donner les sotties, les fabliaux : la plupart de ces saynètes ont été écrites en fonction de son apparence physique. Mon Dieu, qu'allons-nous devenir ?

Ils avaient atteint le champ de foire. Les badauds avaient déjà oublié l'intervention des soldats et se gavaient de beignets huileux en admirant les tours des jongleurs.

— Ne me laissez pas seule, supplia Junia. Je n'ai

pas le courage de dire la vérité à Bézélius... de l'accuser...

Jehan haussa les épaules.

— Je ne sais pas si cela servirait à grand-chose, marmonna-t-il. À présent que le mal est fait. Si le comte se décide à libérer Ursus, le mieux serait peut-être que vous filiez le plus vite possible.

Ils contournèrent la tente et grimpèrent dans le chariot dont Junia referma la bâche. Ils restèrent là, assis au milieu des paquets, côte à côte, dans la pénombre et l'odeur lourde des encens.

— J'ai honte, souffla Junia. J'ai honte d'être à l'origine de ces tueries. Je ne suis rien... Je ne mérite pas qu'on m'aime comme le fait Bézélius. Avant d'être défigurée, j'étais volage, inconstante, coquette. On dirait qu'il ne s'en est jamais rendu compte. Il voit en moi une dame lointaine et magnifique comme en célèbrent les chansons courtoises. Il se trompe, je ne suis rien de tout ça. Je l'accompagne dans ses voyages parce que je n'ai pas le choix, parce qu'il est le seul à me regarder sans grimacer d'horreur lorsque j'enlève mon masque. Mais je n'ai rien d'admirable, rien qui puisse justifier une telle débauche de sang. Tout est de ma faute, je l'ai rendu fou d'amour, par coquetterie.... en m'obstinant à me refuser à lui, alors même que les hommes normaux ne voulaient plus de moi.

Jehan la saisit aux épaules et l'attira contre lui.

— Ne vous fustigez pas, dit-il. Vous ne pouviez pas prévoir que son adoration prendrait un tour criminel. Votre châtiment sera peut-être de le surveiller constamment et de vous assurer qu'il ne recommence pas.

Junia noua ses bras autour du cou de Montpéril.

— Par pitié, haleta-t-elle. Prouvez-moi... prouvez-moi que je ne suis pas un objet de répulsion. Prouvez-moi qu'on peut encore m'aimer. La maladie a épargné mon corps, et je suis encore belle si l'on fait abstraction de mon âge.

Elle sanglotait tant que ses paroles devenaient incompréhensibles. Ses bras étreignaient le torse de Montpéril avec une force désespérée. Alors la folie s'empara du chevalier, ses mains écartèrent les étoffes, relevèrent la lourde robe à la recherche de la peau nue. Junia l'y aidait, se dégrafant avec une sorte de fureur atroce. Elle ressemblait à ces nonnes possédées par le démon, et que les puissances des ténèbres obligent à s'offrir avec impudeur. Les étoffes se déchiraient sous son impatience, et soudain elle fut nue, seulement vêtue de son masque anonyme, au milieu des linges éparpillés. Et Jehan s'abattit sur elle, sans même se défaire de ses vêtements de cuir, comme un soudard, comme un violeur, comme il l'avait fait tant de fois par le passé au cours des guerres et des expéditions punitives. Et Junia se referma sur lui, nouant bras et jambes pour mieux le recevoir, pour mieux le capturer. Elle bredouillait des mots sans suite et ses ongles crissaient sur la peau de la vieille broigne cousue d'anneaux de fer que Jehan portait lorsqu'il délaissait son haubert. Ce fut un accouplement de désespoir, perpétré dans le capharnaüm des lézards séchés, des sarcophages de chats et de crocodiles, dans l'odeur du camphre, de la momie minérale et de toutes ces choses étranges venues d'Orient ou de plus loin encore. Junia avait la peau laiteuse, sans cicatrices, et l'une de ces petites poitrines fermes que conservent à un âge fort avancé les femmes qui n'ont pas procréé. Elle se donnait avec une violence effrayante, et, si son masque ne l'en avait pas empêchée, elle aurait probablement mordu les épaules de Jehan jusqu'au sang.

Le masque, justement, effrayait le routier. Il craignait par-dessus tout que ses lacets ne se défassent, que — dans la fureur des transports amoureux — il ne glisse soudain, dévoilant le visage massacré de Junia. Et Montpéril avait peur d'avoir peur, de ne pouvoir dissimuler un sursaut de dégoût involontaire, de blesser un peu plus cette femme déjà si éprouvée. Il ne pensait plus qu'à cela, à cette figure de porcelaine blanche que les tressautements de l'amour allaient peut-être faire tomber. Des images atroces le traversaient, il essayait de s'y habituer, de se préparer au pire. Quand Junia parvint enfin à la jouissance, ses cuisses serrèrent les hanches du chevalier à les broyer et celui-ci se crut un instant au milieu d'un champ de bataille, abîmé en un corps à corps mortel.

Puis tout se défit, il roula sur le flanc, ne gardant qu'un souvenir confus de ce qui venait de se passer.

— Merci, chuchota Junia. Merci.

Elle restait étendue dans le fouillis des habits déchirés, le corps ample, aussi blanc que son masque.

— Ne me remerciez pas, fit Jehan mal à l'aise, ce n'était pas de la pitié.

— Ça n'a pas d'importance, chuchota Junia. Il y avait si longtemps que je ne m'étais pas retrouvée dans les bras d'un homme. Si longtemps...

Elle ne put en dire davantage car un grand tumulte se fit soudain. Un bruit de cuirasses en marche, d'objets malmenés. Junia s'agenouilla et jeta sur ses épaules une cape noire qui dissimula sa nudité. Jehan se redressa, tendit le bras pour soulever la bâche du chariot. Les gardes du comte Philippe avaient une fois de plus investi le champ de foire, ils venaient de pénétrer sous la tente où étaient exposés les phénomènes.

— Mon Dieu ! fit Junia en blêmissant, faites qu'ils ne cassent rien, ces bêtes sont notre seul moyen de subsistance.

Jehan sauta du chariot, courut à la rencontre du chef d'escouade.

— Que se passe-t-il encore ? lança-t-il avec rudesse. Vous faites la guerre aux crocodiles empaillés, maintenant ?

— C'est le géant, chevalier, grogna le soldat. Il vient de s'échapper.

— Quoi ?

— Je le jure sur les saintes reliques, ça s'est produit sous mes yeux. D'un seul coup, comme s'il s'ennuyait d'être là, il a fait craquer ses liens, a poussé le bourreau dans un brasero et il est sorti de la salle en grommelant. Nous n'avons pas pu le retenir. Comme la herse était relevée, il a fichu le camp avant que nous ayons retrouvé nos esprits.

Bézélius émit un ricanement insultant. Il tremblait de rage.

— Cela devait arriver ! siffla-t-il. Ursus n'est qu'un innocent, il ne comprend rien au monde des hommes. Vous l'avez terrifié ; à l'heure qu'il est il doit courir à travers la campagne sans savoir où se cacher.

— De toute manière il n'est pas ici, vous le voyez bien, coupa Jehan. Vous pensiez peut-être qu'il allait se terrer sous un tas de lézards desséchés ?

— Oh ! moi, je ne pense rien, grommela le garde, mais le comte Philippe est dans une rage folle. Il parle de lâcher sa meute aux basques du colosse. S'il s'y décide, ça fera du dégât ; le bonhomme sera mis en pièces avant d'avoir eu le temps de réaliser ce qui lui arrive.

— Non, pas question, lança Jehan. Je vais m'occuper d'Ursus, je le ramènerai. Trouvez-moi deux bons chevaux et des vivres pour la course, je vais parler au comte.

Comme il sortait du chapiteau, Junia se jeta contre lui.

— Par pitié, souffla-t-elle. Rattrape-le. Empêche qu'il soit tué.

— Je vais essayer, murmura Jehan. Préviens Bézélius que je l'emmène avec moi. Ne lui dis pas que nous avons tout découvert.

Escorté des soldats, il prit la direction du castel. Il n'avait pas une idée très claire sur ce qu'il allait faire. Pour le moment, il cherchait surtout à gagner du temps et à retarder l'ouverture du chenil, car, malgré toute sa force, Ursus ne pourrait pas opposer une grande résistance au déferlement des chiens excités par la course.

Philippe de Guignes se tenait au sommet de l'escalier menant au donjon, dans la grande cour intérieure.

— Alors, clama-t-il en apercevant Montpéril, prétendrez-vous encore que le bougre est innocent ? Il a pris la fuite, et la fuite est un aveu.

— Vous vous trompez, comte, fit Jehan avec toute la civilité dont il était capable. Ce n'est qu'un simple d'esprit qui n'a pas compris pourquoi on s'acharnait subitement sur lui. Il n'a vu qu'une chose : qu'on l'entravait, qu'on l'empêchait d'aller librement et qu'on refusait de le nourrir. Il est innocent, à tous les sens du terme, ce serait un grand péché de le persécuter comme une bête de la forêt. Gardez vos molosses au chenil. Donnez-moi un peu de temps pour vous ramener Ursus. Un jour ou deux. D'ici là, j'espère faire triompher la vérité et vous livrer le vrai coupable.

— Vous semblez bien sûr de ce que vous avancez, grommela le comte. Soit, je vous accorde jusqu'à la tombée de la nuit, mais une fois la trêve révolue, je lâcherai les chiens, ils vous mettront en pièces, vous et votre protégé.

— J'accepte le défi, dit Jehan en s'inclinant.

— Allez, grogna Philippe, mettez-vous en chasse, je suis impatient de voir la fin de cette histoire. Le temps passe, mon épouse, mes fils manqueront bientôt de vivres.

Jehan prit congé et retrouva Bézélius auprès des montures équipées par les gardes. L'Égyptien s'était débarrassé de son turban, de ses colifichets pharaoniques, pour endosser un simple manteau de route en laine noire.

— As-tu une idée de la direction qu'a pu prendre Ursus ? s'enquit Jehan.

— Bien sûr, cracha Bézélius. Il est sans aucun doute parti vers la montagne. Il va tenter de retourner chez les ours. S'il n'est pas revenu au chariot, c'est qu'il a décidé que les hommes étaient trop méchants, et qu'il valait mieux pour lui rentrer chez les siens.

— Il a réellement été élevé par les ours ? s'étonna Jehan. Je croyais qu'il s'agissait d'une fable à l'usage du public.

L'Égyptien haussa les épaules.

— Tu ne connais rien aux mystères de la nature, grommela-t-il. La forêt est pleine d'enfants sauvages. Des marmots abandonnés par des parents qui ne peuvent plus les nourrir. Souvent les loups les croquent, c'est vrai. Mais parfois, aussi, passe une femelle qui vient de mettre bas, et qui les adopte, non par bonté d'âme, mais parce qu'elle les confond avec ses propres petits. Ursus a eu cette chance, mais il se trompe en croyant que les ours accepteront qu'il revienne parmi eux, il les a quittés depuis trop longtemps, il ne porte plus leur odeur sur sa peau.

Ils chevauchèrent côte à côte, s'arrêtant parfois pour se hausser sur leurs étriers et examiner la plaine. Ursus demeurait introuvable, cependant il laissait derrière lui des traces fort visibles, ce qui permettait de le suivre sans trop de peine.

Quand ils s'arrêtèrent pour laisser reposer les chevaux, l'Égyptien dit :

— Je t'en veux, Montpéril, pour avoir attiré le malheur sur cet innocent. Je crois même que je te hais. J'aurais dû te laisser au fond de la rivière.

— Assez de fables, riposta Jehan. Nous sommes entre nous. Je sais ce que tu as fait, ne joue pas les saints outragés. Je sais que tu as tué la famille du baron Thibault, et que tu t'acharnes sur celle du comte Philippe.

Une stupeur sans nom se peignit sur les traits de Bézélius.

— Es-tu fou ? lâcha-t-il lorsqu'il eut repris contenance. Tu veux donc ma mort ? As-tu proféré ces accusations devant le comte ?

— Non, dit Jehan. Mais cesse de me prendre pour une dupe. Je connais tes desseins. Tu as voulu venger Junia des humiliations infligées par les nobles. Elle m'a tout raconté. Et pour cela tu t'es servi d'Ursus, tu lui as fait apprendre son rôle d'assassin de la même manière que tu lui enseignes la chorégraphie des sotties.

Il détailla les choses telles qu'il imaginait qu'elles s'étaient passées. Bézélius l'écouta sans paraître rien comprendre de ce qu'on lui disait, mais c'était un comédien de métier, et Jehan savait qu'il ne fallait pas s'arrêter à ses mimiques.

— La démence te fait bouillir la cervelle, gronda l'Égyptien. Un tel plan n'aurait aucune chance de réussir ailleurs que dans le délire d'un faiseur de contes ! En outre je ne suis plus amoureux de Junia depuis longtemps. Je l'ai aimée, c'est vrai, mais lorsqu'elle était belle... J'avoue que mon amour s'est évaporé quand la petite vérole l'a défigurée, et que j'ai vu son visage se crever de bubons purulents. Tu ne sais pas de quoi elle a l'air sans son masque... Tu ne l'as jamais vue le visage nu ; tu peux t'en féliciter car c'est là un spectacle bien éprouvant, même pour un voyageur comme moi. L'amour d'un homme ne peut pas résister à cela, et je ne suis pas meilleur qu'un autre. Pourtant Junia me faisait pitié. J'imagine combien ça doit être insupportable de devenir hideuse quand on a été si belle, si courtisée. J'ai eu longtemps peur qu'elle ne se tue, alors j'ai joué la comédie... J'ai continué à simuler le rôle de l'amoureux timide pour la rassurer, pour lui donner envie de vivre. Mais en même temps, je tremblais qu'elle ne me demande de lui faire l'amour... Je n'aurais pas pu, je n'aurais cessé d'imaginer ce qui se trouve caché sous le masque, cette boule de chair ravagée, couturée. Non, ç'aurait été au-dessus de mes forces. Alors j'ai feint de l'adorer de loin, comme un être immatériel, une reine des légendes courtoises. Je ne sais si elle est entièrement dupe, ou si elle a choisi de croire à cette fable, par commodité.

Il se tut, embarrassé.

— Je n'ai jamais dit cela à personne, souffla-t-il. Il ne faudra pas le lui répéter, à aucun prix, elle ne s'en remettrait pas. Mais tu comprends bien que ne brûle pas en moi la passion nécessaire aux grands travaux criminels dont tu me crois coupable. D'ailleurs c'est elle qui, après sa maladie, a voulu se remettre à chanter. Je le lui ai déconseillé, je savais que son maquillage ne ferait pas illusion. J'étais certain que ces exhibitions se termineraient mal, j'ai essayé de le lui faire comprendre mais elle ne m'a pas écouté. J'avoue que j'ai été soulagé quand le public s'est contenté de rire et de la lapider avec des os mal nettoyés. Je m'étais préparé au pire, je pensais qu'on l'accuserait d'être lépreuse, ou qu'on verrait en elle un démon sorti des enfers. Quand les nobles sont ivres, il faut s'attendre à tout. J'ai honte de le dire, mais les rires m'ont rassuré. J'ai pensé : « Dieu soit loué, ils la trouvent seulement ridicule ! » Je n'en suis pas fier, mais c'est ainsi.

Il eut un geste d'impuissance et de gêne.

— Il ne faut pas croire tout ce que raconte Junia, ajouta-t-il. Elle vit un peu dans ses rêves, elle reconstruit les choses dans sa tête, comme ça l'arrange. Je ne suis pas la proie d'un grand amour, je suis satisfait d'avoir retrouvé la paix de ce côté-là. Je me contente des petites ribaudes que les foires jettent en travers de mon chemin et je ne demande rien de plus. Junia s'est beaucoup exaltée après sa maladie, elle a fini par se croire l'héroïne des chansons qui ont longtemps fait sa renommée auprès des belles châtelaines. Les amours chastes, la passion brûlante, toutes ces choses qui nourrissent la *fine amor.*

Jehan hésita, décontenancé. Les paroles de l'Égyptien sonnaient curieusement juste. Trop, peut-être. Comment faire confiance à un baladin à la langue bien pendue ?

— Tu prétends donc n'avoir jamais conspiré contre la famille du baron Thibault ou celle du comte Philippe ? insista-t-il.

— Il faudrait être fou pour se risquer dans une telle machine, siffla Bézélius. Tu imagines réellement Ursus se glissant silencieusement dans les couloirs d'un château ? Le pauvre bougre se précipiterait aussitôt aux cuisines pour se goinfrer de jambons, de saucisses, et on ne pourrait l'en sortir qu'une fois les garde-manger ratissés.

— Mais les marques sur son corps, riposta Jehan. Les meurtrissures laissées par l'armure ?

— Je ne sais pas, grogna l'Égyptien. Il peut s'agir d'un hasard, d'une coïncidence.

« Tiens, remarqua Montpéril en se remettant en selle, voilà enfin notre beau parleur en peine d'explications. »

Ils progressaient sur la lande avec, au cœur, cette sourde angoisse qui saisit tout homme à l'approche de la forêt.

La lande, c'était la mer d'herbe frissonnante, la houle des genêts, l'écume des ajoncs qui court parfois en certains lieux jusqu'à l'horizon. Une immensité mouvante qu'on dominait pourvu que l'on soit monté sur un bon cheval. Un lieu de moindre terreur cependant, car, comme sur l'océan, on y voyait venir l'ennemi de loin. On la savait hantée par le petit peuple des lutins, kobolds et autres farfadets de basse importance. D'une taille égale à celle de lapins qui iraient sur leurs pattes de derrière, ils chiaient des crottes à peine plus grosses que l'ongle de l'auriculaire et ne s'en prenaient qu'aux paysans naïfs qu'ils accablaient de mauvaises farces.

La forêt... La forêt c'était autre chose. Si la lande évoquait le fin duvet sur le corps d'un diable, la forêt était la grosse broussaille de la poitrine, le buisson pubien cachant les parties honteuses d'où jaillit la tumescence du péché. Tout s'y dissimulant, on ne s'y risquait qu'en groupe, en conroi, de même qu'on ne part pour la guerre qu'en peloton compact. La forêt, c'était la nasse verte des arbres avec leurs troncs serrés tels les barreaux d'une cage, une prison qui s'opposait à la pénétration, qui forçait les armées à se fragmenter, à s'affaiblir, qui brisait l'allure des meilleurs marcheurs. Un tissu d'obstacles : buissons, ronces, épines montant souvent plus haut que les oreilles de votre cheval. Une muraille élastique, sournoise, qu'on coupait mais qui repoussait sans cesse. Tout cela grouillant d'une vie invisible, multiple, crapauds, serpents, corbeaux, ours, loups, renards... C'était comme si les membrures de la coque de l'arche de Noé s'étaient décidées à reverdir, à planter leurs racines pour fleurir, bourgeonner, se changer en branches, mais qu'elles aient conservé dans l'espace délimité par la carène originelle tous les passagers à quatre pattes embarqués au moment du Déluge. Et les bêtes jouaient à cache-

cache avec le visiteur imprudent, s'amusant à le désorienter, à le perdre.

La forêt, c'était le grand labyrinthe vivant où la lumière du ciel entrait à peine. Un autre monde, un univers suspect proliférant de manière impie sous la voûte des frondaisons, protégé du regard de Dieu par ce toit de feuillage. Une création que le Seigneur ne contrôlait plus parce qu'il ne pouvait pas en surveiller la croissance cachée. La forêt, c'était la pénombre, la demi-nuit installée en plein jour. Une enclave où le soleil s'insinuait à grand-peine, or tout le monde sait que Dieu a créé l'astre du jour pour épier les hommes et leur ôter l'idée de se mal conduire.

La forêt c'était déjà presque la nuit, cette invention du Malin, l'obscurité complice de tous les vices. Cette nuit que redoutent les sentinelles parce qu'elle est impuissance du regard et masque du danger, de la mort en marche...

10

Les chiens d'enfer

Ils chevauchèrent jusqu'au pied de la montagne ; là, en travers du chemin, ils trouvèrent les guenilles tachées de sang d'Ursus. Le fuyard semblait s'en être débarrassé pour continuer nu.

— Ça ne m'étonne pas, observa Bézélius. Ursus est un homme naturel, il n'a jamais rien compris à la manie que nous avons de nous envelopper le corps d'étoffes superposées. J'ai toujours eu le plus grand mal à lui faire enfiler une chemise en public, et encore plus à la lui faire garder. Ces hardes sont pleines de sang, on l'a donc torturé. Par ta faute, chevalier, à cause de tes théories absurdes.

— Si tu ne t'étais pas servi de lui pour accomplir ta vengeance, tout cela ne serait pas arrivé, répliqua Jehan. À présent Philippe de Guignes veut un coupable, Ursus lui convient tout à fait.

— J'en ai assez de tes accusations, se mit à vociférer l'Égyptien. Je t'ai déjà expliqué que je n'étais pour rien dans cette histoire d'assassinat. En veux-tu encore une preuve ? Comme tu l'as dit toi-même, je m'étais déjà rendu au château, j'avais déjà approché l'épouse du comte. Pourquoi dans ce cas aurais-je exécuté la paysanne qui jouait son rôle ? Pour les enfants, je ne dis pas — les marmots changent vite en deux ou trois ans — mais la femme... Hein, *la femme ?* J'aurais dû normalement me rendre compte qu'il ne s'agissait pas de la vraie comtesse.

— Si tu étais entré dans la chambre, oui, énonça Jehan. Mais tu t'en es bien gardé car tu redoutais la présence d'une servante. Tu as poussé Ursus dans la pièce mais tu es resté dans le couloir, si bien que tu n'as rien vu de ce qui se passait dans l'alcôve. Voilà pourquoi il y a eu méprise. Ursus s'est contenté d'obéir sans se poser de questions, il ne pensait sans doute qu'au pot de miel que tu lui donnerais après.

— Ah ! s'emporta l'Égyptien. Tu as réponse à tout.

Ils mirent pied à terre pour entrer dans un hameau où des paysans rassemblés menaient grand tapage en brandissant des fourches. Jehan vit qu'un homme gisait sur le sol, la tête fracassée. La porte de l'une des chaumières avait été arrachée. À l'intérieur, la table, le coffre, les bancs avaient été renversés, mis en pièces.

— Que se passe-t-il ici ? s'enquit-il en s'avançant. Voilà bien du tumulte.

Le plus âgé des vilains s'inclina.

— Seigneur chevalier, bredouilla-t-il. C'est Dieu qui vous envoie. Nous avons été attaqués par un horrible monstre. Un géant tout nu. Il est sorti tout d'un coup des arbres pour arracher la peau d'ours que le grand Pierre portait en manière de manteau. Regardez ! Il lui a cassé la tête pour lui voler son bien.

Montpéril se pencha sur l'homme étendu. Repoussé avec rudesse, celui-ci s'était manifestement fracassé le crâne sur l'une des pierres bordant le chemin. Sa cervelle avait jailli de l'écrin d'os pour couler dans la boue.

— Ensuite, le monstre a arraché la porte de la maison du gros Roger, continua le vieux, il a tout cassé à l'intérieur. La femme et les filles qui se trouvaient là en ont eu le sang tourné. Elles ont cru que l'ogre venait leur faire violence, mais il s'est contenté de voler du fil et une aiguille qui traînaient sur un coin de table, au milieu du ravaudage de la journée, et s'en est allé.

— Quelle direction a-t-il prise ?

— Il est entré dans la forêt, comme s'il avait l'intention de gagner le sommet de la montagne. Nous étions justement en train de nous demander si nous devions le poursuivre. C'est dangereux de se risquer là-haut, il y a beaucoup d'ours en maraude. Ils sont gloutons, peu sociables. Connaissez-vous cet ogre, monseigneur ? Est-ce un ours-garou ?

— Non, répondit Jehan. C'est un malheureux fol que nous essayons de capturer, mon compagnon et moi. Ne bougez pas, nous nous occupons de lui.

— Faites bien attention, chevrota l'homme. Les ours n'aiment pas les chevaux, et les chevaux détestent les ours. Dès que vos montures donneront des signes de nervosité, les bêtes ne seront plus très loin.

Ils se remirent en selle, traversèrent le hameau pour s'engager sous le couvert. La pente était vive, les frondaisons serrées, si bien qu'on avançait dans une pénombre verdâtre.

— Tu vois, j'avais raison, lança l'Égyptien. Ursus retourne chez les siens.

— Mais pourquoi a-t-il volé cette tunique de fourrure ?

— Pour s'en revêtir, parbleu ! Il a flairé sur le paysan l'odeur des ours, et a voulu se l'attribuer. Son instinct doit lui souffler qu'il aura peut-être du mal à se faire admettre par ses anciens compagnons. Pourquoi t'acharnes-tu à le poursuivre ? Tu veux le livrer aux bourreaux du comte ?

— Je veux surtout empêcher que le comte ne se lance à sa poursuite avec sa meute de chasse qui le mettra en pièces, dit Jehan. J'espérais profiter de cette chevauchée pour te convaincre d'aller tout avouer à Philippe de Guignes. Peut-être te pardonnerait-il, car après tout, tes motifs étaient de ceux qu'il peut comprendre, et jusqu'à présent, tu n'as causé aucun préjudice aux gens de sa maison. L'assassinat de la paysanne et de ses enfants ne compte pas à ses yeux.

— Tu perds la tête ! hoqueta Bézélius. Il n'est pas question que j'aille m'accuser d'un crime auquel je n'ai pris aucune part.

— Tu t'obstines à nier ? constata Jehan.

— Bien sûr, s'entêta l'Égyptien. Pourquoi tes soupçons se portent-ils uniquement sur moi, d'abord ? Après tout, Junia pourrait très bien avoir combiné la machination que tu m'as exposée tout à l'heure. Elle avait un mobile : la vengeance. Comme moi elle connaissait la topographie des châteaux... et comme moi, elle sait se faire comprendre d'Ursus. Elle aurait très bien pu lui enseigner à tuer en répétant la scène au moyen de quelque mannequin et d'une épée de bois.

Jehan se raidit. Depuis un moment déjà cette

hypothèse voletait à la lisière de sa conscience, mais il s'était appliqué à n'y point songer plus avant. Les accusations de l'Égyptien le forçaient à considérer cet aspect désagréable des choses.

— Junia aurait eu toutes les raisons de le faire, martela Bézélius. Je te l'ai dit : l'humiliation lui a fait perdre la tête. De ce jour elle n'a jamais plus été la même. Elle a pu mettre quelque chose dans mon vin pour que je dorme d'un sommeil de plomb, et sortir en compagnie d'Ursus. Elle aurait pu l'utiliser exactement comme tu m'accuses de l'avoir fait. Sois honnête, considère la question avec lucidité. Quand on y réfléchit, on se rend bien compte que ses mobiles pèsent beaucoup plus lourd que ceux que tu m'attribues.

Jehan aurait voulu réfuter cette argumentation d'une réplique bien sentie, mais il demeura silencieux, à court d'objections. L'Égyptien était un redoutable adversaire sur le terrain de la chicane, il parlait avec une conviction qui emportait l'adhésion, comme tous les bateleurs habitués à rouler leur public dans la farine.

« Il cherche à t'embrouiller, songea Jehan. Et il est en train d'y parvenir. Il n'ignore pas que tu éprouves un tendre sentiment pour Junia et que jamais tu ne la livrerais à la justice du comte. Il sait donc qu'il peut l'accuser sans lui faire courir le moindre danger. »

— Junia dit qu'Ursus n'obéit qu'à toi, jeta-t-il dans une dernière tentative pour reprendre l'avantage.

— C'est faux, répondit l'Égyptien. Ursus obéit à tous ceux qu'il connaît bien. C'est vrai que je puis lui faire accomplir des mouvements élaborés, mais sur ce dernier point, Junia n'a rien à m'envier. Le nigaud est aussi docile avec elle qu'avec moi.

Au même moment, une silhouette massive apparut furtivement entre les arbres. C'était Ursus. Il avait déchiqueté la tunique en peau d'ours volée au paysan pour s'en coudre les fragments sur le corps et le visage au moyen du nécessaire de couture dérobé dans la chaumière. Il s'était ainsi piqué à gros points deux carrés de fourrure sur les pectoraux, un plus grand sur le ventre, deux petits sur les joues, et des lambeaux plus étroits sur les bras, les jambes. Il saignait par toutes les piqûres qu'il s'était infligées, et la fourrure de la tunique dilacérée se teignait de rouge. On avait beau se répéter qu'il n'éprouvait aucune souffrance, le spectacle n'en demeurait pas moins pitoyable.

— Il s'est déguisé en ours, murmura Bézélius. Il espère que ses congénères d'adoption le prendront pour l'un des leurs.

— Fais-le revenir, ordonna Jehan. Il va se faire déchiqueter.

— Ce n'est pas sûr, répliqua le bateleur. Il a longtemps vécu ici, les ours vont peut-être le reconnaître.

— Tu dis n'importe quoi. Dépêche-toi, les chevaux commencent à devenir nerveux.

Bézélius mit pied à terre et confia les rênes de sa monture à Montpéril. L'Égyptien s'avança vers le géant tapi dans les buissons, lui parlant par gestes. Ursus ne chercha pas à s'enfuir, il suivait des yeux les mouvements de l'homme en essayant de percer leur signification. Sans doute était-il déçu de voir que son ancien ami était venu les mains vides, sans même prendre la précaution d'emporter quelques friandises.

— Il doit y avoir du miel dans les fontes de ma selle, proposa Jehan. J'ai demandé aux gardes d'en ajouter aux provisions, veux-tu que je le sorte ?

— Pour attirer tous les ours du voisinage ? persifla Bézélius. Merci bien ! Je ne sais même pas pourquoi je t'obéis. Qu'espères-tu vraiment ? Ramener Ursus pour qu'il désigne aux juges le vrai coupable de la machination ?

Il ne put en dire davantage, un épouvantable grondement venait de retentir sous le couvert. Il y eut un grand fracas de branches brisées et une haute silhouette brune sortit d'entre les arbres — un ours, dressé sur ses pattes postérieures, les griffes déchirant l'air, l'écume à la gueule. Les babines retroussées, il grognait tel un énorme chien. Les chevaux prirent peur, se cabrèrent. Jehan fut désarçonné. Avant de s'être rendu compte de ce qui lui arrivait, il roulait sur le sol. Les montures faillirent le piétiner en s'enfuyant. Ursus, comprenant que le nouvel arrivant allait s'en prendre à ses anciens amis humains, sortit des buissons pour s'interposer. Il se dandinait de façon grotesque en imitant la posture de l'ours en colère, mais il paraissait bien petit en regard de la bête sortie de la forêt. Jehan luttait pour saisir son épée ; son bras droit, endolori par le choc, était comme mort, ses doigts refusaient de se refermer sur le pommeau de l'arme.

L'ours rugit de plus belle. La tentative de l'idiot semblait aviver sa rage. L'odeur du sang qui ruisselait sur la peau du colosse lui donnait des envies de carnage. Ursus s'obstinait : les bras levés, la tête penchée, il poussait à présent des grognements approximatifs. Le fauve hésita le temps d'un battement de cœur, désorienté par cette pantomime qui paraissait lui rappeler quelque chose de très lointain, d'enfoui, mais l'odeur du sang était plus forte que tout. Brusquement, se détournant d'Ursus, il se jeta sur Bézélius que la peur avait figé sur place. Refermant ses griffes sur le baladin, il lui broya la poitrine et lui arracha à coups de dents la chair des deux épaules. Ce carnage accompli, il retomba lourdement sur ses quatre pattes et s'en retourna dans la forêt. Ursus se précipita vers Bézélius, lui prit la main et se mit à pleurer en poussant des petits jappements inarticulés.

Jehan se redressa tant bien que mal. Il souffrait de la hanche droite. Se servant de son épée comme d'une canne, il se porta à la hauteur de l'Égyptien qui râlait, la bouche grande ouverte, crachant une salive mousseuse mêlée de sang.

Jehan s'agenouilla pour l'examiner mais Ursus grogna lorsqu'il voulut écarter les vêtements du blessé. Il y renonça ; de toute évidence le baladin était perdu. Les os broyés de sa cage thoracique avaient dû transpercer tous les organes. De plus, il perdait beaucoup de sang par les plaies qu'il avait aux épaules.

— Bézélius, dit-il d'un ton calme. C'est la fin. Mets-toi en règle avec Dieu. Confesse tes crimes, après il sera trop tard. Avoue que tu as assassiné la femme et les enfants du baron Thibault, que tu te préparais à recommencer chez le comte Philippe.

— Pas... moi, balbutia le moribond. Je suis... innocent. Tu te trompes, Montpéril. Je n'ai... rien fait. Rien fait...

Et il mourut.

Ursus parut comprendre ce qui arrivait car il gémit sourdement et se mit à secouer la main du cadavre pour lui donner un semblant de vie. Jehan s'assit sur une souche, dolent, désorienté. Il était rare qu'un mourant refusât de confesser ses crimes au moment de passer de l'autre côté du mur des ténèbres. Fallait-il en conclure que Bézélius était réellement innocent ? Cette éventualité lui était fort désagréable car elle renforçait d'autant l'hypothèse d'une Junia criminelle, utilisant le géant à l'insu de son partenaire.

Ursus continuait à japper ; Jehan, agacé, faillit lui expédier un coup de pied dans les côtes pour le faire taire. L'idiot s'obstinait à secouer le cadavre de l'Égyptien, à lui plier et à lui déplier bras et jambes, comme si ces mouvements allaient finir par remettre la machine en marche. Avec ses plaques de fourrure grossièrement cousues à même la peau, il offrait une image épouvantable, peu susceptible d'éveiller la compassion. Quiconque le verrait en un tel accoutrement serait aussitôt persuadé de contempler un démon échappé des enfers. Jehan imaginait sans peine la réaction de Philippe de Guignes s'il lui ramenait le colosse affublé de la sorte.

Levant la tête, il chercha à déterminer l'heure d'après la position du soleil. Le comte lâcherait les chiens à la tombée de la nuit, ce qui laissait peu de temps pour mettre l'idiot à l'abri.

« Peut-être ce grand nigaud ferait-il mieux de continuer sur sa lancée, songea Montpéril. Si les ours ne le tuent pas, les chiens hésiteront sans doute à s'engager sur leur territoire... »

Il craignait par-dessus tout le retour d'une grande femelle irascible, car il les savait plus féroces que les mâles, surtout si elles traînaient des petits dans leur sillage. Cette fois, Ursus ne parviendrait probablement pas à faire illusion. En outre il y avait l'odeur du sang. Cette odeur si particulière que tous les prédateurs devaient être en train de renifler, en ce moment même, jusqu'au sommet de la montagne. Il fallait partir sans attendre, ne pas être surpris par la nuit au beau milieu de la forêt. Jehan se releva en prenant appui sur son épée.

— Allez, fiche le camp, lança-t-il au crétin avec un geste pour lui signifier de s'enfoncer dans les bois. Va retrouver tes amis.

Il avait dans l'idée, sitôt le géant parti, de redescendre au hameau et d'y demander l'hospitalité. Il était important de ne pas cheminer seul par la plaine lorsque serait lâchée la meute du comte Philippe, car les chiens, enragés par la course, auraient alors la fâcheuse tentation de se jeter sur tout ce qui viendrait à croiser leur route.

— Va-t'en ! cria-t-il à Ursus qui ne pouvait l'entendre. Je t'ai dit de ficher le camp.

Tournant le dos au colosse, il entreprit de descendre le sentier qui menait au hameau. Les ours allaient revenir, et s'il ne se dépêchait pas de sortir de leur territoire, ils attaqueraient en famille, à quatre ou cinq, comme il les avait vus faire, un jour, dans les Pyrénées.

Il clopinait sur les cailloux quand Ursus le rejoignit. L'idiot portait le cadavre de Bézélius dans ses bras, à la manière d'un enfant, et s'était mis en devoir de suivre Montpéril, probablement parce que la violence de l'ours lui avait fait peur.

Le chevalier se retourna.

— Arrête de me suivre ! lança-t-il. Si tu retournes dans la plaine, tu seras en danger. Le comte lâchera bientôt ses chiens et nous allons nous retrouver face à la meute. Grimpe au sommet de la montagne. Laisse-moi.

Il gesticulait en vain, ne sachant comment faire comprendre la situation au crétin. Ursus le regardait sans le voir, la bouche molle, la lèvre pendante, tandis que le cadavre de Bézélius continuait à se vider, le couvrant de son sang. Gagné par la lassitude, Jehan renonça et prit la direction du hameau. Le soleil baissait à l'horizon, Philippe de Guignes avait peut-être déjà fait ouvrir les portes du chenil. Montpéril pressa le pas mais la souffrance lui vrilla la hanche. Il vieillissait et supportait de moins en moins les chutes de cheval. Un jour, il resterait cloué au sol, les membres rompus, et les loups le dévoreraient. Les loups ou les ours.

Quand il atteignit le hameau, les vilains prirent la fuite, horrifiés de le découvrir escorté par un géant mi-homme mi-bête qui brandissait un cadavre en lambeaux. Chacun se claquemura dans sa chaumière dont il bloqua la porte ; Jehan eut beau réclamer asile, personne ne lui ouvrit.

Il alla de maison en maison sans rencontrer la moindre oreille compatissante. À la fin, la voix du vieillard qui l'avait accueilli à son arrivée au village résonna derrière un battant de chêne.

— Je vous en prie, chevalier, chevrotait-elle, passez votre chemin. Nous sommes tous ici bons chrétiens et ne voulons entretenir aucun commerce avec les créatures de la nuit. Partez, emmenez l'ogre avec vous.

Jehan finit par renoncer. Ursus l'attendait patiemment au milieu de la route, l'œil perdu sur l'immensité de la plaine. Que voulait-il exactement ? Retrouver Junia ? Reprendre sa place au sein de la troupe de forains ? Sans doute ne le savait-il pas lui-même. Il agissait en aveugle, poussé par des pulsions obscures qu'il n'était pas en mesure d'approfondir.

Jehan inspecta rapidement le hameau, à la recherche d'une grange où ils auraient pu se retrancher. Il n'y avait rien, le village n'étant composé que d'un agglutinement de cahutes pierreuses à toit de chaume. La seule solution aurait été d'enfoncer une porte. Il essaya de le faire comprendre à Ursus, à qui la manœuvre n'aurait réclamé qu'un coup d'épaule, mais le colosse refusa obstinément de lâcher le cadavre de Bézélius. La même chose se produisit quand Jehan lui ordonna de grimper dans un arbre.

Ils en étaient là de leurs tentatives lorsque les premiers aboiements résonnèrent dans la fraîcheur du soir.

Montpéril scruta le sillon pelé de la route qui partageait la lande en deux ; il crut voir s'y lever le poudroiement d'une troupe lancée au galop, mais c'était sûrement là une illusion due à la peur, car il avait plu, et le terrain était collant. Le temps n'était plus à la réflexion, il convenait de se mettre à l'abri. Il se dirigea vers un gros chêne et, ayant suspendu son épée à son baudrier, se hissa sur les basses branches. Le bois était solide, il pourrait supporter le poids d'Ursus. Le plus pressé était de se mettre hors de portée des chiens ; quant à ce qu'on ferait quand ils seraient là, on aviserait le moment venu.

Quand il estima qu'il était assez haut, Jehan se pencha pour faire signe au colosse de le rejoindre. Les cuisses serrées sur une maîtresse branche, il se livra à une mimique approximative pour signifier à Ursus de faire comme lui. Le géant secoua négativement la tête et resta planté au pied de l'arbre, tenant dans ses bras le corps de l'Égyptien qu'il ne voulait pas lâcher.

— Il est mort ! hurla Montpéril perdant patience. Pose-le par terre, il ne pourra rien lui arriver de pire.

Mais Ursus s'obstinait, se cramponnant à celui qu'il considérait probablement comme son seul ami.

Les aboiements se rapprochaient. L'hallali était imminent. Déjà l'on percevait la galopade furieuse des molosses accrochés à la piste. Juste avant que la meute ne jaillisse des fourrés, Ursus eut une velléité d'escalade. Plaçant le corps de Bézélius sous son bras gauche, il essaya sans conviction de se hisser sur la plus basse des branches d'une seule main. Cela se révéla impossible, car il était trop lourd, trop gauche, pour prétendre s'élever dans les airs à la force de son seul bras droit. D'ailleurs il renonça presque aussitôt, et reprit sa position première au pied de l'arbre, serrant contre sa poitrine le cadavre de l'Égyptien.

Tout à coup les chiens furent là, l'entourant, la gueule, le poitrail souillés par l'écume de la course. Philippe de Guignes, avant de les lâcher, leur avait fait renifler les lambeaux de la tunique du prisonnier, et maintenant qu'ils reconnaissaient l'odeur de la proie, leur excitation passait les bornes. Ils montèrent à l'attaque, sans une hésitation. Le chef de meute se rua, l'échine basse, dans cette attitude à la fois hargneuse et terrifiée qu'adoptent les dogues à proximité d'un sanglier. Refermant les mâchoires sur la jambe gauche d'Ursus, il lui arracha toute la chair du mollet, mettant l'os à nu. Le géant ne tressaillit même pas. L'absence de douleur ne le poussait pas à tenter de se défendre, il ne s'appliquait qu'à tenir bien haut la dépouille de l'Égyptien, de manière à ce que les chiens ne puissent l'atteindre. Dès lors ce fut la curée. Les molosses se jetèrent sur lui l'un après l'autre, chacun arrachant un morceau de viande à ses jambes. Mollet, cuisses, ils s'acharnaient, le dévorant vif sans que leur victime lâche un gémissement ou esquisse un geste pour les repousser. Cette apathie ne fit que les enhardir et ils ne se gênèrent bientôt plus pour continuer leur repas.

Ursus les avait d'abord observés avec une sorte d'étonnement lointain, suivant la multiplication des morsures sur son corps comme si tout cela arrivait à quelqu'un d'autre, puis la lassitude semblait s'être emparée de lui, et il avait relevé la tête pour s'abîmer dans la contemplation du coucher de soleil. Jehan, qui dans sa vie de soldat avait assisté à bien des horreurs, restait pétrifié par le spectacle de cet homme dévoré vif et que paraissaient gagner l'ennui, l'agacement qui saisissent le badaud à la vue d'une besogne trop lentement menée par des ouvriers maladroits ou paresseux.

Mutilé mais indifférent, perdant son sang par des blessures énormes, le colosse finit tout de même par tomber à genoux, victime d'une brusque faiblesse. Il ne parut sortir de son engourdissement que lorsque le cadavre de Bézélius lui échappa et que les chiens entreprirent de le mettre en pièces. Alors, seulement, il se ranima, assomma deux dogues d'un coup de poing, leur faisant exploser la caboche. Mais c'était trop tard, sa force s'en était allée avec son sang que buvait l'herbe. Les molosses, un instant décontenancés, revinrent à l'assaut et lui arrachèrent un à un les muscles des bras, dénudant les os. Ursus s'abattit enfin, le visage dans la boue, et ne remua plus tandis que la meute achevait de dépecer sa carcasse.

Cela dura longtemps, puis les bêtes, gavées, se couchèrent pour digérer. De temps à autre, elles levaient un œil vers Montpéril et lâchaient un aboi mou, sans conviction.

Le comte Philippe parut soudain, escorté d'une demi-douzaine de gardes à cheval. Il fit mettre les dogues à l'attache et ordonna à Jehan de descendre de son perchoir.

— Quand j'ai vu les chevaux revenir sans cavaliers, lança-t-il, j'ai pensé que notre fuyard vous avait tué. Enfin, le voilà éliminé, et avec lui le romanichel qui l'avait engagé. A-t-il eu le temps de révéler quelque chose ?

— Non, dit Jehan. S'il avait un secret, il l'a emporté avec lui.

— Bon, soupira Philippe, je suppose qu'il faudra se contenter de cela. Au moins la menace est-elle levée pour l'instant. J'aurais pourtant donné cher pour savoir qui a commandité ce crime. Lequel de mes ennemis, lequel de mes vassaux. Désormais il me faudra vivre dans la méfiance permanente, soupçonner tous ceux qui m'entourent et m'attendre à une récidive, car je ne me fais pas d'illusion, celui qui a imaginé cette machination recommencera.

Jehan jugea inutile de lui parler de Junia, de Bézélius. Même si la femme au masque de porcelaine était coupable, la mort d'Ursus la privait désormais de l'instrument de sa vengeance.

— Rentrons, ordonna Philippe. Je ne suis pas entièrement satisfait de la tournure prise par les événements, mais si rien ne se passe cette nuit, je rouvrirai la chambre secrète pour libérer ma femme et mes enfants.

Abandonnant là les corps mis en pièces, la troupe redescendit dans la plaine pour prendre le chemin du château. Jehan avait été pris en croupe par l'un des gardes, et se laissait transporter en silence, l'esprit habité de questions désagréables car l'Égyptien avait semé en lui le germe du doute. Junia était-elle coupable ? S'était-elle servie du nigaud pour orchestrer sa vengeance à l'insu de Bézélius ? Avait-elle poussé le montreur de phénomènes à planter ses tréteaux sous les murailles des deux châteaux où elle avait été jadis humiliée avec l'intention de verser le sang des anciens rieurs, et cela au moyen d'une machination qui lui assurerait l'impunité ?

Cette perspective déplaisait à Montpéril. Cependant, comme il n'était nullement chargé d'assurer la sécurité du comte Philippe, il avait décidé de passer ses soupçons sous silence. D'ailleurs il n'avait aucune preuve de la culpabilité de Junia, il doutait même d'être en mesure d'en dénicher une. En outre, s'il avait dû livrer l'ancienne trobairitz à la justice du comte, il se serait fait horreur, aussi avait-il pris la décision de ne pas chercher à comprendre plus avant.

Quand ils arrivèrent au pied des remparts, la nuit tombait. Jehan, qui désirait faire un crochet par la foire, sauta de cheval.

— Vous allez prévenir les baladins de la mort

de leur chef ? s'étonna Philippe de Guignes. Voilà bien de la délicatesse pour une bande de pouilleux difformes. Ne tardez pas, je compte sur vous pour le festin, j'ai fait mettre en broche quelques cochons de lait de la plus belle apparence. Toute cette histoire m'a fait rater les joutes de l'après-midi, et je suis de fort méchante humeur. J'aurais voulu être à la place de mes chiens pour dévorer ce faux simple d'esprit.

Il s'obstinait dans sa théorie d'un agent ennemi déguisé en phénomène de foire, mais Jehan ne trouva pas utile de l'en dissuader. Il ne tenait pas à voir Junia livrée aux pinces du tourmenteur. Quand il arriva devant les tréteaux, la femme au masque de porcelaine l'attendait, entourée des gnomes Zipo, Zepo, Zapo et Zupo.

— Ils sont morts, n'est-ce pas ? demanda-t-elle dans un souffle. Nous avons vu revenir les chevaux, puis passer la meute. Bézélius a été tué, lui aussi ?

Montpéril entreprit de raconter de façon édulcorée ce qui venait de se passer sur la montagne. Il ne dit rien des accusations proférées par l'Égyptien, mais, pendant qu'il parlait, il se sentait torturé par l'envie de crier : « Est-ce toi Junia ? Est-ce toi qui as organisé tout cela ? »

— Qu'allez-vous faire ? interrogea-t-il lorsqu'il eut terminé son récit.

— Continuer à tenir la boutique des phénomènes, puisqu'il ne nous reste plus que cela pour vivre, soupira Junia. Que faire d'autre ? Sans Bézélius, sans Ursus, il nous devient impossible de continuer à jouer les sotties. Je suppose qu'il me faudra me mettre en quête d'autres comparses. En attendant de reformer la troupe, j'exhiberai le bestiaire merveilleux, et les enfants m'aideront à rabattre le public.

Les gnomes s'étaient instinctivement serrés autour d'elle.

— Et si tu te joignais à nous ? lança-t-elle subitement d'un ton plein d'espoir en saisissant les mains du chevalier.

— Je ne suis pas baladin, bredouilla Jehan. Je ne sais rien faire... Je ne connais aucun tour.

— Je t'apprendrai, insista Junia. Ce n'est pas aussi difficile que tu l'imagines. Mais tu préfères peut-être rester un guerrier ?

— Non, avoua Montpéril. Je suis las de cette vie. Je ne suis pas comme tous ces comtes, ces barons, je n'ai pas été élevé dans la rage de tuer. Je ne suis qu'un ancien bûcheron. Je me dis souvent que j'aimerais ne me servir de ma hache que pour fendre du bois.

— Alors viens, souffla la femme au masque de porcelaine. Saisis l'occasion qui t'est offerte. Rejoins-nous, tu seras notre directeur, notre protecteur.

Ses mains étreignaient celles de Jehan avec une force étonnante. Le chevalier se dégagea à regret, troublé, l'esprit plein de confusion. L'offre de Junia était-elle sincère... ou bien, devinant qu'il était sur la voie de la vérité, l'ancienne trobairitz cherchait-elle à acheter son silence en faisant de lui un complice ? Il promit de revenir et prit la direction du château, mais le poison du doute était en lui. Comme Philippe de Guignes, il enrageait de ne pas être fixé. Allait-il s'associer à une meurtrière ? Ne courait-il pas le risque qu'elle essaye de se débarrasser de lui à la première occasion, tout simplement parce qu'elle avait deviné qu'il savait ?

Il prit place à la table du banquet mais mangea du bout des dents. Sigrid le pressa de questions auxquelles il répondit de mauvaise grâce, si bien que la jeune femme finit par se froisser. Il n'en avait cure. Quand les convives se retirèrent, Philippe le prit à part.

— Chevalier, dit le comte, cette nuit sera décisive. Je vous demanderai de monter une garde serrée dans les corridors. Si, comme je le pense, aucun prodige ne s'accomplit d'ici l'aube, nous déclarerons le danger écarté et je libérerai ma famille. Soyez vigilant. Je crois que nous avons tous hâte de recommencer à nous divertir sans arrière-pensée.

11

Le capuchon noir

Jehan prit sa faction dans la grande salle vide dès que les serviteurs eurent débarrassé la table des reliefs du banquet. Il s'assit dans le haut fauteuil de bois sculpté qu'il avait disposé dans un angle, afin de pouvoir surveiller toute l'étendue de la pièce. Il était fatigué, et le vin bu au cours du repas accentuait sa lassitude. Sigrid vint le voir, désireuse de faire la paix.

— Je sais que ça n'a pas été agréable, dit-elle. Quand j'ai vu qu'on ouvrait le chenil, j'ai cru ne jamais te revoir. Penses-tu vraiment que le coupable soit mort ?

Jehan haussa les épaules.

— Je ne sais pas, fit-il. C'est une sombre affaire dont nous ne percerons jamais les arcanes. L'important c'est qu'il ne se passe rien cette nuit, ainsi le comte nous rendra notre liberté. T'es-tu enfin décidée à lui vendre l'armure ?

— Oui, lâcha la jeune femme en baissant le nez. J'en ai assez de vivre dans la peur des fantômes. Je vais essayer de recommencer ma vie avec l'or de la vente.

— Où est l'armure en ce moment ? interrogea Montpéril. Le comte la garde-t-il dans sa chambre ?

Sigrid eut un rire sourd, un peu déplaisant.

— Non, persifla-t-elle. Il aurait trop peur qu'elle ne se mette en marche pendant qu'il dort et qu'elle vienne lui trancher la gorge. Il n'a pas complètement écarté de son esprit l'hypothèse d'une hantise démoniaque. D'ailleurs, nous sommes tous comme lui. Je n'ai jamais réellement cru à cette histoire de géant assassin. Il n'y avait qu'à regarder ce pauvre niais dans les yeux pour se rendre compte qu'il était incapable de tuer quelqu'un, et encore moins d'échafauder une telle stratégie. C'était un imbécile, un vrai.

— Pourtant tu as contribué à le faire arrêter, souligna Jehan. C'est toi qui as confirmé que les hématomes, sur ses bras, ses jambes, ne pouvaient avoir été produits que par les pincements des cubitières et des genouillères.

— Et alors ? siffla Sigrid. C'était vrai. Qu'y pouvais-je ? À mon sens, quelqu'un a utilisé ce nigaud comme un pantin pour le pousser à enfiler l'armure. Les marques sur sa chair résultaient de sa corpulence. Il était légèrement plus gros et plus grand que le comte, il était donc à l'étroit à l'intérieur du harnais, par conséquent le fer frottait sur sa peau car il était forcé de la porter sans avoir au préalable enfilé une protection rembourrée, un gambison par exemple. Ce que j'ignore, c'est qui l'a dressé à ce tour.

Jehan estima que le moment était venu de changer de conversation.

— Quelle importance ? soupira-t-il. Ni toi ni moi ne sommes mandés pour faire œuvre de justice en ces lieux. Demain, tout cela appartiendra au passé et chacun ira son chemin.

Il avait hâte de voir Sigrid quitter la pièce car il sentait poindre chez elle un obscur soupçon. Il ne tenait pas à ce qu'elle réfléchisse un peu trop et se mette en tête d'accuser Junia. La jeune femme se décida à tourner les talons. Au moment où elle sortait dans le couloir, Jehan cria :

— Tu ne m'as pas répondu. Où est l'armure ?

— Dans une pièce fermée au verrou, répondit l'écuyère. Seul le comte en possède la clef, il l'a d'ailleurs suspendue à son cou, à côté de celle de la chambre secrète. Si cela continue, son collier pèsera bientôt si lourd qu'il devra marcher courbé !

Le routier se retrouva seul, les mains jointes sur la garde de son épée tenue droite. C'était une vieille astuce de guerrier. Si l'on avait le malheur de s'endormir, les mains devenaient molles, l'épée tombait, et son fracas vous réveillait en sursaut.

Jehan se prit à rêver de la vie qui serait la sienne s'il abandonnait le haubert et les éperons pour rejoindre Junia. Il n'avait jamais désiré devenir chevalier, cette charge, dont on l'avait gratifié par fortune de guerre, lui avait toujours pesé. Il essaya de s'imaginer dans la défroque d'un forain, faisant fricasser des rissoles au miel, passant dans le public pour vendre ses friandises, un panier d'osier suspendu au cou. Pourquoi pas après tout ? Son épée et son haubert rouilleraient au milieu des accessoires de sottie. Lui qui avait toujours vécu seul découvrirait le chaud compagnonnage des foires...

Il se secoua, conscient d'une présence dans le

couloir. Il se dressa, mais c'était Sigrid qui revenait à pas lents.

— Je voulais te demander une chose, dit-elle avec gêne. Une fois l'armure vendue, j'ai l'intention d'ouvrir un commerce d'armes, une forge de guerre. Voudrais-tu la tenir avec moi ? Tu es chevalier, tu m'aiderais de tes conseils, tu essayerais les armes... Bien sûr, officiellement nous cacherions ta participation à ce commerce, afin que la honte n'en rejaillisse pas sur ton nom. Je sais qu'un homme de sang bleu ne doit pas se mêler de travailler.

— Je ne suis pas noble, coupa Jehan. Et je n'ai pas le mépris des barons pour le travail manuel. J'ai longtemps abattu des arbres, débité le bois, et j'en étais fier. Je te remercie de ton offre, ta confiance m'honore. Je te donnerai ma réponse demain matin. Pour l'heure je suis trop fatigué pour prendre une décision.

La jeune femme parut déçue par sa réponse et s'en alla cette fois pour de bon.

Jehan aurait donné n'importe quoi pour s'allonger et dormir sans plus s'occuper de rien.

Il comprit qu'il devait marcher s'il ne voulait pas succomber au sommeil et sortit de la salle pour arpenter les couloirs. Il déambulait depuis un moment quand son attention fut mise en alerte par le bruit lointain d'une cavalcade. Tendant l'oreille, il identifia ce cliquetis très caractéristique que produisent les griffes d'un chien sur un dallage. Il n'eut pas à faire un pas, brusquement la bête jaillit à l'angle du corridor pour se jeter dans ses jambes. Elle avait le museau tenu fermé par une lanière de cuir, et semblait en proie à la folie. Sans s'occuper du chevalier, elle continua à flairer le sol dans tous les coins, s'affolant un peu plus à chaque reniflement. Jehan voulut la saisir par une oreille pour l'immobiliser, mais elle s'échappa. C'était un petit corniaud sans collier, aux pattes crottées, et à qui l'odeur du sang de renard étalé sur les pavés avait fait perdre la tête.

« Au moins la ruse a-t-elle fonctionné, songea Montpéril. N'empêche que quelqu'un s'obstine à essayer de localiser la chambre secrète. Bézélius n'était donc pas le bon coupable. »

Il finit par capturer le chien fou par la peau du dos. Il était probablement inutile de patrouiller à travers le castel dans l'espoir de mettre la main sur le visiteur nocturne, car ce dernier, dépité par le comportement de son pisteur, avait dû battre en retraite depuis longtemps.

Jehan prit l'animal sous son bras, courut jusqu'aux appartements du comte. Il cogna à la porte avec le pommeau de son épée sans se soucier d'éveiller tout le château. Quand Philippe entrebâilla le battant, à moitié nu, il lui jeta le chien dans les jambes.

— Voilà ce que je viens de trouver dans le grand corridor, lança-t-il. Vous voyez bien que le géant était innocent. Notre visiteur nocturne est revenu, il cherche toujours l'emplacement de la chambre secrète. Sans la ruse du sang de renard étalé sur le sol, cet animal serait peut-être allé tout droit à la cache.

Philippe de Guignes poussa un horrible juron. Sans penser à se vêtir, il regardait d'un œil colérique le corniaud qui s'obstinait à flairer ici et là en poussant des jappements étouffés.

— Ce chien sort-il de votre chenil ? interrogea Jehan.

— Comment puis-je le savoir ? grogna le comte. Je ne tiens pas registre des naissances canines. À première vue, je dirais non. C'est un bâtard, il est mal nourri, il a le poil pauvre. On dirait un chien errant comme il y en a tant dans les campagnes.

— Il est vrai que les foires les attirent, observa le routier. Les odeurs de nourriture provoquent leur rassemblement. Quelqu'un qui s'y connaîtrait un peu pourrait sans grande difficulté recruter un bon pisteur parmi toutes ces bêtes.

— Quelle importance ? Qu'essayez-vous de comprendre ? s'impatienta Philippe.

— Je tente tout simplement de déterminer si cet animal a été sorti de votre chenil ou amené de l'extérieur, répondit calmement Montpéril. La différence est de poids. Elle peut nous dire si l'ennemi vient du dehors ou s'il vit dans vos murs.

— Je ne crois pas, grommela le comte. Même si le tueur est un familier du château, il n'aurait pas couru le risque de se fournir directement au chenil.

— Sauf s'il pensait y ramener la bête une fois le travail effectué, objecta Jehan. Seulement il n'avait pas prévu que l'animal deviendrait fou et qu'il échapperait à son contrôle.

— Toutes ces discussions ne mènent à rien, tempêta Philippe. Pourquoi les gardes n'ont-ils pas intercepté ce visiteur ?

— Vous savez très bien qu'aucune sentinelle n'est infaillible, énonça Jehan. Quand je me battais, jadis, j'ai trompé cent fois leur vigilance en me glissant dans une place forte, un couteau entre les dents. Un garde a beau faire des efforts, vient toujours le moment où la somnolence le prend, où il s'assoupit à demi, cramponné à sa lance. Certains d'entre eux placent un caillou en équilibre sur leur casque pour échapper à l'endormissement ; quand ils piquent du nez, la pierre tombe et les réveille. Et puis il y a toujours quelque angle mort de l'enceinte, ici ou là. Quant au chien, on a pu le faire entrer en jetant un appât dans la cour, par-dessus la muraille, qui chez vous n'est pas très haute. L'animal est passé entre les jambes de la sentinelle qui n'y a pas prêté attention. Les chiens errants rôdent souvent autour des chenils, attirés par l'odeur de la nourriture et par celle des femelles en rut. Vos gardes n'ont pas, je le suppose, ordre de se lancer aux trousses des corniauds en maraude, n'est-ce pas ? Voilà donc comment on a pu faire entrer le chien ; l'homme a suivi, profitant justement de ce que le surgissement de l'animal captait l'attention du factionnaire. Cela aussi, c'est un bon moyen d'intrusion, je n'aurai pas l'audace de vous l'apprendre. En outre, votre maison est trop grande pour la petite garnison qui s'y trouve.

— Puisque c'est ainsi, s'emporta Philippe, je vais ouvrir le chenil et remplir les couloirs de chiens ! Quiconque s'y risquera sera dévoré vif.

— L'odeur du sang de renard va les rendre fous, fit remarquer Jehan. À force de poursuivre cette proie fantôme, ils vont perdre la tête et finir par s'entre-dévorer.

— Alors je ferai laver les couloirs d'abord.

— Ce sera sans effet, vous le savez bien. L'odeur ne s'effacera pas aussi facilement, il en subsistera toujours assez pour exaspérer le flair d'un chien de chasse. Vous n'ignorez pas qu'il suffit de très peu de matière pour solliciter le nez d'un bon pisteur. La plupart sont capables de retrouver le cheminement d'un homme à partir d'un vêtement, même s'il n'a pas été porté depuis plusieurs années.

Philippe de Guignes eut un geste irrité.

— Cela suffit, gronda-t-il. J'en ai assez de vos palabres, vous m'échauffez les oreilles. Je ferai comme je l'entends. Ma femme, mes fils vont bientôt mourir de faim et de soif, je ne puis prolonger leur réclusion. Il faut que ce harcèlement cesse au plus vite. En attendant, sortez ce chien de ma chambre et cassez-lui l'échine en le jetant du haut des remparts.

Jehan battit en retraite, tenant le pauvre animal par la peau du dos. Au lieu de le tuer, cependant, il trancha le lien qui l'empêchait d'aboyer et, le ramenant dans la cour, le chassa du château d'un coup de pied dans l'arrière-train.

Le lendemain, le comte fit comme il avait dit. Les couloirs, les salles furent lavés à grande eau par un bataillon de valets, puis le chenil fut ouvert et les molosses lâchés dans le dédale des corridors. L'effet fut immédiat. Malgré la présence du maître de meute qui les surveillait, le fouet à la main, les bêtes ne mirent pas longtemps à repérer l'odeur résiduelle du renard égorgé. Ce parfum les excita à tel point qu'elles s'en prirent bientôt aux serviteurs. Un dogue sauta à la gorge d'une chambrière de treize ans et la saigna. Les autres mâles se ruèrent aussitôt pour participer au carnage. Ils travaillèrent tant et si bien des mâchoires que la pauvre enfant fut bientôt réduite en charpie. À partir de cet instant, la folie s'empara de la meute, qui se mit à galoper à travers le château en poussant des hurlements de loups. Les valets ayant pris la fuite, les molosses s'exaspérèrent de ne point trouver d'autre gibier et finirent par se quereller. Avec d'épouvantables grognements, ils se jetèrent les uns sur les autres, mordant, déchiquetant au hasard. Il fallut rouvrir les portes et faire entrer des archers qui fléchèrent les bêtes les plus enragées. Philippe de Guignes y perdit la moitié de sa meute. Le château était jonché de carcasses de chiens criblées de flèches et dont le sang s'échappait en longues rigoles. Jehan déambulait entre les dépouilles, l'épée à la main, écœuré d'un tel gâchis. Cependant il comprenait l'affolement du comte, le temps passait, il allait se trouver obligé d'ouvrir le cabinet de réclusion pour en faire sortir femme, enfants... *et c'était justement ce qu'attendait l'assassin.* Peut-être même Philippe ne parviendrait-il pas à convaincre sa famille de rester cachée une semaine de plus, ce qui augmenterait encore les risques.

Désemparé, inquiet, Jehan se rendit à la foire, pour faire visite à Junia. Il s'aperçut qu'il pensait beaucoup à elle. Beaucoup trop. Mais chaque fois qu'il lui prenait la main, il ne pouvait s'empêcher de songer que c'était peut-être elle qui, poussée par la folie de la vengeance, se risquait la nuit dans le château pour tenter de localiser la chambre secrète. Ursus était mort, soit, et elle ne pourrait lui faire manier l'épée à sa place, comme elle en avait eu d'abord le dessein, mais sa soif de représailles était telle à présent qu'elle envisageait probablement de passer à l'acte sans le secours de personne.

Ce jour-là, il ne put beaucoup lui parler car elle était occupée à faire visiter le bestiaire aux paysans descendus à la foire. Beaucoup d'entre eux payaient l'entrée en nature au moyen de quelques œufs ou d'un morceau de fromage. Il se contenta donc de la regarder en priant pour ne pas la surprendre cette nuit même dans l'un des corridors du château, enveloppée dans une cape noire, le poignard à la main. Cette perspective lui glaçait l'âme et il adressait au ciel toutes les supplications dont il était capable pour que Junia ne soit pas la criminelle qu'on recherchait.

Il se retira, travaillé par un sourd tourment, essayant de réfuter par mille arguties les insinuations de l'Égyptien.

Quand la nuit tomba, il aurait donné sa main droite pour se trouver n'importe où ailleurs, mais pas au château de Trembleterre, sur le point d'appréhender un coupable dont il avait peur de trop bien connaître l'identité.

Il craignait que Junia ne soit folle au point de ne pouvoir s'empêcher de revenir, et de revenir encore, au mépris du danger croissant, poussée par son besoin de laver dans le sang l'humiliation subie. Il l'imaginait, ordonnant à Zipo, Zepo ou Zupo d'apprivoiser l'un des chiens errants attirés par la foire, puis entraînant la bête à remonter la piste d'une odeur, et pour finir, l'amenant au château, après lui avoir fait flairer quelque objet dérobé à la dame de Trembleterre le soir de l'humiliation, dans un premier préambule de vengeance... Allait-il se retrouver en face d'elle, cette nuit, dans quelques heures ? Verrait-il surgir le masque de porcelaine lorsqu'il rabattrait le capuchon noir du visiteur nocturne ?

Oh ! Bien sûr, il pourrait toujours la laisser filer, feindre la maladresse... mais il se doutait qu'elle n'en tirerait aucune leçon. Dès le lendemain, elle reviendrait à l'assaut. Parce qu'elle ne pourrait s'en empêcher, parce que le besoin de vengeance était plus fort que tout. Jehan songea à cette vieille coutume du peuple frison qui veut que le cadavre de l'homme qu'on doit venger reste pendu à une poutre, dans la maison familiale, et cela quel que soit son état de décomposition, tant que ses fils n'ont pas fait couler le sang du meurtrier. Alors, seulement, le corps est mis en terre, parce qu'il a enfin retrouvé la paix.

De même, Junia continuerait à se glisser dans le château jusqu'à ce que les têtes tombent, que le sang coule, et qu'elle ait retrouvé la paix. Alors seulement elle s'en irait avec sa troupe de gnomes, ses bêtes empaillées.

Ce soir-là Jehan déclina l'invitation du comte et ne prit pas place à la table du banquet. Comme de coutume, Philippe de Guignes avait revêtu l'armure noire, s'était rendu au tournoi où il avait défait moult adversaires, et passerait la soirée à narrer ses exploits par le détail. C'était plus que Montpéril n'en pouvait supporter en cette nuit d'inquiétude.

Il se rendit aux cuisines et mangea du bout des dents un pilon arraché à un chapon rôti, qu'il fit passer d'un gobelet de vin largement mouillé d'eau claire. Les servantes le regardaient de travers, comme on lorgne un bourreau qui se restaurerait avant d'aller abattre quelques têtes. Personne ici ne le considérait comme un vrai chevalier, et cette sourde hostilité l'amenait à envisager de mettre enfin un terme à cette vie d'errance. Devenir baladin ? Pourquoi pas, après tout ! Si Junia renonçait à ses sinistres projets, ils pourraient peut-être recommencer leur vie, tous les deux. Elle avait fait exécuter deux femmes et six enfants ? Diantre, la belle affaire ! Jehan, au cours de sa carrière, avait fait tomber tant de têtes, ouvert tant de ventres, qu'il aurait été incapable d'avancer un chiffre.

Son repas avalé, il s'essuya la bouche avec une toaille, prit son épée et s'enfonça dans les méandres du château. Partout l'on entendait les portes se fermer au verrou. Les invités — qui changeaient tous les jours — ne tenaient vraisemblablement pas à faire les frais d'une visite de l'armure somnambule. L'idée du harnais enchanté, se promenant par les couloirs la lame à la main, émoustillait d'ailleurs les dames et faisait le bonheur des chevaliers qui s'empressaient de leur proposer de faire couche commune, ceci afin d'être en mesure d'assurer leur protection au cas où l'armure diabolique forcerait leur porte. Il s'ensuivait de multiples accouplements illicites qui horrifiaient le chapelain, et Jehan devinait que les damoiseaux lubriques se servaient de l'écho de ses propres pas pour ajouter à l'effroi des femmes en chuchotant : « La voilà ! La cuirasse du diable ! Ne l'entendez-vous pas ? Elle se rapproche, elle vient par ici. Serrez-vous donc un peu plus contre moi, ma mie. »

Très tendu, Montpéril s'embusqua dans une niche de pierre, en un endroit peu éclairé, et, contrairement aux autres fois, demeura immobile, de façon à ce que l'écho de ses éperons ne résonne pas par tout le castel, signalant sa position. Il suait d'abondance sous son harnachement et s'attendait au pire.

Les heures passèrent. Les gémissements de plaisir des couples absorbés par le travail du lit finirent par s'éteindre eux aussi. Jehan avait presque l'illusion d'être devenu partie intégrante de la muraille. Il avait rabattu la cagoule de son camail pour que ses oreilles puissent entendre et identifier chaque bruit nocturne. Il commençait à s'engourdir quand il perçut le frôlement d'une cape remontant un couloir. Une cape dont les pans caressaient les murs. Il ne bougea pas. Une haute silhouette apparut dans la lumière mourante des torches... Jehan poussa un soupir de soulagement, elle semblait bien trop imposante pour être celle de Junia. C'était celle d'un homme grand et fort, aux larges épaules, le capuchon rabattu sur les yeux, et qui se déplaçait sans bruit d'un pas lent et prudent.

Montpéril bondit hors de sa cachette et posa la pointe de son épée sur la poitrine de l'inconnu à l'emplacement du cœur.

— C'en est fini de ce petit jeu, siffla-t-il. Démasquez-vous. Je veux voir votre visage.

L'homme obéit. Il fit tomber son capuchon noir, exposant dans la lumière un visage barbu, couronné de cheveux blancs. C'était un vieillard, à la face couturée et tout auréolée de poils gris.

— Qui êtes-vous ? questionna Jehan, interloqué.

— Je suis Jod le forgeron, dit l'homme avec un léger accent germanique. Je suis le père de Sigrid.

Jehan ne put dissimuler sa surprise.

— C'est moi qui ai fabriqué le harnais de sable, ajouta le vieillard. Ma fille vous en a peut-être parlé...

— Oui, fit Jehan en abaissant l'épée. Mais je vous croyais chez les lépreux, ladre vous-même et sans doute mort.

— J'en suis sorti indemne, affirma Jod en écartant les pans de sa cape pour montrer ses mains. Dieu a décidé de ne pas m'infliger la punition suprême. Après cinq années à servir les ladres, j'étais toujours intact, alors les moines ont décidé de lever la punition. Je suis devenu frère convers au monastère de Saint-Euphrose. Là, j'ai appris à lire, à écrire, à me détourner des idoles barbares.

— Que faites-vous ici ? interrogea Jehan avec circonspection. Est-ce vous qui introduisez des chiens muselés ? Quel est votre rôle dans cette histoire ?

— Je suis comme vous, répondit doucement le colosse. Nuit après nuit je monte la garde. Je me glisse dans le castel dès que la sentinelle s'est assoupie, et j'erre dans les couloirs jusqu'à l'aube. Nous avons souvent failli nous trouver face à face au cours de nos rondes. Une fois, je vous ai échappé de justesse. Je suis trop vieux pour ce genre de traque.

Jehan hésitait. Le bonhomme le mettait mal à l'aise. Malgré ses cheveux blancs, sa barbe grise, il se dégageait de lui une force colossale, et l'on comprenait sans mal qu'un tel être ait pu concevoir la cuirasse enchantée que tous les chevaliers se disputaient aujourd'hui. Mais Montpéril n'oubliait pas que ces mêmes mains crevassées, encore criblées d'éclats de fer bleuâtres, avaient dix-sept ans plus tôt glissé un nouveau-né à l'intérieur de la carapace métallique avant de la chauffer au rouge. Un nouveau-né qui n'était autre que son propre fils.

— Ne pouvons-nous parler ailleurs que dans le couloir ? s'enquit Jod. Je sais que je dois vous convaincre de l'honnêteté de mes intentions, et mon discours risque d'être fort long.

— Allons dans la grand-salle, décida Jehan. À cette heure, elle est déserte.

Il ne se résolvait pas à tourner le dos au géant. Celui-ci parut le comprendre car il prit l'initiative d'ouvrir la marche. Ils se retrouvèrent bientôt devant la cheminée éteinte, installés chacun dans un haut fauteuil de chêne. Deux torches seulement éclairaient encore la salle, si bien que les deux hommes étaient presque plongés dans l'obscurité, et que les lueurs mourantes des derniers flambeaux sculptaient la face tourmentée du forgeron.

Jehan se taisait, laissant à Jod l'initiative de la confession. Ainsi cet homme était sorti indemne de son séjour chez les ladres ! Il fallait qu'il eût une rude santé pour cela, mais la chose se produisait parfois. Certains organismes, rebelles à la maladie, la côtoyaient impunément pendant des années.

— À voir votre regard, chevalier, dit le forgeron, je devine que ma fille ne vous a rien caché de mon crime. Je ne chercherai pas à me disculper. C'est vrai, j'ai été fou, de cette folie qui saisit les inventeurs et leur fait perdre le sens commun. Plus rien n'avait d'importance que cette armure qui mangeait mes jours et mes nuits. J'avais la fièvre en permanence, et tout le reste me semblait de peu de poids à côté de la réussite de mon entreprise. C'est alors que j'ai commis ce crime abominable... un crime qui m'a rendu la raison. Sigrid a dû longuement vous en parler.

— Je ne suis pas confesseur, coupa Jehan. J'ai été homme de guerre, j'ai beaucoup tué moi-même. Je me garderai donc de vous juger. Aussi vous prierai-je de vous tenir la bride courte sur le chapitre des remords. Que faites-vous ici, à jouer les fantômes dans les couloirs ? Certains pourraient vous accuser d'être venu endosser l'armure quand tout le monde dort... et par là même d'être l'assassin qui tranche le col des femmes et des enfants. Après tout, la cuirasse a été faite à vos mesures, et vous semblez de taille à la mouvoir comme personne. Quant à vous en vêtir et dévêtir en un temps prodigieusement bref, la chose n'aurait rien de bien étonnant puisque vous en avez conçu tous les ressorts.

— Et pourquoi me déguiserais-je de la sorte ? interrogea Jod avec un sourire lugubre.

— Votre fille m'a dit un jour : « Mon pauvre père réservait l'armure à un chevalier digne de la quête du Graal. Comme il serait déçu s'il savait ce qu'est devenue la chevalerie, aujourd'hui », récita Jehan. On pourrait bien imaginer que vous êtes revenu d'entre les morts pour supprimer tous les arrogants qui se croient en droit de s'attribuer votre création. Qu'en pensez-vous ? Thibault d'Estriviers, Philippe de Guignes... N'avons-nous pas là les tristes paladins d'aujourd'hui ? De solides combattants, soit, mais dépourvus de grandeur d'âme, mus par des passions mesquines. Le contraire des héros de légende dont vous rêviez, en somme. Pourquoi n'auriez-vous pas été tenté de les punir, de les éprouver pour leur donner un supplément d'âme ? N'est-ce pas en tuant votre propre enfant que vous avez retrouvé la raison et le sens du péché, après tout ?

— Vous pensez donc que je suis un ogre, dit

Jod. Un homme qui a pris, une fois pour toutes, le pli de tuer les marmots.

— Je ne sais pas, murmura Jehan. Je m'interroge. J'essaye de déterminer si je dois vous faire confiance ou vous livrer au comte Philippe.

— Je ne crains pas la mort, répliqua l'ancien forgeron. Je l'ai côtoyée de trop près et je l'ai trop souvent suppliée de venir me prendre pour redouter aujourd'hui sa venue. Je vivais chez les moines, coupé du monde, occupé à fabriquer de petits outils, quand la nouvelle du premier massacre m'est parvenue. Des frères quêteurs, ignorant mon passé, m'ont parlé de l'armure noire et du crime qu'elle était censée avoir commis. Un peu plus tard, j'ai appris qu'elle avait de nouveau frappé au château du comte de Guignes, en se trompant de cible toutefois, et que toute la mesnie de Trembleterre vivait dans la terreur d'un nouveau carnage. J'ai compris qu'il fallait que j'intervienne. J'ai demandé au père supérieur la permission de quitter le moutier, et je suis venu, à pied, le bâton à la main. Je suis le seul à savoir ce qui s'est réellement passé. Je suis également le seul à être en mesure d'empêcher un nouveau crime.

Jehan s'agita entre les accoudoirs de son fauteuil.

— Prétendez-vous connaître l'identité du criminel ? souffla-t-il.

— Oui, murmura Jod. Je la connais depuis longtemps. J'aurais dû prévoir que les choses tourneraient ainsi.

— Abrégez, siffla Jehan. Le nom du coupable ?

— C'est Sigrid. C'est ma fille qui tue, je l'ai rendue folle, dit doucement le forgeron. C'est elle qui assassine mais c'est moi qui suis coupable.

Montpéril se redressa, courroucé.

— Vous vous moquez, cracha-t-il. Sigrid est mince comme une anguille, jamais elle ne pourrait revêtir l'armure et la promener au long des couloirs. Tout cela est absurde, vous cherchez à égarer les soupçons sur quelqu'un que vous avez déjà rudement éprouvé.

Jod leva son énorme main avec autorité pour réclamer le silence.

— Taisez-vous, trancha-t-il, laissez-moi finir. Vous ne savez rien de Sigrid. Elle est menue, c'est vrai, mais forte comme un homme, j'y ai veillé. De plus, elle souffre d'un mal que vous ignorez. Elle est somnambule. Cela lui est venu après la mort de mon fils, et j'en suis responsable. Peu de temps après le sacrifice, elle a commencé à devenir la proie de rêves répétés. Elle se débattait au milieu de cauchemars dont rien ne pouvait la tirer, pas même une bourrade dans les côtes. Parfois, à la mi-nuit, elle se levait, les yeux ouverts mais ne voyant personne. En transe. Je n'osais la réveiller car tout le monde sait qu'un somnambule meurt foudroyé si l'on commet l'erreur de le secouer. Mais j'ai eu tort, j'aurais dû la gifler, la tirer brutalement du sommeil et la regarder mourir, le cœur décroché. Oui, cela aurait sûrement mieux valu.

D'une voix sourde, il se mit à raconter comment les « réveils » de l'adolescente lui glaçaient chaque fois un peu plus le sang. Comment il la regardait marcher vers la forge, les yeux révulsés, les bras tendus, en tremblant qu'elle ne se jette dans les braises.

— Elle finissait toujours par s'approcher de l'armure, dit-il en baissant les yeux. Elle en caressait le heaume, le plastron, comme elle l'aurait fait du corps d'un amant ; c'était impudique et elle me faisait parfois honte. À d'autres moments, elle relevait la ventaille et se mettait à chuchoter. Sa voix s'enflait, résonnant à l'intérieur du heaume vide. Elle appelait quelqu'un, elle répétait : « Tristan... Tristan... » Il m'a fallu plusieurs semaines pour comprendre que c'était là le nom dont elle avait affublé son frère mort. Au début, je croyais qu'il s'agissait de quelque galant qui la courtisait dans la forêt lorsqu'elle allait à la corvée de bois. Mais c'était bien son frère qu'elle appelait.

— Rien d'étonnant à cela, fit Jehan. Surtout si vous avez sacrifié l'enfant sous ses yeux. Elle avait le sommeil troublé, et alors ?

— Alors chaque fois qu'elle était somnambule, elle accomplissait quelque chose d'étrange. Elle devenait comme ces fous furieux, ces possédés, ces victimes du haut mal qui se mettent soudain à déployer une force musculaire dont ils seraient incapables à l'état normal. Vous avez sûrement assisté à de tels prodiges : une maigre femme soulevant la charrette de paille sous laquelle est coincé son enfant... Sigrid était comme cela. Elle saisissait l'enclume et la portait comme s'il s'agissait d'un panier d'œufs. Elle étreignait l'armure et parvenait à la décoller du sol. Au matin, elle gémissait et se plaignait d'avoir les os rompus, ne gardant aucun souvenir des prodiges effectués au cours de la nuit.

Jehan étreignit le pommeau de son épée.

— C'est là votre théorie ? demanda-t-il en proie à un subit malaise.

— Oui, je pense qu'elle est toujours somnambule. La nuit, elle revêt l'armure pour accomplir ses crimes. Elle est devenue l'instrument de Tristan... Elle est le support de sa vengeance. Pour elle, l'esprit de l'enfant mort vit toujours dans le métal de la cuirasse, il exige la punition de tous les barons au service desquels il a été sacrifié. Enfant, il s'en prend aux enfants. Il abat des proies à sa mesure. Il fait la guerre à ses semblables.

— Vous croyez aux fantômes ? Vous pensez que l'esprit de Tristan est réellement prisonnier de l'armure ?

— Je n'en sais rien, soupira Jod. Je ne suis pas versé en ces sortes de choses. Je sais seulement que Sigrid se l'imagine, et qu'elle se croit obligée d'obéir à la volonté de son frère mort. Elle le venge, sans le savoir. Chaque fois qu'elle sombre dans le somnambulisme. Je sais aussi que tout cela est de ma faute, qu'il s'agit d'un châtiment envoyé par Dieu pour m'éprouver une deuxième fois.

Jehan avait la gorge sèche, il comprenait à présent pourquoi la jeune femme s'était acharnée à accuser Ursus en prétendant relever sur le corps du géant des hématomes soi-disant dus aux pincements des articulations métalliques. Son esprit malade l'avait poussée à improviser une histoire à partir des meurtrissures qui constellaient le corps d'Ursus. Car quoi de plus banal, en vérité, que des bleus sur la peau d'un homme dépourvu de sens tactile et qui — n'éprouvant jamais la plus petite souffrance — passait sa vie à se cogner aux objets environnants ? Sigrid avait menti sans même le savoir, inspirée par le démon qui vivait dans son âme et qui avait vu dans le sourd-muet un coupable bien commode.

— Voilà pourquoi elle endosse l'armure, ajouta Jod. Voilà la raison de cette mascarade sinistre.

C'est Tristan qui tue, pas elle. Du moins c'est ainsi qu'elle vit les choses. Sigrid n'est que l'armature de chair et d'os qui supporte le harnais. Elle est là pour rendre service à son frère, pas davantage. Je pense qu'elle ne s'estime pas coupable des assassinats commis.

Jehan hocha la tête. La démonstration de l'ancien forgeron se tenait. Elle éclairait bien des choses. Pourquoi, notamment, Sigrid s'était obstinée à ne jamais vendre le harnais de guerre, pourquoi elle faisait tant de difficultés pour le céder, même à bon prix.

— C'est de ma faute, répéta Jod. Avant de partir chez les ladres, j'aurais dû détruire l'armure... ou du moins la disperser aux quatre coins de la montagne pour que personne ne puisse la retrouver. J'aurais dû la démonter, en ensevelir les pièces ici et là, le temps et la rouille auraient fait le reste. C'était une grossière erreur de laisser derrière moi cet objet maudit. À l'époque, je me racontais qu'elle assurerait la subsistance de Sigrid, mais je sais aujourd'hui que c'était faux. Elle me tenait en son pouvoir. J'étais devenu son esclave.

— Avez-vous surpris Sigrid errant dans les couloirs ? interrogea Montpéril.

— Non, dit Jod. Pas jusqu'à présent. Mais il est difficile d'être partout à la fois. Vous m'avez d'ailleurs compliqué la tâche par vos rondes, et j'ai dû sans cesse ruser pour vous échapper. Je sais pourtant que ma fille se lève la nuit pour chercher l'emplacement de la chambre secrète où dorment l'épouse et les fils du comte. J'ai à plusieurs reprises entendu son pas léger dans les couloirs.

— Cette chambre est verrouillée, marmonna

Jehan. Si par hasard Sigrid parvenait à la localiser, elle ne pourrait de toute manière y pénétrer.

— Êtes-vous à ce point naïf, chevalier ? ricana Jod. Qu'est-ce qu'une pauvre serrure pour quelqu'un qui a passé son existence à fabriquer des ressorts, des systèmes de fermeture pour cuirasse. Des engrenages à la fois simples et compliqués. Simple pour celui qui les utilise et en connaît le secret, compliqué pour l'ennemi, qui, de la sorte, ne peut nullement dénuder le porteur de l'armure et lui faire du mal. Une serrure ne représente pas un bien gros obstacle pour ma fille, elle en viendrait à bout à l'aide d'un bon crochet. Elle entrerait dans la chambre, assassinerait ceux qui s'y terrent, et refermerait le passage en sortant, ce qui achèverait de persuader les gens que le harnais de sable est véritablement ensorcelé et peut traverser les murs lorsqu'il en a le désir.

Jod parlait d'une voix chuintante, persuasive. On devinait qu'il avait retourné ces idées mille fois dans sa tête et que rien, désormais, ne pourrait le faire changer d'avis. Il avait le visage émacié, les yeux luisants de fièvre de certains ermites confits en macération.

— Je vais vous demander une faveur, chevalier, murmura-t-il. Ne vous occupez plus de cette affaire. Il est de mon devoir de la régler seul. Rentrez dormir, laissez-moi errer à ma guise dans les couloirs, les courtines. Je finirai bien par surprendre Sigrid la main dans le sac. Cela se produira fatalement. Une nuit, nous nous retrouverons nez à nez... et tout sera dit.

— Et que ferez-vous ? s'enquit Jehan.

— Je la tuerai, dit calmement Jod. C'est mon droit. Je lui ai donné la vie, je puis la lui reprendre, puisqu'elle en fait mauvais usage. C'est aujourd'hui une bête vicieuse qu'on ne peut laisser en liberté. Je dois la supprimer, il n'y a pas d'autre solution. J'espère seulement qu'elle m'en laissera le temps et que j'en aurai la force.

— Je ne vois pas pourquoi vous auriez du mal à le faire, siffla Jehan. Elle me paraît de bien frêle consistance par rapport à vous.

— Je vous l'ai déjà dit, expliqua Jod. Ces somnambules sont animés d'une force prodigieuse, et ne reconnaissent personne. De plus, ne vous fiez pas à ma stature. Je suis grand, c'est vrai, et j'ai l'air d'un hercule, mais je suis vieux, la maladie ronge mes os qui se cassent comme du verre. Je serais dans l'impossibilité de soutenir un combat ; encore plus d'enfiler l'armure noire, comme vous le suggériez tout à l'heure. Il me faudra frapper Sigrid vite et bien, car elle ne me laissera pas la chance de risquer un second coup. Je pourrais bien sûr aller la tuer dans son sommeil, en crochetant la serrure de la chambre où elle s'est enfermée, mais ce serait risquer de commettre un crime, car alors j'agirais sans preuve. Il me faut la surprendre, revêtue de l'armure... l'épée et le crochet à la main, en marche vers la chambre secrète pour accomplir ce qu'elle croit être la vengeance de son frère. Alors seulement j'aurai le droit de lui ôter la vie.

— Croyez-vous qu'elle sache où se trouve la pièce dissimulée ? s'inquiéta Jehan.

— Le premier chien a dû lui en donner une idée suffisante, répondit Jod. Si elle n'en connaît pas la localisation précise, elle doit au moins savoir à quel étage se situe le réduit. Le reste n'est qu'un travail d'examen minutieux de la muraille, c'est ce qui lui prend du temps. Elle cherche le trou de la serrure, sans doute caché dans une sculpture, le détail d'une frise, la cannelure d'une colonne. C'est un travail long et difficile, surtout lorsqu'on l'effectue en état somnambulique, en tâtonnant à la lueur d'une bougie. Mais elle finira par trouver, c'est pour cela que je joue les fantômes au long des couloirs. De toute manière le temps joue en sa faveur. Le comte ne peut plus prolonger l'enfermement des siens sous peine de les faire mourir de faim et de soif. Dès qu'il les sortira de la cachette, Sigrid les assassinera. Comprenez-vous le problème ? Que cette femme et ces enfants se cachent ou qu'ils aillent librement, ils sont de toute façon perdus, et cela tant que Sigrid sera en vie.

Les deux hommes demeurèrent face à face dans la lueur mourante des torches. Jehan posait des questions, réclamait des détails, le forgeron lui répondait d'une voix morne, en vieillard fatigué qu'écrase une tâche qu'il est pressé d'expédier avant d'entrer dans son dernier repos. Ils firent une grande ronde côte à côte, en silence, l'oreille tendue pour capter les bruits de la nuit. Jod avait du mal à grimper les marches et son grand corps fortement charpenté perdait alors toute sa superbe pour devenir celui d'un vieillard qui tremble de voir ses os s'émietter en plein effort.

Mais Jehan songea qu'il s'agissait peut-être là d'une comédie. Comment savoir ? Comment être sûr ?

Il éprouvait des sentiments mêlés qui lui causaient grande honte : la surprise, l'horreur... et surtout le soulagement de découvrir que Junia était innocente. Oui, c'était cela qui l'effrayait le plus, *il avait envie que Sigrid soit coupable.* Il le désirait de toutes ses forces.

Comme l'aube se levait, Jod s'en alla.

— Où dormez-vous ? interrogea Jehan en le rattrapant. À l'auberge ?

— Non, lâcha le forgeron. Ce serait trop compliqué et je ne suis pas assez riche pour m'offrir cela. Je me cache ici même, à l'intérieur du château, dans le quartier des domestiques, quelque part dans le dédale de la poutraison. La charpente est en châtaignier, bois qui met en déroute les araignées, les insectes ; je m'allonge dans un recoin, je m'attache à une solive et je dors, là où personne ne songerait à venir me chercher. De cette manière, je suis à pied d'œuvre pour reprendre ma surveillance nocturne.

Jehan se fit la réflexion que le bonhomme était futé et dangereux. Disait-il la vérité ou n'avait-il fait tout au long de la nuit que débiter un conte longuement mûri ? Difficile de le savoir.

Montpéril quitta le château pour redescendre à la foire. Les heures d'insomnie lui faisaient les jambes molles, il n'aspirait plus qu'à s'abattre sur quelque paillasse et dormir sans plus penser à rien. Quand il se glissa dans le chariot des baladins, les bras chauds de Junia se nouèrent autour de son cou. Sans prononcer un mot elle le déshabilla, dénouant avec habileté les lacets du haubert, puis elle l'attira contre elle, nu, dans la chaleur douillette de la couche installée entre les ballots et les coffres à costumes. Jehan ne put se retenir de lui narrer sa rencontre nocturne.

— Qu'en penses-tu ? conclut-il. Crois-tu ce genre de chose possible ?

— Pourquoi pas ? souffla Junia. J'ai connu plusieurs somnambules. Ils se levaient la nuit pour faire des choses insensées dont ils ne gardaient aucun souvenir une fois réveillés. L'Église ne les aime pas, elle voit en eux des possédés. Elle croit que le diable se glisse dans leur cervelle pendant le sommeil et les force à bouger comme des pantins.

— Ainsi Sigrid pourrait se lever, revêtir l'armure, assassiner plusieurs personnes et ne pas se le rappeler ? insista Jehan.

— Tout à fait, confirma la femme au masque de porcelaine. J'ai connu un imagier qui se relevait la nuit pour prendre son burin, son marteau, et tailler la pierre en dépit du bon sens, saccageant les statues sur lesquelles il avait travaillé pendant le jour. Le bruit du marteau ne le réveillait même pas. Sa femme et ses enfants devaient le ligoter sur sa couche pour l'empêcher de se mettre en marche dès qu'il était endormi. Il les ruinait à gâcher ainsi sa besogne quotidienne.

Jehan grommela et ferma les yeux. Il était trop fatigué pour réfléchir. Le corps chaud de Junia se pressa contre le sien, et il ne pensa à rien d'autre qu'au bonheur d'être ainsi, allongé contre une femme, loin des ombres de la mort et de la folie.

12

Ombres en maraude

Il fut réveillé par le vacarme de la foire quatre heures plus tard. Il était seul dans le chariot, Junia et les gnomes officiaient sur l'estrade pour essayer de rameuter les badauds. Il mangea une écuelle de soupe froide, quelques oignons et un quignon de pain dur qu'il trempa dans l'un des pots de miel dont Ursus avait fait si grande consommation. Il n'y avait pas de vin, les finances de la troupe étant au plus bas, juste un pichet de pomade, ce cidre fermenté qui vous emplissait les boyaux de gargouillis et vous faisait péter comme un cheval.

Jehan se harnacha pour prendre la route du château. Il avait décidé de ne pas révéler au comte ce qu'il avait appris au cours de la nuit. Philippe de Guignes était d'un naturel trop emporté, il aurait bien été capable de mettre Sigrid à mort sur-le-champ, pour en finir avec la menace qui pesait sur sa famille.

Lorsqu'il se retrouva en présence de l'écuyère, Montpéril éprouva un réel malaise. Il venait de prendre conscience qu'en se taisant, il se rendait complice du futur assassinat de Sigrid. Ce rôle ne lui plaisait guère, car il n'aimait pas mener la partie à visage couvert. Il se surprit à observer la jeune femme à la dérobée, chaque fois qu'elle était penchée sur l'armure dont elle fourbissait les pièces avec un soin maniaque. Elle n'était pas à proprement parler jolie, car des années d'existence garçonnière l'avaient privée de toute grâce féminine. Au mieux, elle pouvait passer pour un page d'agréable figure, mais, affublée d'une robe, les cheveux noués en bandeaux, elle aurait été aussi cocasse que ces guenons travesties en bourgeoises que les forains exhibaient sur les planches. Jehan l'épiait avec insistance, traquant dans ses moindres mimiques les signes de la folie évoquée par Jod. Il regardait les muscles longs, secs, de ses bras nus. Il se rappelait avoir été frappé par la complexion de son corps lorsqu'il l'avait déshabillée, la nuit où il l'avait sortie du cercueil, alors qu'elle se noyait dans la boue. Un corps d'adolescent rompu aux travaux difficiles, maigre et noueux, avec à peine plus de seins qu'une jeune pucelle. Elle était forte, c'est vrai. Beaucoup plus forte qu'aucune femme de son âge... Mais était-elle réellement en mesure de revêtir l'armure et d'en promener le poids au long des couloirs ? Jod l'affirmait. Mais Jod aurait pu le faire, lui aussi, malgré ses prétendus « os de verre ».

Ne pouvait-on envisager que le forgeron se fût échappé du prieuré parce qu'il ne supportait plus de voir le harnais noir porté par des chevaliers indignes ? N'avait-il pas succombé à la folie dont il accusait commodément sa fille ? Et s'il était revenu mettre de l'ordre dans une chevalerie aux motivations peu élevées ? Si ses actes étaient une manière de dire : « L'armure cessera de tuer lorsque vous serez devenus dignes d'elle, lorsque vous arrêterez de vous comporter en pillards, en jouisseurs. Lorsque vous entreprendrez enfin une longue et noble quête à l'image des paladins du Graal » ?

Fou, Jod ne l'avait-il pas été au point de jeter son fils nouveau-né dans une cuirasse que les braises de la forge portaient au rouge ? Comment pouvait-on faire confiance à un tel homme ?

Jehan remua ces noires pensées toute la matinée, jusqu'à en avoir la migraine. En se taisant, il se faisait l'effet d'un comploteur, d'un assassin sournois. À deux ou trois reprises, il fut sur le point de saisir Sigrid aux épaules et de lui dire : « Ton père est là, caché dans le château. Il est venu pour te tuer. » Mais agir de la sorte aurait ruiné tout espoir de connaître un jour la vérité.

Il ne savait pas très bien ce qu'il ressentait pour Sigrid, ni quels étaient les sentiments de la jeune femme à son égard. Ne lui avait-elle pas proposé une sorte d'association dans son projet de forge de guerre ? Auraït-elle agi de la sorte si elle n'avait nourri quelque estime pour lui ? Cette amitié balbutiante lui rendait encore plus odieux le devoir de silence imposé par Jod.

La journée s'écoula comme les précédentes, en joutes diverses dont le comte sortait éternellement vainqueur. Il ne s'arrêta qu'une fois ses muscles brisés par le poids de l'armure. Il se fit alors dévêtir par Sigrid, s'allongea nu sur une planche et ordonna à l'un de ses écuyers de lui malaxer la chair à pleines mains après l'avoir arrosé d'huile parfumée, selon un art découvert en Orient lors des croisades. L'Église appréciait peu ce genre d'attouchements et en prohibait l'usage, mais Philippe de Guignes n'en avait cure.

Alors que le soleil baissait à l'horizon, il convoqua Jehan et lui dit :

— Cela suffit, j'ai assez attendu. Je ne puis différer plus longtemps l'ouverture de la chambre secrète. Je libérerai ma famille dimanche matin. Si d'ici là vous ne m'avez pas livré le coupable, je vous ferai emprisonner, vous et vos amis baladins : cette femme qui n'a pas de visage, ces horribles gnomes contrefaits. De mauvaises langues prétendent que votre incapacité à résoudre cette affaire empeste la complicité, je me demande si je ne devrais pas les écouter. Mon chapelain avance qu'il flaire dans tout cela un fort relent de sorcellerie, et qu'au lieu de m'en remettre à vous j'aurais dû depuis longtemps faire mander un exorciste. Peut-être a-t-il raison. En tout cas, vous voilà prévenu. Vous avez trois jours pour m'amener un coupable, passé ce délai...

Jehan se rendit dans le quartier des domestiques, ce grenier à foin que dominait l'entrelacs des poutres de châtaignier. Une grosse chaleur y régnait et son arrivée provoqua la panique chez une multitude de souris qui s'égaillèrent dans la paille.

— Jod, appela-t-il. Où êtes-vous ? Il faut que nous parlions.

Du sol, le forgeron était indiscernable. Roulé dans sa cape noire, il se perdait dans l'obscurité de la charpente. Jehan le distingua enfin, immense silhouette descendant précautionneusement de solive en solive. Quand il posa les pieds sur le plancher, il grimaçait de souffrance.

— Mes os poudreux n'aiment guère ce genre

d'exercice, dit-il. Mais c'est le seul moyen de passer inaperçu. Que se passe-t-il ?

Jehan lui exposa l'ultimatum du baron.

— Vous voyez bien qu'il faut faire vite, chevalier, soupira-t-il. Je sais que cette tâche est déplaisante, mais elle doit être accomplie. Sigrid est folle. Elle ne vendra jamais l'armure. Elle continuera à la promener de château en château, et des barons qui se croiront plus forts que les autres demanderont à l'essayer, cela en dépit de sa sinistre réputation. Et leurs enfants mourront, tués par ma fille. Au bout d'un moment, on ne cherchera même plus à mettre la main sur un quelconque coupable, on admettra que l'armure est ensorcelée. On ne peut pas laisser cela se produire. Je suis fâché de cet ultimatum qui va me forcer à agir dans la précipitation, mais je suis presque certain que Sigrid va passer à l'action de manière imminente.

— On ne peut pas l'exécuter sans preuve, insista Jehan. Et il n'est pas dit que nous réussirons à lui tomber dessus au moment où elle se préparera à entrer dans la chambre secrète, puisque nous ignorons justement l'emplacement du réduit. En outre, si nous nous plantons devant sa porte en attendant qu'elle sorte, elle sentira notre présence. Nous risquons de lui donner l'éveil, elle se méfiera, restera couchée, et nous n'aurons jamais la preuve que nous cherchons.

— Il y a peut-être un moyen, murmura Jod. J'avais prévu cette difficulté. Je sais où elle remise les pièces de l'armure pour la nuit après les avoir graissées. C'est un réduit sans autre ouverture qu'une archère. Je peux en faire jouer la serrure avec un crochet, sans difficulté.

— Mais dans quel but ?

Le forgeron plongea la main dans la besace suspendue à son épaule, en tira un petit cruchon de grès fermé par un bouchon enduit de cire.

— Vous voyez cela, chevalier ? souffla-t-il. Il s'agit d'un flacon de teinture concentrée que j'ai volé à l'abbaye. Les moines s'en servent pour teindre leurs bures en noir. C'est un produit très tenace, il faut faire attention à ne pas s'en mettre sur la peau quand on le manie, car dès lors la couleur y reste imprégnée une semaine durant, et cela malgré les ablutions répétées. Tout à l'heure, quand le château dormira, nous nous glisserons dans le cachot où sont entreposées les pièces de l'armure et nous les enduirons intérieurement de teinture. Quand Sigrid les assemblera, en état somnambulique, elle ne prêtera pas attention aux taches qui s'inscriront sur sa peau. Car il y a fort à parier qu'elle enfile le harnais à nu, sans gambison ; la couleur sera donc directement en contact avec son corps. Le lendemain, lorsqu'elle découvrira les macules noires, elle aura beau se frotter à la brosse, elles ne partiront pas... et nous tiendrons notre preuve.

— Mais si elle n'est pas nue ? objecta Jehan. Si elle s'habille avant d'entreprendre sa déambulation...

Jod haussa les épaules.

— Les somnambules ne font pas toilette, répliqua-t-il. Ils sortent du lit nus comme des vers et se promènent ainsi sans avoir conscience de leur état. Alors, chevalier, que pensez-vous de ma ruse ?

— Cela peut marcher, grommela Montpéril. Mais il faudra nettoyer les pièces du harnais au lever du jour, sinon Sigrid et le comte s'interrogeront sur la provenance de la teinture maculant les pièces, car ils ne pourront manquer de s'en barbouiller tous deux lorsque Philippe s'équipera en vue du tournoi.

— Ne vous inquiétez pas, nous serons méthodiques, répondit Jod. De toute manière, je pense que nous tiendrons notre preuve avant qu'il soit longtemps.

— Mais pourquoi Sigrid enfilerait-elle l'armure ? fit observer Jehan. Après tout, elle peut assassiner la femme et les enfants du comte sans avoir besoin de se déguiser, puisqu'elle ne laissera derrière elle aucun témoin...

Jod fit entendre un claquement de langue irrité.

— Vous n'y êtes pas, chevalier, répliqua-t-il. Vous vous obstinez à penser en homme sain d'esprit. Pour Sigrid, c'est Tristan qui tue, *pas elle.* Elle sert de véhicule, elle n'est là que pour permettre à son frère de se transporter sur les lieux de l'exécution. De plus, elle doit comprendre plus ou moins obscurément qu'elle a tout intérêt à se promener revêtue du harnais. En effet, si elle avait la malchance de rencontrer quelqu'un dans les couloirs, l'armure lui tiendrait lieu de masque... La seule vue de la cuirasse en marche provoquerait l'effroi de la personne dont elle aurait croisé le chemin. Le malheureux prendrait la fuite en claquant des dents, persuadé d'avoir échappé de peu à la lame de l'armure enchantée. Pour toutes ces raisons, Sigrid est forcée de revêtir le harnais de sable.

Il s'excitait en parlant. Jehan éprouvait un certain malaise à voir ainsi un père déployer tant de ruse dans le seul but de tuer son propre enfant.

Mais il n'était pas sot, il savait qu'infanticide et parricide constituaient des crimes fort communs, même chez les nobles où la passion du pouvoir absolu et l'impatience d'hériter généraient des haines meurtrières.

Jod parut deviner ses pensées, car il dit :

— Il s'agit d'une œuvre de pure charité, chevalier. Je préfère supprimer ma fille proprement, pendant son sommeil, sans qu'elle s'en rende compte, plutôt que de la voir confondue par le comte qui la fera torturer et mettre à mal. Comprenez-vous cela ?

— Oui, dit Jehan.

Le forgeron fouilla de nouveau dans sa besace et en extirpa un rouleau de parchemin scellé à la cire :

— Tenez, c'est pour vous. Au cas où je mourrais et où vous devriez continuer tout seul. J'y explique la maladie de ma fille et ma conviction qu'elle a assassiné la mesnie du baron Thibault. Ce document vous permettra de vous disculper si les choses tournent mal.

— Mais pourquoi vous arriverait-il quelque chose ? s'étonna Jehan. De quoi avez-vous peur ?

Jod fit un geste vague et regarda par-dessus son épaule.

— Je ne sais pas, murmura-t-il. Depuis un moment j'ai l'impression d'être observé. Je me demande si Sigrid n'a pas senti ma présence. Si c'est le cas, il se peut fort qu'elle cherche à m'éliminer dans les heures qui viennent. Tristan le lui « ordonnera », il ne peut en être autrement. Si cela arrive, vous devrez continuer seul et la supprimer à ma place. Jurez-moi que vous le ferez.

— Je le ferai, promit Jehan, à condition toutefois d'être convaincu de sa culpabilité.

— Vous aurez cette preuve, soupira Jod, dès demain matin. Mais ne perdez pas de vue que vous serez également en danger et que Sigrid n'hésitera pas à vous tuer. Si vous vous trouvez en face d'elle alors qu'elle est revêtue de l'armure noire, vous ne pourrez rien, car le harnais la rendra insensible à vos coups. Votre seule chance serait de lui faire perdre l'équilibre. Une fois sur le dos, je ne pense pas qu'elle soit assez forte, même en état de transe somnambulique, pour parvenir à se redresser. Mais surtout, ne cherchez pas un engagement à l'épée car elle la manie fort bien, c'est moi qui lui ai enseigné l'art du combat. Un forgeron de guerre doit forcément posséder cette science s'il veut travailler efficacement.

— J'ai bien compris, fit Jehan.

Ils attendirent dans l'obscurité, sans dire un mot, puis, quand se rapprocha le moment où les serviteurs réintégraient le grenier, ils se glissèrent dans les couloirs.

— Vous voyez, chuchota Jod. La réputation de l'armure grandit. Les valets la croient ensorcelée et ne s'attardent plus dans les corridors. Même chose pour la garnison qui assure la sécurité du château. Les sentinelles cantonnent leurs rondes aux courtines, aux remparts. Quant aux convives du comte, ils se font de moins en moins nombreux. Les dames sont terrifiées par la présence du harnais noir et déclinent les invitations. Ces désaffections successives laissent le champ libre à Sigrid.

Il leur fallut peu de temps pour trouver le réduit où Philippe de Guignes remisait l'armure.

— C'est là, souffla le forgeron. Je reconnais l'odeur de la graisse d'armes. Regardez bien cette serrure, elle vous paraît compliquée, n'est-ce pas ? Et pourtant je vais l'ouvrir en très peu de temps au moyen de ce crochet. Pour un artisan comme moi — ou comme ma fille — un verrou ne constitue pas un obstacle sérieux, et le comte peut continuer à s'accrocher autour du cou toutes les clefs qu'il veut, il ne nous empêchera jamais de passer.

Il travailla en effet très rapidement, en s'aidant d'un petit outil à l'extrémité tordue. Le battant s'ouvrit avec un déclic à peine audible.

— Vous voyez, triompha-t-il. C'était simple, et j'aurais pu y parvenir les yeux fermés. Sigrid est en mesure de faire la même chose en continuant à dormir.

Il s'agenouilla, tira de sa musette le flacon de grès ainsi qu'un pinceau d'enlumineur. Les multiples pièces de l'armure se trouvaient alignées sur un grand morceau de toile taché de graisse.

— Regardez bien ce que je fais, ordonna le forgeron. Voyez les pièces que je marque, cela vous sera utile lorsque vous devrez localiser les taches sur le corps de Sigrid. Je vais les enduire intérieurement de teinture. Les genouillères, les cubitières, les gantelets. Mais aussi le heaume, de cette manière, nous disposerons d'un faisceau de preuves incontestables. Si les oreilles, les mains, les genoux et les coudes de Sigrid sont maculés de noir, nous saurons qu'elle a bel et bien endossé l'armure.

Jehan le laissa travailler. Quand le piège fut en place, ils quittèrent le cachot.

— Maintenant séparons-nous, décida le forgeron. Ainsi nous aurons plus de chance de surprendre Sigrid. Et rappelez-vous : si l'armure débouche au détour d'un couloir, évitez l'affrontement. Fuyez si vous ne pouvez la renverser sur le dos. Un combat serait incertain et inutile, puisque la teinture nous fournira de toute façon la preuve que nous cherchons.

Il avait de toute évidence placé son entière confiance dans ce stratagème, mais Jehan ne partageait pas son enthousiasme. Il patrouilla, seul, puis la fatigue lui alourdit les paupières et il dut s'allonger sur un banc pour prendre un peu de repos. Loin était le temps où il pouvait cumuler les nuits de garde en se contentant de brèves somnolences, calé contre la muraille, les mains jointes sur le pommeau de l'épée. Les veilles répétées des derniers jours l'avaient épuisé en vain. Il tenta de résister à l'appel du sommeil mais dut céder à ses instances. Il se réveilla en sursaut peu après, incapable de savoir combien de temps il avait dormi. Où était Jod ? Et Sigrid ? Il eut une pensée pour la famille du comte qui continuait à se morfondre dans le réduit secret privé d'éclairage.

Il reprit sa ronde sans rien surprendre, mais redoutant, à chaque angle de la maçonnerie de voir soudain surgir l'armure noire, l'épée levée. Il craignait que la stupeur ne le rende incapable de parer le coup mortel et que la lourde lame ne lui fende le crâne, lui partageant le visage en deux comme cela arrivait parfois.

Quand la nuit commença à s'éclaircir, il regagna le cachot où étaient entreposées les pièces du harnais. Jod s'y trouvait déjà, nettoyant chaque élément au moyen d'un chiffon.

— On n'y a pas touché, grogna-t-il d'un ton déçu. C'est à croire que Sigrid se doute de quelque chose. Il faudra recommencer ce soir.

— Ce sera notre dernière chance, dit Jehan. Après, le comte mettra sa menace à exécution.

Ils se séparèrent sans un mot. Jod semblait tourmenté, inquiet, comme assailli par un mauvais pressentiment. Jehan quitta le château pour regagner la foire encore déserte. Quand il fut couché contre le corps chaud de Junia, il ne put s'empêcher de parler et de révéler à la femme au masque de porcelaine la menace qui pesait sur eux.

L'ancienne trobairitz se recroquevilla sur la paillasse, nue au milieu des masques de carton jetés en vrac.

— Tu veux dire qu'on va nous exécuter si la culpabilité de cette folle n'est pas établie ? dit-elle d'une voix tremblante.

— Oui, souffla Jehan. Si le stratagème de Jod ne donne rien cette nuit, il faudra se résoudre à accuser Sigrid sans preuve, et je ne sais comment le comte accueillera la théorie du forgeron. Après tout, comment savoir si ce n'est pas lui le fou dans cette affaire ? Pour le moment je dois me contenter de sa parole. La parole d'un homme qui a jeté son fils dans les flammes. Depuis que je l'ai rencontré, je ne cesse de penser à ce que m'a dit Sigrid, un jour : « Mon père serait horriblement déçu s'il découvrait ce qu'est devenue la chevalerie, aujourd'hui... » Et si c'était cela la clef de tout ? Si Jod punissait tous ceux qui ont eu l'audace de souiller son œuvre ?

Junia secoua la tête, avouant son impuissance.

— Je ne sais pas, dit-elle. Je ne puis t'aider. Mais tu dois nous protéger. Ursus est mort, Bézélius est mort... nous n'avons plus que toi. Je reste seule avec quatre enfants, des gnomes difformes qui mourront peut-être d'ici un an ou deux tant ils sont en mauvaise santé. Des gosses qui, à six ans, ne savent toujours pas parler et s'expriment en poussant des cris de bête.

Elle se jeta contre Jehan, posant ses lèvres de porcelaine froide sur celles du chevalier.

— Je t'aime, souffla-t-elle sous le masque. Je n'ai que toi. Ne m'abandonne pas.

13

L'heure du diable et de ses suppôts

Ce soir-là Jehan vit se lever la lune avec une angoisse plus forte que jamais. Quand il descendit du chariot, il lui sembla que les ténèbres empestaient le soufre, le malheur et la mort. De mauvaises choses se préparaient. Une chaleur lourde, annonciatrice d'orage, planait sur la campagne, et les chiens errants qui furetaient entre les baraques tremblaient, grognaient, comme s'ils apercevaient des fantômes en maraude. Plusieurs d'entre eux montrèrent les dents quand Jehan remonta la travée principale. Le champ de foire était presque désert si l'on faisait exception de quelques ribaudes occupées à racoler. Le routier examina le ciel : l'œil blême de la lune avait l'air de le lorgner dans la déchirure horizontale d'une bande de nuages violets, et ce regard évoquait celui d'un chevalier monstrueux brillant dans la fente d'une ventaille bouchant tout l'horizon. Jehan frissonna, cédant brusquement à la superstition. Tout se passait comme si les forces du mal se réjouissaient des événements à venir. Il gonfla ses poumons pour essayer de chasser le nœud d'inquiétude qui lui comprimait la poitrine. Son haubert pesait lourd sur ses épaules. Il franchit enfin le seuil du château. La sentinelle postée à la grande porte le regarda passer d'un œil effrayé. Les dix hommes d'armes entretenus par le comte Philippe n'ignoraient rien de la menace qui planait sur le château, mais aucun d'eux n'aurait accepté de patrouiller la nuit dans les corridors comme le faisait Jehan. C'était une chose de se battre contre des ennemis de chair et d'os, c'en était une autre d'affronter une cuirasse démoniaque qui se promenait toute seule dès que le soleil disparaissait à l'horizon.

Jod se tenait embusqué derrière un pilier de la galerie entourant le jardin. Il s'était muni d'un long bâton de pèlerin terminé par un bourdon de bronze.

— Pour repousser l'armure, expliqua-t-il. Il ne faut pas la laisser s'approcher. Avec ce gourdin, je la frapperai en pleine poitrine pour la faire tomber sur le dos, ou bien je le lui lancerai dans les jambes pour la faire trébucher. Rappelez-vous bien ce que je vous ai dit : une fois à terre, Sigrid n'aura pas la force de se relever. Il se peut même que le choc la réveille et la tue, car on dit qu'un somnambule tiré du sommeil en sursaut avale aussitôt sa langue et meurt étouffé. Si cela se produit, je n'aurai pas la triste obligation de mettre fin à ses jours, et j'en serai bien soulagé. Cette besogne ne me réjouit pas plus que vous, chevalier. Je sais que vous voyez en moi un ogre habitué à tuer ses propres enfants, mais vous vous trompez. Je n'ai plus rien de commun avec celui que j'étais il y a dix-sept ans.

— Je l'espère, dit Montpéril, car cette mission me fait horreur.

— Séparons-nous comme hier soir, décida Jod.

J'ai un terrible pressentiment, je sens que Sigrid frappera cette nuit. J'ai fait un rêve de mauvais augure, je voyais l'armure fondre sur moi et j'étais incapable de bouger, de lever les bras pour me défendre. Alors elle m'arrachait le bâton des mains et me rouait de coups... et tous mes os se brisaient comme verre. À travers la fente de la ventaille, je voyais briller des yeux luisants de haine, les yeux de Sigrid.

Il parlait d'une voix altérée, le regard perdu dans le vide, ses mains noueuses s'ouvraient et se resserraient spasmodiquement sur la hampe du bâton. Le récit impressionna fâcheusement Jehan.

— Il ne faut pas penser à ces choses, se pressa-t-il de murmurer, c'est en nommant la bête maligne qu'on la fait venir. Commençons la ronde et soyons sur le qui-vive.

Jod, qui s'éloignait déjà, s'arrêta soudain pour regarder par-dessus son épaule.

— Rappelez-vous votre promesse, chevalier, dit-il en fixant Jehan dans les yeux. S'il m'arrive malheur, vous devrez finir le travail seul. Abattre le monstre avant qu'il ne fasse d'autres victimes.

Jehan baissa la tête en signe d'assentiment. Jod reprit sa marche et disparut à l'angle du couloir.

Avant d'entrer dans le château, le routier s'était arrêté au poste de garde pour faire provision de chandelles. Il en avait pris quatre, c'était suffisant pour s'assurer une nuit entière de lumière. Les moines avaient l'habitude de diviser la nuit en chandelles brûlées, et Montpéril, à leur contact, avait contracté la même manie. Ce soir, il savait que les choses prendraient méchante tournure dès que le premier rouleau de suif toucherait à sa fin, car c'était depuis toujours l'heure préférée du diable et de ses suppôts.

Il remonta les couloirs comme à l'accoutumée, tantôt s'embusquant, tantôt se déplaçant avec rapidité. À deux reprises il croisa Jod qui décrivait des méandres contraires. Ils n'échangèrent pas un mot et poursuivirent leur déambulation silencieuse, l'oreille tendue pour surprendre les bruits de la nuit. La première chandelle était en train de s'éteindre quand retentit un écho métallique qui fit sursauter Jehan. Le routier se dépêcha d'allumer la mèche du second rouleau de cire et s'élança, la bougie dans la main gauche, l'épée dans la droite. Quand il tourna à l'angle du couloir, il aperçut une silhouette encapuchonnée de noir qui, un genou en terre, se tenait penchée sur quelque chose. Il réalisa que c'était celle de Jod alors même qu'il levait déjà sa lame pour frapper.

— Regardez ça, murmura le forgeron. C'est là l'origine du cliquetis que vous avez entendu, tout comme moi.

Il tendait l'index en direction d'une sorte de crochet au bout luisant abandonné sur les dalles.

— C'est avec cet outil que l'assassin comptait ouvrir la serrure de la chambre secrète, expliqua-t-il. Mais il a fait un faux mouvement, le crochet lui a échappé.

Levant la tête, Jod examina les parois du corridor. À cet endroit, elles étaient recouvertes de frises sculptées en ronde-bosse qui s'étendaient du sol au plafond, courant même sur les colonnettes soutenant les voûtes.

— Je serais prêt à parier que le réduit clandestin est ici, souffla le forgeron, quelque part dans cette portion de couloir. La serrure qui en commande l'ouverture doit être incrustée dans l'une des moulures qui nous entourent... *et l'assassin le sait.* Il essayait de la crocheter quand le morceau de fer lui a sauté des mains. Il nous a entendus accourir et a pris la fuite. S'il s'agit de Sigrid, comme je le pense, elle est tout bonnement retournée se coucher. Vous remarquerez que ses appartements sont au bout de cette galerie.

Jehan l'écoutait parler sans pouvoir s'empêcher de penser qu'il avait peut-être surpris Jod au moment même où le forgeron se préparait à ramasser l'outil qui venait de lui échapper...

« Ce pourrait être lui, songea-t-il. Voilà pourquoi il tient tellement à ce que nous fassions les rondes chacun de notre côté. Il me jette Sigrid en pâture pour m'occuper l'esprit, et pendant ce temps... »

— Il faut s'en aller, chuchota Jod. Laisser le crochet en place et nous mettre en embuscade. Descendez d'un étage, tendez l'oreille : dès que vous percevrez le cliquetis de la serrure malmenée, accourez le plus silencieusement possible. Sigrid sera là. À deux, nous aurons plus de chance d'en venir à bout. Je vais me poster à l'étage du dessus, au sommet de l'escalier, de cette façon si Sigrid inspecte le corridor, elle le trouvera désert. Prêtez bien l'oreille, la voûte devrait vous transmettre l'écho du verrou en train de céder. Nous n'aurons alors que très peu de temps pour intervenir avant qu'elle ne massacre la famille du comte.

Jehan recula à regret, il aurait préféré monter la garde devant l'emplacement supposé de la chambre secrète, pour éviter le pire. Mais Jod avait raison, l'embuscade était le seul moyen d'en finir avec les méfaits de l'armure maudite.

Il descendit à l'étage inférieur et colla sa chandelle sur une marche à l'aide de quelques gouttes de cire.

« Mon Dieu, songea-t-il. Et s'il s'agissait d'une ruse de Jod pour m'éloigner ? Je ronge mon frein ici pendant qu'il force la porte du cachot clandestin. En ce moment même, il se faufile peut-être dans la pièce, la dague à la main... Il égorge la dame du château, ses enfants, en les bâillonnant de la paume pour les empêcher de crier. Ensuite, il lui suffira de se retirer et d'accuser Sigrid... Il m'a dit d'attendre le déclic de la serrure alors qu'il sait très bien que le verrou cédera sans produire aucun bruit et que je resterai là comme un benêt à guetter un cliquetis qui ne viendra pas. »

Jehan sentait la sueur lui couler sur le visage. Il ne savait plus s'il devait attendre ou au contraire bondir, la lame haute, pour faucher Jod avant qu'il ne soit trop tard. La crainte de tout faire rater le retint. Il s'essuyait la face du revers de la main quand un cri de souffrance retentit, suivi d'un autre. Cette fois il s'élança aussi vite que le lui permettait le poids du haubert dont les triples mailles lui battaient les mollets. Il s'était préparé à voir la muraille béante, le réduit clandestin dévoilé, mais l'aspect du couloir n'avait pas changé. C'était à l'étage supérieur qu'on se battait. L'épée brandie devant lui, Montpéril bondit dans l'escalier à vis. Un grand corps gisait en travers des marches, bouchant le passage. Celui de Jod. Le forgeron haletait, la bouche grande ouverte, les yeux fous. Du sang lui coulait de la commissure des lèvres. Ses bras, ses jambes paraissaient repliés de manière impossible, comme si la poigne d'un géant les avait contraints à se courber à l'encontre des lois naturelles. Dès qu'il se pencha sur le blessé, Jehan comprit qu'on l'avait roué à coups de bâton, lui brisant tous les os du corps. Il se rappela ce qu'avait dit le forgeron au sujet de la maladie dont il était affligé. Ses os étaient aussi fragiles que du verre, et l'assassin n'avait même pas eu à frapper très fort pour le mettre dans cet état.

Jehan essaya de lui soulever la tête. Jod laissa échapper un cri de souffrance et cracha du sang. Ses côtes, fracturées en de nombreux points, avaient dû transpercer ses poumons. Il semblait à l'agonie.

— L'armure, haleta-t-il en bavant une mousse rougeâtre. C'était l'armure... Je l'ai vue... Elle était là... elle m'attendait. Je la croyais en bas et elle était derrière moi. Elle m'a arraché le bâton des mains, comme dans mon rêve... Elle m'a battu...

Il toussa. Ses mains brisées enflaient déjà, il ne pouvait même plus les joindre pour prier car chacun de ses membres était cassé en cinq ou six endroits. Un bourreau n'aurait pas mieux fait.

— Le heaume, siffla Jehan. Le heaume était-il ouvert ? Vous m'entendez ? La ventaille était-elle levée ? Avez-vous vu le visage de celui qui portait le casque ?

— Non, balbutia Jod. La... ventaille... baissée... Pas vu... Même pas les yeux dans la fente... L'armure, l'armure noire. C'était elle. Méfiez-vous... Elle va revenir pour vous tuer. C'est Sigrid, j'en suis sûr. Il faut la supprimer. Votre promesse... Tenez votre promesse.

— Vous avez vu l'armure, soit, gronda Jehan. Mais avez-vous identifié Sigrid ? Répondez !

— Non, souffla Jod dont la barbe était maintenant entièrement rougie par le sang qui lui coulait de la bouche. Pas vu... Mais facile à vérifier. *La teinture...* La teinture à l'intérieur de la cuirasse... Vous aurez la preuve...

Il toussa une dernière fois, expulsa un long jet sanglant et rendit l'âme. Jehan avait vu trop de cadavres dans son existence pour s'acharner vainement à ranimer Jod. Délaissant la dépouille fracassée du forgeron, il dévala l'escalier pour retourner à l'étage inférieur. Pendant qu'il recueillait les derniers mots du moribond, Sigrid avait largement eu le temps de regagner sa chambre par l'autre escalier d'angle, puisque chaque portion de corridor était flanquée de deux volées de marches. Jehan ralentit en arrivant à la hauteur des appartements de l'écuyère. Il haletait, la sueur lui dégoulinait des sourcils, lui brûlant les yeux.

L'épée dans la main droite, il tendit la gauche pour tirer le loquet fermant la porte. Contrairement à ce qu'il redoutait, Sigrid n'avait pas fermé le battant au verrou... Soit parce qu'elle n'en avait pas eu le temps, soit parce que son état somnambulique lui avait fait négliger cette précaution.

Il aurait voulu respirer moins fort, le vacarme de ses poumons en déroute lui emplissait les oreilles. Il avait oublié sa chandelle dans l'escalier si bien qu'il dut se contenter de la lumière indirecte de l'unique flambeau éclairant le couloir. Sigrid reposait sur le lit. Elle avait posé ses vêtements sur un coffre, à côté d'une cruche d'eau. Elle dormait nue, comme tout le monde, mais, en raison de la chaleur, elle avait repoussé son édredon, si bien que son corps maigre, musclé, tout en nerfs et tendons, brillait d'un éclat blanc dans la nuit, tout nimbé de transpiration ou de fièvre.

« Elle a couru, songea Jehan. Elle s'est dévêtue

en hâte, a jeté la cuirasse en vrac dans le réduit où le comte l'entrepose, puis est venue se coucher sans même avoir le temps de verrouiller sa porte ou de se recouvrir... »

Dormait-elle ? Faisait-elle semblant ? Jehan n'osait la toucher. Elle respirait difficilement, comme quelqu'un qui a la fièvre... ou qui vient de s'affaler sur son lit après une course éperdue. Le ventre de Sigrid palpitait entre les crêtes osseuses de ses hanches. Et soudain, il vit...

Il vit les macules laissées par la teinture dont Jod avait enduit les pièces de l'armure. Des traces noires à la hauteur des genoux, des coudes, sur le visage aussi. La transe somnambulique n'avait pas permis à la jeune femme de les remarquer et elle n'avait pas essayé de les effacer. Elle s'était laissée tomber sur la paillasse sans savoir qu'elle portait sur la peau l'aveu de son crime.

Jehan retint un gémissement de détresse. Jusqu'au bout, il avait voulu repousser cette éventualité. Jusqu'au bout, il s'était défié de Jod, et voilà que les accusations du forgeron se révélaient exactes.

Sigrid était folle. Chaque fois qu'elle basculait dans le sommeil, une porte s'entrebâillait dans son esprit, et par cette porte sortait Tristan... Le fantôme du petit frère qu'elle croyait abriter en elle. Tristan se servait du corps de sa sœur pour se venger. Sigrid venait de tuer son père à coups de bâton, et, malgré cela, elle continuait à dormir.

Demain, elle s'en prendrait à la famille du comte. Demain, à la prochaine crise de somnambulisme.

Jehan recula. Les marques noires sur la peau blanche l'horrifiaient. Il aurait tout donné pour ne pas les voir. La voix de Jod hurlait dans son esprit, elle disait : « Rappelle-toi ta promesse... Ta promesse... »

Alors il s'enfuit, sans même donner l'alarme. Il passa comme une trombe devant le factionnaire assoupi et dévala la colline pour rejoindre la foire, où le sommeil de l'ivresse avait enfin triomphé des derniers rires. En se hissant dans le chariot il tomba presque dans les bras de Junia qui étouffa un cri de frayeur.

— Que se passe-t-il ? balbutia la femme au masque de porcelaine lorsqu'elle eut allumé un morceau de chandelle. On dirait que tu viens de voir le diable.

— Jod est mort, hoqueta Jehan. Il avait raison. C'est Sigrid... Sigrid...

Et il raconta ce qui venait de se passer. Junia sortit de sa paillasse pour lui mettre entre les mains un gobelet d'un alcool au goût épouvantable qui le fit tousser.

— Alors c'était elle, murmura-t-elle. La réputation de l'armure, tous ces malheurs, ces accidents, ces morts... C'était Sigrid. Depuis le début.

— Elle a des excuses, plaida Jehan. Son père était un monstre, c'est lui qui lui a fait perdre l'esprit.

— Sans doute, dit Junia. Mais cela n'empêche pas qu'elle soit dangereuse. Il faut tenir ta promesse. Tu dois retourner là-bas et la tuer.

— Quoi ?

— Réfléchis, si tu ne le fais pas, demain elle assassinera les enfants du comte, la dame de Trembleterre. Elle ne peut plus s'arrêter. La famille du comte Philippe exterminée, elle recommencera ailleurs, n'importe où, là où l'attirera l'orgueil d'un baron avide de gloire.

Jehan secoua négativement la tête. Junia se pressa contre lui, écrasant ses seins nus sur les anneaux de fer du haubert.

— Tu dois être son bourreau, murmura-t-elle. Toi, au moins, tu ne feras pas souffrir. Tu la libéreras d'un coup sec, pendant qu'elle dort. Pense plutôt à ce que sera son agonie si tu dois la livrer à Philippe de Guignes. Elle expiera dans des souffrances atroces. Tu sais bien que les tourmenteurs aiment s'amuser avec les femmes. Ils ne leur épargnent rien et les dégradent de la plus horrible façon. Ne la laisse pas connaître ça. Va là-bas, tue-la avant qu'elle ne se réveille, de cette manière elle ne verra pas venir le coup. Elle passera dans l'autre monde sans même s'en rendre compte.

— Sans avoir pu se repentir ? fit valoir Montpéril.

— Se repentir de quoi ? riposta Junia. Elle est folle, elle n'était pas réellement responsable de ses actes. Dieu lui pardonnera. Va, le temps presse. Dans quelques heures, les gardes découvriront le cadavre de Jod, l'alerte sera donnée, et tu ne pourras plus te taire. Il te faudra parler, la livrer... Pense à son regard alors. À ses yeux, quand elle te fixera avec horreur et qu'elle sera persuadée que tu mens. Que tu l'accuses faussement. Non, il vaut mieux que tu la supprimes durant son sommeil, ce sera un acte de charité. Ainsi elle n'aura pas l'impression que tu la trahis.

Jehan se passa la main sur le visage. Il savait que Junia avait raison. Les propos qu'elle lui tenait, il se les était tenus un instant auparavant sur le chemin de la foire. Mais la besogne lui semblait abominable. Certes, il avait égorgé bien des hommes durant leur sommeil, mais c'étaient des ennemis, des soldats, des sentinelles endormies. Sigrid n'était rien de tout cela.

Il se redressa, se débarrassa de son épée pour ne conserver que ce long poignard nommé miséricorde à l'aide duquel on trucide les chevaliers tombés à terre et dans l'incapacité de se relever.

— J'y vais, dit-il simplement en se laissant couler hors du chariot. J'espère que nous ne le regretterons pas.

Il s'enfonça dans la nuit, la dague à la main ; les chiens errants occupés à fouiller dans les ordures s'enfuirent à son approche. Il passa devant la sentinelle qui sortait à peine de son assoupissement, gravit lentement l'escalier qui menait aux appartements seigneuriaux. Jamais son haubert ne lui avait paru si lourd, et il comprit qu'il vivait là une épreuve comme une existence d'homme en compte peu. Dans un instant, il allait tuer une innocente qui était également une criminelle parricide. Une femme dont il avait déjà sauvé la vie.

Il se rappela soudain la nuit terrible où il avait tiré Sigrid du cercueil se remplissant de boue, la nuit où elle avait failli se noyer à l'intérieur de l'armure. Dieu ! Comme il aurait mieux fait ce soir-là de ne pas entendre les coups frappés sous la terre !

Il ralentit encore l'allure, espérant n'importe quoi : que Sigrid aurait eu le temps de revêtir le harnais noir et allait l'attaquer là, subitement... Ce serait un dur combat, mais ce serait au moins un *vrai* combat, pas une manipulation d'abattoir.

Hélas, rien de semblable n'arriva, et aucune ombre fantastique ne sortit de la muraille pour l'empêcher de poser la main sur la poignée de la porte.

Il entra.

Sigrid dormait toujours. Elle s'agitait en gémissant sourdement. La sueur collait ses cheveux sur son front. Jehan s'approcha du lit, le poignard levé. La jeune femme reposait sur le dos. Ses paupières entrouvertes laissaient voir ses yeux révulsés. Elle était bien en transe, peut-être même sur le point de se lever pour repartir en chasse.

Jehan posa la pointe de la dague sur l'aréole de son sein gauche. Le fer entama légèrement la peau très blanche qui se mit à saigner. Sigrid ne se réveilla pas. Elle grinçait des dents et ses ongles griffaient la toile du matelas. Elle avait l'air d'une nonnette possédée par le démon.

Jehan leva le bras pour donner de la force au coup qu'il allait porter. Une fois suffirait car la pauvre gosse n'était pas épaisse. Un coup, et la lame lui traverserait la poitrine pour aller s'enfoncer dans la paillasse, la clouant telle une chouette sur la porte d'une grange. Il fallait frapper, maintenant... Maintenant ! Il allait abattre le poing quand Sigrid ouvrit enfin les yeux et le regarda.

— Qu'est-ce... Qu'est-ce que tu fais ? bredouilla-t-elle d'une voix ensommeillée.

Jehan recula ; tout courage l'avait abandonné. Le couteau à la main, il s'enfuit dans le couloir, poursuivi par les interrogations inquiètes de l'écuyère.

Quand il regagna le chariot des montreurs de bêtes, Junia vit tout de suite que la lame du poignard était sèche. Elle se signa et dit :

— En l'épargnant, tu l'as condamnée à la plus horrible des morts, crois-tu qu'elle t'en remerciera quand les pinces du bourreau lui arracheront les seins ?

14

Carnaval de sang

Jehan ne parvint pas à trouver le sommeil. Chaque fois qu'il fermait les yeux, l'image du corps blanc de Sigrid lui traversait l'esprit. Qu'avait-elle cru en le découvrant debout à son chevet ? Était-elle déjà assez réveillée à ce moment-là pour enregistrer l'image du poignard dirigé sur sa poitrine... ou bien n'avait-elle retenu de toute la scène que la présence de Montpéril penché sur elle. Montpéril qui s'était introduit dans sa chambre dans l'espoir de se livrer à quelque jeu amoureux ? Sans doute n'avait-elle pas cherché plus loin. Du crime perpétré sur son père, elle ne conservait aucun souvenir. La transe passée, elle redevenait innocente, incapable de faire le mal.

Jehan s'agitait à l'arrière du chariot. Junia, fauchée par la fatigue, avait fini par succomber au sommeil.

À force de réfléchir, il réussit à élaborer un plan pour sauver Sigrid. Il lui faudrait mentir, il le savait, mais il était en mesure de s'arranger de la chose. Il lui suffisait pour cela de retourner au château et de dire à l'écuyère :

« Je viens de tuer ton père, Jod. Il n'était pas

mort chez les lépreux comme tu l'imaginais, il te suivait à la trace pour s'assurer que tu ne plaçais l'armure qu'entre les mains de chevaliers dignes de ce nom. Comme tes choix ne lui convenaient pas, il se vengeait en frappant ces hommes de guerre dans ce qu'ils avaient de plus cher : leur famille. C'est lui qui commettait tous ces crimes. Je l'ai confondu ce soir. Nous nous sommes battus, il est mort. Tout est fini. À présent, je vais donner l'alarme, et quand tu verras le corps, tu devras te garder d'afficher tes sentiments. Fais comme si tu ne connaissais pas cet homme. Comme si tu ne l'avais jamais vu de ta vie. Personne ne connaît le visage du forgeron qui a créé le harnais noir, tu ne risques donc pas d'être confondue. Le comte s'imaginera que c'est un nouvel assassin dépêché par l'un de ses ennemis, et ne cherchera pas plus loin. Tu vas vendre l'armure à Philippe de Guignes, tu accepteras le prix qu'il t'en offrira sans discuter, et nous partirons sans attendre. Avant qu'il se ravise. Désormais nous ne nous quitterons plus, toi et moi. Acceptes-tu ce pacte ? Réponds vite, car maintenant je dois donner l'alarme avant qu'un serviteur ne découvre le corps de Jod. »

Oui, voilà ce qu'il lui dirait. Il fallait espérer qu'elle se contenterait de cette version des faits et que l'hébétude lui permettrait d'adopter une attitude crédible. C'était la seule ruse qu'il avait été capable d'imaginer pour la sauver du bourreau. Une fois séparée de l'armure, une fois délivrée de la malédiction du harnais de sable, Sigrid redeviendrait peut-être normale. Ce serait à lui de la surveiller comme une enfant, nuit et jour. De s'assurer qu'elle ne retombait pas sous la coupe de ses vieilles hantises... Il essayerait de la détourner du monde des armes, de la forge. De la faire entrer dans l'univers des gens du voyage, des baladins. Junia lui apprendrait à jouer d'un instrument, ou à jongler, ou... n'importe quoi.

Avec le temps, le cauchemar s'éloignerait, la voix haineuse du fantôme de Tristan cesserait de résonner dans l'esprit troublé de la jeune femme. Elle réapprendrait la paix, elle recommencerait à vivre. Oui, c'était l'unique solution, car elle ne méritait pas d'être punie, de subir l'horrible justice des seigneurs.

Mais voilà, accepterait-elle de se séparer de l'armure noire ? C'était le seul point faible de la machination. Sigrid ne risquait-elle pas de s'accrocher au harnais de guerre, quelle que soit l'offre de Philippe de Guignes ? Ne vivrait-elle pas cette séparation comme un arrachement intolérable ?

Jehan se glissa hors du chariot en essayant de ne pas éveiller Junia. Il lui fallait faire vite, l'aube n'allait plus tarder à se lever. Tout dépendrait de l'éloquence qu'il serait en mesure de déployer, et c'était là malheureusement un terrain sur lequel il ne se révélait pas des plus habiles. Il courut presque jusqu'au château, l'esprit enfiévré. Si Sigrid lui demandait pourquoi elle l'avait surpris au-dessus de sa couche le poignard à la main, il répondrait :

« Je venais de tuer ton père et je n'osais pas te l'avouer. J'ai pris la fuite, par lâcheté. Mais tu ne dois pas avoir de peine, Jod était fou. Il te faut oublier tout cela désormais et apprendre à vivre normalement. Nous t'y aiderons, Junia et moi, tu seras comme notre fille... »

Oui, c'était bien. Cela pouvait faire illusion. Il

espérait que le comte Philippe ne s'étonnerait pas trop du grand âge de l'assassin... ni de la manière plutôt étrange dont Jehan était censé l'avoir tué. Un chevalier ne supprime pas ses adversaires à coups de bâton !

« Je prétendrai qu'il a perdu l'équilibre et qu'il s'est rompu les membres en dévalant l'escalier, songea Montpéril. Ce qu'il faut éviter par-dessus tout, c'est que Sigrid pousse un cri et devienne pâle comme la mort en découvrant le visage du cadavre. »

Quand il atteignit le château, il avait repris espoir et pensait son stratagème promis à la réussite. Il déchanta en découvrant la cour envahie par les hommes d'armes qui brandissaient des torches. Une atmosphère de grande alarme régnait dans les couloirs, dont on avait ranimé tous les flambeaux. Il se précipita. Peut-être n'était-il pas encore trop tard pour revendiquer la mort de Jod ? Si l'on n'avait pas encore réveillé Philippe, il pourrait prétendre être sorti faire une ronde pour s'assurer que l'assassin n'avait pas de complice, ou encore...

Il crut que son cœur s'arrêtait quand il arriva en haut des marches. Deux soldats avaient forcé la porte de la chambre de Sigrid et, après avoir contraint la jeune femme à revêtir une chemise, l'avaient chargée de chaînes, lui entravant mains et pieds. Philippe de Guignes surveillait l'opération d'un œil sombre. Le cadavre de Jod reposait sur les dalles, enveloppé dans sa cape, sa longue barbe teinte en rouge par le sang.

— Que se passe-t-il ? lança Jehan. Pourquoi vos hommes s'en prennent-ils à l'écuyer ?

— Allons, coupa le comte. Épargnez-moi de nouveaux mensonges, chevalier. Ne jouez pas les innocents. Vous saviez depuis le début que ce charmant damoiseau était en réalité une catin travestie. Ne gâchez pas votre salive en pure perte. Je sais également qu'elle est folle, vicieuse, criminelle et parricide.

Plongeant la main dans l'échancrure de sa chemise, il en tira un parchemin plié en quatre que sa sueur avait ramolli.

— Tout est consigné là-dedans, gronda-t-il. Je l'ai trouvé en me réveillant, quelqu'un l'avait glissé sous la porte de ma chambre. Mon chapelain me l'a lu. C'est là un conte bien instructif. Il s'agit de la confession de Jod le forgeron, un récit terrible qu'il a rédigé de sa main parce qu'il sentait la mort se rapprocher... et qu'il n'avait guère confiance en vous.

Jehan se figea, les yeux fixés sur la missive couverte de signes baveux qu'il était incapable de déchiffrer. Le comte fit signe au chapelain de s'approcher et de relire à haute voix le contenu de la lettre. Le petit homme se mit à ânonner d'une voix hésitante :

— « Moi, Jod le forgeron, créateur de la cuirasse connue sous le nom de harnais de sable, vous fais cette missive en grande hâte car un rêve m'a annoncé ma mort prochaine, et je sais que cette nuit sera pour moi la dernière. Je ne puis accepter de partir dans l'autre monde sans vous mettre en garde contre ce qui se trame dans votre maison. Le chevalier de Montpéril, à qui j'ai révélé toute la vérité sur les prétendus agissements diaboliques de l'armure, semble en effet peu disposé à rendre l'accusation publique, et cherche à mon avis d'inutiles excuses au coupable... »

Le chapelain continua ainsi un long moment,

faisant parfois la grimace quand l'orthographe du forgeron devenait par trop approximative. Jehan serrait les dents. Jod avait employé ses dernières heures à rédiger une sorte de testament dans lequel il dévoilait tout : le sexe de Sigrid, sa folie, ses motivations, et le stratagème de la teinture par lequel il espérait la confondre.

« Je ne sais, concluait-il, si j'aurai véritablement la force de la tuer lorsque nous nous trouverons face à face, car elle est tout de même la chair de ma chair, et, quoi qu'on pense, je n'ai point coutume et usement d'enlever la vie à mes enfants. Il se peut fort qu'elle m'occisse dans la folie du sommeil. C'est pour cela que j'écris cette missive et prends l'audace de la glisser sous votre porte. Le chevalier de Montpéril est brave et droit, mais les charmes de ma fille l'ont ensorcelé, et je sais qu'il s'obstinera à rester aveugle, même si on lui met les preuves sous le nez. Si ce message est entre vos mains, seigneur comte, c'est que je suis mort, assassiné par Sigrid, à qui j'ai jadis donné la vie, et dès lors, l'œuvre de justice vous appartient. »

Jehan avait la bouche sèche. La confession était accablante. Il eut une bouffée de haine envers Jod. Le forgeron avait triché. Il n'avait soufflé mot de son ultime précaution, sa lettre réduisait à néant le stratagème que le routier comptait mettre en place.

— Alors ? tonna Philippe. Contesterez-vous les aveux d'un mourant pour sauver une bougresse qui se déguisait en homme pour duper son monde ?

Sigrid avait écouté la lecture de la confession dans un état de stupeur totale. La bouche ouverte, les yeux dilatés, elle offrait un tableau effrayant.

Quand elle voulut parler, ses dents s'entrechoquèrent avec violence, rendant ses paroles inaudibles. Elle était tombée à genoux, là où l'avaient jetée les soldats, et semblait privée de forces. Son regard ne parvenait pas à se détacher du cadavre de Jod étendu dans le couloir. Cette vision semblait lui avoir fait perdre l'esprit, ou du moins l'avoir plongée dans une confusion extrême.

Philippe de Guignes s'approcha d'elle en quelques enjambées et déchira la chemise dont la jeune femme avait été revêtue à la hâte, démasquant ses seins menus.

Le chapelain se signa et détourna la tête pour échapper à ce spectacle insoutenable qui offensait sa pudeur.

— Une catin déguisée en homme, gronda Philippe. Regarde, Montpéril. Les marques de teinture sont là, sur sa peau. Elle n'a même pas songé à les nettoyer. C'est elle qui revêtait l'armure pour hanter les couloirs. Comment n'y avons-nous pas songé plus tôt ? Qui, mieux qu'elle, possédait la science des ressorts commandant la cuirasse ? Voilà pourquoi elle était en mesure de s'habiller et de se déshabiller aussi prestement. Nous avons été sots.

Jehan, à court d'argument, tenta une dernière manœuvre :

— La croyez-vous réellement assez forte pour promener le harnais de fer à travers tout le château ? Regardez-la, elle n'a que la peau sur les os...

— Tu ne me convaincras pas de cette manière, ricana le comte. Je connais ces maladies frénétiques, je sais que les fous voient leurs forces décuplées lorsqu'ils entrent en crise. N'importe quel fisicien te le confirmera.

— Qu'allez-vous lui faire ? balbutia Jehan.

— Elle sera étranglée demain, dans la grande cour du château, par mon bourreau, énonça Philippe de Guignes. Car on ne peut laisser vivre de pareils monstres. En dédommagement des tracas endurés, je confisque l'armure noire qui dès lors m'appartient.

Il fit un geste à l'intention des gardes ; ceux-ci soulevèrent Sigrid par les aisselles pour l'emmener dans les caves du château. La jeune femme ne chercha même pas à se défendre, elle semblait ne plus savoir où elle se trouvait. Les soldats durent la porter dans les escaliers car elle n'avait pas la force de se tenir sur ses jambes.

— Voilà donc la fin de cette détestable affaire, conclut Philippe. On ne peut pas dire que vous y aurez grandement brillé par votre esprit de déduction, Montpéril. J'en ai assez de vous voir traîner dans ma maison à toute heure du jour et de la nuit, aussi apprécierai-je que vous leviez le camp le plus vite possible, vous et vos amis baladins. Nous ne sommes décidément pas du même sang et nos goûts n'ont rien de commun.

Sur ce, il se détourna, plantant Jehan au milieu du couloir.

— Qu'on vide le château ! ordonna-t-il d'une voix tonnante. Je veux maintenant libérer ma famille. Sortez tous !

Jehan comprit que le comte ne tenait pas à ce qu'on découvre la localisation de la chambre secrète, et il dut se résoudre à battre en retraite au milieu de la cohorte des valets mal réveillés. Il avait la rage au cœur et se maudissait d'avoir été berné par Jod. Sans la lettre du vieillard, il aurait eu une chance de sauver Sigrid ; à présent tout était perdu. La jeune femme serait étranglée dans la cour du château sans qu'il puisse rien faire pour elle. Il avait déjà assisté à de telles exécutions. Le supplicié était attaché à un poteau, le bourreau lui passait alors au cou une corde nouée autour d'un bâton faisant office de tourniquet. Le géhenneur n'avait plus alors qu'à tourner ce bâton à deux mains, jusqu'à ce que la corde rétrécisse au point d'écraser la gorge du condamné. Certains tourmenteurs serraient avec tant de force qu'on entendait craquer les cartilages du cou à cent pas de l'échafaud. C'était une horrible façon de mourir, surtout si le bourreau prenait son temps et s'amusait à prolonger l'agonie du malheureux. La pression du sang était telle qu'une langue énorme jaillissait de la bouche du condamné et que ses yeux devenaient entièrement rouges à cause des vaisseaux éclatés. Pour une femme, on ne pouvait imaginer plus hideuse manière de trépasser, car le cadavre une fois libéré du garrot, le visage restait violacé et dilaté comme une citrouille.

Quand toute la valetaille fut rassemblée dans la grand-cour le comte fit verrouiller les portes et resta seul dans le castel. On attendit en silence mais les regards trahissaient un réel soulagement car l'on savait désormais que l'armure n'était point ensorcelée et qu'il n'y aurait plus de crimes au château. La porte du donjon s'ouvrit enfin : le comte ordonna aux servantes d'accourir pour soutenir les malheureux qui émergeaient du réduit clandestin. La dame de Guignes apparut, suivie de ses trois fils. Tous étaient très pâles et portaient un bandeau sur les yeux car, après une si longue réclusion dans les ténèbres, la lumière du soleil aurait pu les aveugler définitivement. Les enfants faisaient peine à voir, amaigris, hagards, ils s'accrochaient à la robe de leur mère en gémissant qu'ils avaient faim et soif. On les fit asseoir sur un banc et l'on glissa entre leurs lèvres de la mie de pain trempée dans du lait. Il était manifeste qu'ils n'auraient pu supporter une plus longue réclusion sans mourir d'inanition et qu'ils mettraient de toute façon un bon moment à recouvrer leurs forces.

— Écartez-vous ! gronda le comte. Ne voyez-vous pas qu'ils ont besoin d'air ?

Son épouse, fort dolente, se laissait aller contre lui. Elle avait la peau couleur de navet. Les servantes se mirent à pleurer, affligées par l'aspect de leur maîtresse. Certaines s'agenouillèrent pour prier. Les valets crièrent que c'était là grande pitié et qu'il faudrait bien punir la coupable. Philippe de Guignes les fit taire et leur ordonna de se mettre au service du bourreau pour dresser l'échafaud au cours de la nuit.

— Demain, au chant du coq, la meurtrière aura craché sa vilaine âme avec son dernier souffle, cria-t-il. Demain.

Jehan tourna les talons et franchit la porte du château, vaincu.

Il ne pouvait plus rien pour Sigrid, même s'il restait convaincu qu'elle n'était pas réellement coupable des crimes que sa folie lui avait fait commettre. Le comte avait droit de haute et basse justice sur ses terres, il n'avait aucunement l'obligation d'avoir recours à un quelconque tribunal pour juger une telle affaire. Après tout, Sigrid était de vile extraction, sa vie ne pesait pas plus lourd que celle d'un braconnier.

« Et, comme si ce n'était pas assez, songea le

routier en cheminant tristement, cette canaille de Philippe n'hésite pas à confisquer l'armure. Le voilà donc propriétaire d'une cuirasse fabuleuse qui ne lui aura rien coûté. La peste l'emporte ! »

Le champ de foire était en ébullition car la nouvelle avait déjà transpiré, colportée par les marmitons du château. Le monstre était pris au collet ! Il n'y avait plus rien à craindre. C'était Martin, l'écuyer, celui-là même qui depuis toutes ces années allait de foire en foire présenter l'armure. En réalité, c'était une femme, une sorcière couverte de taches noires, partout là où le diable l'avait baisée. Elle commandait à l'armure au moyen d'incantations magiques, faisant bouger le vêtement de fer à distance, telle une marionnette... Mais c'était fini maintenant. On allait l'étrangler avec une bonne corde de chanvre et ses yeux éclateraient sous la pression comme des grains de raisin qu'on écrase entre le pouce et l'index. Vrai, elle aurait l'air moins faraude, la garce, quand la langue lui sortirait d'entre les dents, grosse limace violette sur laquelle se colleraient aussitôt les mouches.

Jehan aurait voulu se boucher les oreilles. Il désirait partir au plus vite, ne pas s'attarder sur ce lieu de malheur. Quand il atteignit la baraque des montreurs de bêtes, Junia se jeta dans ses bras, et son masque de porcelaine tinta contre les mailles d'acier du haubert.

— Je sais tout, murmura-t-elle. Ne dis rien. La rumeur s'est propagée de bouche en bouche. J'ai prié pour que la colère du comte ne se retourne pas contre toi. J'étais morte d'inquiétude à l'idée qu'il pourrait avoir la tentation de t'accuser de complicité.

Comme Jehan ne répondait rien, elle l'étreignit avec plus de vigueur encore.

— Tu n'as rien à te reprocher, martela-t-elle. Tu as fait ce que tu as pu. Sigrid est folle, elle a tué maintes et maintes fois. On ne peut la laisser continuer à sa guise. Elle était comme envoûtée par cette armure, jamais elle ne se serait décidée à la vendre, tu le sais bien.

— Je sais, soupira Jehan, mais j'aurais voulu l'aider.

— Il faut partir, maintenant, insista Junia. Prendre la route avant que le comte se rappelle notre existence. On ne sait jamais avec les riches. Il pourrait t'accuser de l'avoir berné... Viens. Il faut démonter l'estrade, le chapiteau. Entasser les bêtes dans le chariot et ficher le camp sans demander notre reste. Tu vas m'aider, je suis toute seule. Ursus n'est plus là, et les gnomes sont trop petits pour être véritablement efficaces.

Jehan accepta, se débarrassa de son haubert et, torse nu, entreprit de vider le chapiteau des lézards empaillés qui s'y trouvaient entassés. Pendant ce temps Junia, aidée de Zupo, Zipo, Zapo et Zepo, décrochait les guirlandes et les masques suspendus autour de l'estrade.

Jehan besognait rudement, mais le capharnaüm du chariot le submergeait et il ne savait comment ordonner le bric-à-brac des baladins. C'est alors qu'il essayait de faire de la place que la chose se passa.

Un coffre en bois, posé sur un monticule de ballots, bascula soudain. Si le routier n'avait pas fourragé comme un sanglier au milieu des paquets, l'accident ne serait jamais arrivé, mais — hélas ! — il se produisit. Le coffre culbuta par-dessus les ridelles, et, comme il était vermoulu, le couvercle se détacha des charnières et du cadenas qui le tenaient fermé. Son contenu se répandit dans l'herbe, et Jehan crut que la foudre lui entrait au sommet du crâne pour lui ressortir par la plante des pieds.

Ce qui se trouvait à présent éparpillé sur le sol, c'était l'armure noire, en pièces détachées... ou du moins sa reproduction dans ce qui semblait être une sorte de carton enduit de plâtre, cette matière que les comédiens utilisent pour fabriquer les décors et les accessoires de leurs représentations. Tout était là : le heaume, le corset, la pansière, les cuissardes, reproduits avec une perfection de moulage et de couleur qui laissait pantois. C'était bien le harnais de sable, son exacte copie effectuée dans une matière légère comme la plume.

Jehan s'arracha à sa stupeur et sauta à terre. Dès qu'il eut le heaume entre les mains, il comprit qu'il avait vu juste. C'était bien du carton bouilli, celui dont on tirait les masques de carnaval. La fausse armure ne faisait nullement illusion quand on avait le nez dessus, mais, dans l'obscurité d'une chambre ou d'un couloir, on pouvait parfaitement la prendre pour la vraie. Celle-ci avait été rafistolée à plusieurs reprises, probablement parce qu'elle avait souffert des déambulations auxquelles on l'avait soumise. Les raccords de peinture étaient visibles à la surface des différentes pièces. Tout cet attirail s'assemblait au moyen de banales ficelles et ne pesait presque rien. Déguisé de la sorte, on pouvait courir sans se trouver le moins du monde ralenti par le poids de la cuirasse. L'armure tout entière était facile à cacher à l'intérieur d'un sac, sac qu'un vieillard sans force aurait aisément jeté sur son épaule.

« Comme j'ai été stupide, songea Jehan. Jamais je n'ai pensé qu'il pouvait y avoir deux cuirasses... La vraie, que seul Philippe était en mesure d'endosser, et la fausse, dont n'importe qui pouvait s'affubler. Voilà pourquoi l'assassin était capable de s'enfuir au pas de course quand je le surprenais. Sa carapace de carnaval ne risquait pas de le ralentir, tandis que moi, je pataugeais, empêtré dans mon haubert. »

Il avait les mains à la fois moites et glacées, ses oreilles bourdonnaient sous l'afflux du sang pulsant à ses tempes.

Qui avait fabriqué ce doublon du harnais de sable ? Un habitué des décors, pour sûr. Un baladin rompu à la confection des masques. Ramassant le heaume de carton, il se dirigea vers le chapiteau où Junia entassait fébrilement les lézards du bout du monde. Elle se retourna en l'entendant s'approcher et poussa un soupir rauque à la vue du casque de carton. Un halètement de bête touchée à mort par l'épieu du chasseur.

— Alors c'était bien toi, n'est-ce pas ? murmura Jehan avec lassitude. Bézélius ne mentait pas. C'est toi qui espérais te venger de l'humiliation infligée par les barons... Voilà pourquoi tu tenais tant à me convaincre de la culpabilité de Sigrid. Tu t'effrayais de voir l'enquête progresser. Tu avais trop misé sur la peur superstitieuse inspirée par l'armure, tu espérais qu'on se contenterait de cette explication. Hélas, le comte s'obstinait à ne pas croire au diable. Il te fallait dès lors un coupable de rechange. N'importe qui. Bézélius ou

Sigrid, l'un ou l'autre faisait l'affaire. Tout ce qui comptait, c'est qu'on arrête de chercher.

Junia serrait les poings à s'en blanchir les phalanges. Jehan eut la conviction qu'elle s'était enfoncé les ongles dans la chair des paumes jusqu'à se faire saigner.

— Oui, souffla-t-elle. Tu as raison. C'était moi. Je les ai tous tués. Mais je ne me suis pas donnée à toi par calcul. Je t'aime vraiment. Je ne chercherai pas à me défendre puisque tu as tout deviné. Il fallait qu'ils payent, tu le sais bien, ils t'ont assez humilié toi aussi. Ne me dis pas que ton cœur pleure à l'idée de leur mort, je ne te croirais pas.

— Tu as tué des enfants, soupira Jehan. Tu as battu Jod au point de lui briser tous les os du corps... Tu savais tout de nos plans puisque j'étais assez bête pour te les raconter. Il te suffisait de nous suivre et de t'affubler de ce déguisement.

— Pourquoi ressasser tout cela ? fit Junia avec un haussement d'épaules. Que décides-tu ? Tu veux me livrer à la justice du comte pour sauver Sigrid, c'est ça ?

— Elle est innocente, lança Jehan, et ils vont l'étrangler demain matin.

— Alors tu me préfères cette garce, siffla Junia. Mais c'est vrai qu'elle est plus jeune et sûrement plus jolie que moi... Elle n'a pas de mal ! Ah, tu hésites encore à me livrer, je le vois bien. Veux-tu que je t'aide ? Tiens, j'ai une idée, je vais enlever mon masque pour que tu puisses bien prendre conscience de ma laideur. Après cela, tu n'auras plus aucun scrupule. Une femme défigurée inspire rarement la pitié. Tu pousseras même un soupir de soulagement en songeant à l'erreur que tu aurais pu commettre en t'amourachant de moi.

Attends, ce ne sera pas long, juste une lanière à dénouer... Regarde, Montpéril, le monstre va apparaître !

Jehan voulut faire un pas pour l'en empêcher, mais au même instant une douleur terrible lui coupa la respiration. Il se cambra en battant des bras. La souffrance était là, bien fichée en lui, à la fois brûlante comme la fièvre et glacée comme le fer.

Il suffoqua. Il savait ce qui venait de lui arriver. Quelqu'un s'était approché par-derrière pour lui enfoncer un couteau entre les omoplates. Quelqu'un qu'il n'avait pas entendu venir. Quelqu'un qui venait de l'assassiner. Il perdit l'équilibre et tomba face contre terre dans la poussière mêlée de paille tandis que Junia criait à son agresseur :

— *Non,* il ne fallait pas...

15

Le masque qui pleure

Jehan rêvait qu'un bûcheron lui enfonçait une cognée chauffée à blanc entre les omoplates. La douleur l'empêchait presque de respirer. C'est en suffoquant qu'il ouvrit les yeux. Il lui fallut un moment pour comprendre qu'il était couché dans la boue d'un fossé, à demi nu, et qu'il avait perdu beaucoup de sang. Il rampa, les dents serrées. On l'avait probablement jeté du haut du chariot, ses os gardaient le souvenir du choc encaissé lorsqu'il avait touché le sol. Il se sentait faible, la tête lui tournait et il était dans un état de saleté indescriptible. Il parvint à se traîner à quatre pattes jusqu'au milieu de la route. À travers la brume de la fièvre, il distingua le château de Trembleterre, au loin. Il en déduisit que Junia l'avait chargé dans la voiture après qu'on l'eut poignardé, et qu'elle s'était débarrassée de son corps au milieu de la plaine. À la position du soleil, il estima qu'on était au début de l'après-midi ; regagner le château allait lui demander beaucoup de temps, de souffrance. Il s'agenouilla pour tenter d'examiner sa blessure du bout des doigts. Elle lui parut longue mais point trop profonde, la lame du couteau ayant été arrêtée par l'omoplate. Quoi qu'il en soit, il avait beaucoup saigné, ses chausses avaient pris une apparence croûteuse, brune.

Il se posta en travers du chemin et essaya d'arrêter plusieurs charrettes chargées de paysans montant à la foire, mais la vue de ce personnage boueux, sanglant, qui titubait au milieu du passage, effrayait les voyageurs, et ceux-ci le repoussaient à coups de fouet chaque fois qu'il essayait de saisir les rênes d'un mulet. Il lui fallut faire une bonne partie du chemin à pied. Un moine quêteur le soutint toutefois jusqu'aux abords de la foire où il put enfin se faire reconnaître par l'un des soldats du comte.

— Emmène-moi chez ton maître, lui souffla Jehan dont les forces s'amenuisaient. J'ai une importante révélation à lui faire.

Le garde hésita, car il savait le chevalier en disgrâce et ne tenait pas à encourir les foudres du comte pour avoir ramené un indésirable au château. Toutefois, à la vue de la blessure béante, il se laissa fléchir et escorta Jehan à travers la foule. Au passage, le routier remarqua que l'emplacement des montreurs de bêtes était désormais vide. Junia avait bel et bien pris la fuite en compagnie des enfants gnomes.

« Ce sont eux qui m'ont poignardé, songea-t-il avec amertume. Comme le coup de couteau venait d'en haut, j'ai cru sur l'instant qu'il était donné par un homme, mais je me trompais. Deux de ces fichues gargouilles se faisaient probablement la courte échelle dans mon dos, ce qui leur a permis de me frapper à bonne hauteur. »

Zipo, Zupo, Zepo, Zapo... il s'était tellement habitué à les voir courir en tous sens qu'il avait fini par ne plus leur prêter attention. Muets, débiles, plus faibles qu'un agneau qui vient de naître, il les avait toujours considérés comme des infirmes ayant à peine la force de se tenir debout. Ah ! Ils l'avaient bien dupé. Ils devaient être tout dévoués à Junia qu'ils considéraient sans doute comme leur mère. À l'idée qu'on puisse l'arrêter, ils avaient perdu la tête. Quatre enfants, quatre malheureux, laids à faire peur, et qui tremblaient de se retrouver de nouveau seuls sur les routes, mourant de faim.

« Ils ont bien failli me percer de part en part, grommela Jehan. »

Arrivé aux cuisines, il se fit reconnaître et demanda de l'eau pour se débarbouiller. Pendant qu'il reprenait visage humain, il envoya un valet quérir le comte. Philippe de Guignes arriva enfin, courroucé, prêt à mander la garde pour mettre l'importun hors des murs. La vue du sang, de l'entaille, le calma sur-le-champ.

— Hé bien, grogna-t-il, vous voilà vilainement arrangé. Qui vous a fait cette plaie, chevalier ?

— Le véritable assassin, souffla Jehan. Et, comme vous vous en doutez, il ne s'agit pas de la pauvre Sigrid que vous tenez enfermée dans vos cachots en ce moment même.

— Qui alors ? aboya Philippe.

Et Jehan, la gorge nouée par la tristesse, se résigna à prononcer le nom de Junia. Il lui répugnait d'en arriver là, mais il ne pouvait se résoudre à laisser périr une innocente.

— Cette femme masquée ? s'étonna le comte. Allons, vous voulez rire, quelles raisons aurait-elle de m'en vouloir à mort ?

Jehan dut lui raconter le triste épisode de la

trobairitz défigurée essayant de dissimuler sa laideur sous une épaisse couche de fard, et ce qui s'était ensuivi. Philippe haussa les épaules.

— J'en garde un souvenir bien confus, avoua-t-il. C'était il y a plusieurs années, ce me semble... Oui, oui, cela me revient. Une trouvère d'une laideur offensante, un bien vilain museau. Mes enfants ont dû la chasser en la lapidant avec des trognons de pommes et des os de poulet, rien de bien méchant. Et ce serait cet outrage qu'elle s'appliquerait à laver dans le sang ?

Il éclata d'un gros rire qui fit frissonner les servantes.

— Tu divagues, compagnon, lâcha-t-il d'un ton goguenard. La fable est énorme et manque de finesse. Je crois plutôt que tu tentes le tout pour le tout dans l'espoir de sauver l'écuyère sur laquelle j'ai mis la main. Ne te serais-tu pas infligé cette blessure toi-même ? Elle est spectaculaire mais point trop grave, et elle ne doit pas te navrer à l'excès. Qu'espères-tu ? M'échanger ta femme masquée contre Sigrid, la fille du forgeron ? Il n'en est pas question. Je tiens ma coupable, je la garde. Et demain, à l'aube, je la regarderai tirer la langue sous les mains du bourreau, toutes tes manigances ne changeront rien à cela. À présent disparais, je t'ai assez vu ici. Je vais veiller à ce qu'on te donne un cheval — le plus vieux de l'écurie — pour te permettre de quitter mes terres le plus vite possible. Sur ce, je te dis bon vent et je retourne auprès de ma famille qui est fort dolente.

Il s'en alla. Jehan dut se résoudre à vider les lieux. À l'écurie, un vieux palefrenier consentit à lui faire offrande d'une chemise usée jusqu'à la trame et d'une rosse cagneuse qui, ayant attrapé la morve dans quelque mangeoire mal tenue, n'allait pas tarder à trépasser. C'est en ce piteux équipage que Jehan de Montpéril quitta le château de Trembleterre et remonta la foire sous les quolibets, pour gagner la plaine.

Son idée consistait à se lancer à la poursuite de Junia, à la rattraper et à la convaincre de se livrer à la justice du comte pour sauver Sigrid d'une mort injuste. Il doutait d'y parvenir à temps. À cette heure, le chariot des baladins devait cahoter à des lieues de là ; jamais il ne pourrait le rejoindre avant l'aube, surtout monté sur un pareil roncin.

Il traversa la lande à une lenteur insupportable. Le cheval ne répondait nullement aux coups d'éperons ; quant à Jehan, il continuait à sentir le sang lui couler au creux des reins. Seule une bonne cautérisation aurait pu endiguer le suintement mais il n'avait plus ni épée ni poignard à mettre au feu.

La nuit tombait quand il aperçut une lueur entre les arbres, droit devant, là où la lande cédait la place à la forêt. Un espoir l'assaillit. Et si Junia avait été forcée de s'arrêter ? Elle avait pu casser un essieu, une roue... et sa fuite s'en était trouvée interrompue. Mais non ! C'était idiot, le hasard ne pouvait être à ce point propice.

Pourtant, au moment où il s'engageait sous le couvert, Jehan reconnut bel et bien le chariot de la femme au masque de porcelaine. Il était intact et cependant immobile, sans qu'on puisse déterminer ce qui avait contraint les fuyards à s'arrêter en si bon chemin. Jehan se laissa couler à terre, ramassa un bâton, et marcha doucement vers la lueur du bivouac. Il tenait son gourdin à l'horizontale, pour se garder de l'approche des gnomes. Il était trop faible pour encaisser un autre coup de couteau.

Quand il franchit la lisière du halo lumineux dessiné par les flammes, Zupo, Zipo, Zapo et Zepo poussèrent en chœur un gémissement de terreur et se pelotonnèrent les uns contre les autres. Jehan les menaça de son bâton. Le doute l'assaillit aussitôt. Comment ces pauvres créatures auraient-elles pu avoir l'audace de le frapper ? Il divaguait. Ce n'étaient que des gosses âgés de six ou sept ans, de vilains marmots débiles, sans muscles et sans force, à peine capables de trouver leur bouche pour y enfourner la soupe claire dont on les nourrissait.

Non, tout cela ne tenait pas debout. Il y avait autre chose...

Mais si les gnomes n'avaient pas attenté à sa vie, qui dans ce cas avait tenu le couteau ? *Qui ?*

Junia était accroupie auprès du maigre brasier, le dos contre une souche. Elle ne tourna pas la tête quand Jehan s'approcha. Elle semblait grelotter de froid, comme si l'on s'était trouvé en plein cœur de l'hiver. Les flammes du feu de camp projetaient leurs reflets sur le masque de porcelaine que mouillait la rosée du soir.

— Je t'ai vu venir, dit-elle doucement. Je suis heureuse que tu ne sois pas mort. Je ne voulais pas t'abandonner. Tout ce qui est arrivé ne change rien à mes sentiments pour toi.

Jehan s'agenouilla auprès d'elle. Le sang coulait le long de son échine, sa chemise gluante lui collait à la peau. Il se sentait très faible, incapable de se défendre. Il songea qu'il avait été fou de se lancer à la poursuite du chariot : si on l'attaquait maintenant, il n'aurait même pas la force de lever le bras pour repousser son assaillant.

— J'ai besoin de savoir, murmura-t-il. Ce n'est pas toi la coupable, n'est-ce pas ? Tout à l'heure, quand j'ai découvert l'armure de carton, tu t'es accusée pour protéger quelqu'un d'autre, j'en ai maintenant la certitude. J'ai cru que les gnomes m'avaient poignardé en se faisant la courte échelle, mais il suffit de les regarder pour s'apercevoir qu'ils sont parfaitement incapables d'un tel geste. Alors, qui est derrière tout ça ?

— C'est vrai, avoua Junia. J'ai lutté le plus longtemps possible mais je suis à bout, je ne peux plus me taire, tout cela est trop lourd pour moi. Il y a eu trop de sang versé. J'ai perdu le contrôle des événements...

Elle se tourna pour lui faire face.

— Sais-tu qui je suis ? demanda-t-elle d'une voix lasse. Qui je suis vraiment ? Mon nom est Jacotte... J'étais la nourrice du fils de Jod, celui que Sigrid s'obstine à nommer Tristan. L'enfant que le forgeron a mis à cuire dans le ventre de l'armure la nuit où il a réclamé l'aide des dieux barbares pour parvenir à ses fins.

— Jacotte... répéta stupidement Jehan.

— Oh, reprit la femme au masque de porcelaine, ce nom ne te dit sûrement pas grand-chose, et Sigrid ne t'a peut-être même pas parlé de moi. C'est vrai qu'elle accordait peu d'attention à ma présence, je n'étais pour elle qu'une servante parmi tant d'autres, une fille à peine plus âgée qu'elle et qui finirait par s'enfuir quand elle aurait trop peur des extravagances du forgeron. Nous ne nous parlions guère, elle était toute dévouée à son père et se rendait à peine compte qu'elle avait un frère que personne ne s'était soucié de baptiser. C'était une adolescente bizarre, farouche, qui avait fini par oublier son véritable sexe et se prenait pour un garçon. Tout cela est si loin. Ah ! comme j'ai maudit le hasard qui vous a jetés dans nos bras au pied de la cascade. J'aurais tellement voulu ne plus jamais croiser le chemin de cette fille. Si Sigrid était morte noyée ce jour-là, rien ne serait peut-être arrivé. L'armure serait restée au fond de la rivière, elle aurait rouillé. La malédiction aurait fini là. Sans le harnais de guerre, plus rien n'était possible... Ne me regarde pas comme si j'avais perdu l'esprit. Mes paroles ont un sens qui t'échappe encore mais elles pèsent leur poids de vérité.

Jehan prit la main de Junia.

— Que s'est-il réellement passé le soir du sacrifice ? interrogea-t-il. La nuit où Jod a jeté son fils dans les flammes ?

— Oh, tu veux parler de cela, chuchota Junia. Tu as peut-être raison, c'est vrai que tout est parti de là. Malgré toutes ces années, j'éprouve encore de la répugnance à me le rappeler. J'étais pétrifiée de terreur, voilà tout. Je voyais bien que Jod avait perdu la raison, mais j'avais trop peur de lui pour m'enfuir avec le bébé. Quand il est venu l'arracher de mes bras j'ai cru devenir folle. Sigrid a essayé de s'interposer mais son père l'a à demi assommée, et elle a glissé à terre sans connaissance. Je n'osais plus bouger. Je savais que Jod me tuerait si je tentais quelque chose. C'était atroce. Il a mis le bébé dans la cuirasse et a poussé l'armure au-dessus des braises. Tout de suite l'enfant a commencé à hurler de souffrance. Jod s'est bouché les oreilles, mais les cris du petit lui traversaient le crâne. Il n'a pas pu y résister... Il s'est enfui en titubant, est sorti de la grotte et s'est mis à courir à travers la montagne en vociférant comme un possédé dans son dialecte germanique. Je me suis retrouvée seule dans la grotte, avec le petit qui hoquetait de douleur et Sigrid évanouie, dont le crâne s'ornait d'une énorme bosse. J'ai cédé à une impulsion. J'ai bondi vers la forge, j'ai mis les gants de cuir de Jod et j'ai retiré l'armure des braises. L'enfant était horriblement brûlé mais encore vivant. Je l'ai enveloppé dans un linge, je l'ai caché dans les buissons. Puis j'ai rassemblé les ossements d'un agnelet que nous avions mangé la semaine précédente et qui se trouvaient enterrés à quelque distance de la caverne... J'en ai rempli la cuirasse, j'y ai ajouté toute notre réserve de viande, puis j'ai attisé le feu pour que cette carcasse en vrac se consume le plus vite possible. L'odeur était abominable. L'armure a viré au rouge, la fumée de la crémation lui sortait par la ventaille ; on avait l'impression que tous les feux de l'enfer lui bouillonnaient dans le ventre.

— Et l'enfant ?

— Il ne criait plus, il avait les yeux grands ouverts et il respirait difficilement. Je l'ai enduit d'une pommade dont ma mère m'avait donné le secret, je l'ai serré contre moi et je me suis enfuie. J'ai couru à travers la plaine pour gagner le couvent dont les nonnes m'étaient familières. Je leur ai confié le petit en leur racontant qu'il était tombé dans le feu, qu'elles devaient le soigner, que je reviendrai le chercher plus tard, s'il survivait.

— Et tu es revenue à la forge, compléta Jehan.

— Oui, dit Junia. Sigrid n'avait pas repris

connaissance, Jod errait toujours dans les champs. J'ai activé le feu. En ouvrant la ventaille, j'ai pu vérifier que les ossements et la viande avaient brûlé au point d'être méconnaissables. J'ai parié sur le fait que Jod ne détaillerait sans doute pas les restes lorsqu'il viderait l'armure. L'odeur qui montait de la cuirasse levait le cœur, j'ai failli vomir.

— Jod est revenu ?

— Oui, il avait une tête épouvantable. Il s'est agenouillé près de la forge et a laissé le feu s'éteindre. Je crois qu'il regrettait déjà ce qu'il avait fait. Il marmonnait dans sa langue, il parlait à ses dieux. Puis il est allé puiser de l'eau à la source, a mouillé l'armure pour la tremper. La vapeur nous a frappés avec tant de violence que j'ai cru cuire sur pied.

Junia se mit alors à raconter comment elle avait aidé le forgeron à vider l'armure de son horrible contenu.

— Il détournait la tête, le lâche ! siffla-t-elle. Sa figure avait la pâleur de la cire. Quand les premiers os sont tombés dans la cendre, j'ai pensé qu'il allait défaillir. Il a mis ses mains sur ses yeux. Je me suis dépêchée de ramasser les restes et de courir les enterrer dans la forêt, sans lui laisser le temps de s'apercevoir que le squelette n'était pas entier. Puis j'ai dit : « Votre fille est en train de mourir du coup que vous lui avez porté. Laissez-moi l'emmener au village où l'on pourra la soigner, je l'y accompagnerai. Je ne reviendrai pas ici, pas après ce que vous avez fait. » Il a grogné quelque chose. Déjà il était repris par sa passion, il examinait l'armure à la lueur du soleil naissant, la tapotait avec un petit marteau et souriait en écoutant la musique produite par les coups. J'ai porté Sigrid dans la charrette et je suis partie. Il n'a pas cherché à me retenir.

Le récit se complétait peu à peu, et Jehan se gardait d'interrompre la narratrice. Sigrid avait repris connaissance mais n'avait point voulu quitter son père. Quand la fille du forgeron était retournée vivre dans la caverne, Jacotte avait cherché refuge chez les nonnes qui, entre-temps, avaient sauvé l'enfant du trépas.

— Le petit était affreusement défiguré, soufflat-elle, toutefois ses organes internes n'avaient pas souffert. Je suis restée au couvent à m'occuper de lui, à le regarder grandir. J'ai appris à lire, à écrire, à jouer de divers instruments de musique. Je chantais aux offices avec les novices. En échange, je lavais le linge, je ravaudais, j'aidais à la cuisine. Quand le garçon est devenu trop grand, les moniales m'ont demandé de partir car elles ne pouvaient abriter un adolescent mâle sous leur toit. Je crois également qu'elles commençaient à avoir peur de lui, même s'il sortait rarement de la cellule que nous partagions tous deux. C'est alors que j'ai rencontré Bézélius, dont le chariot venait de casser un essieu sur la route du couvent.

— Alors tu as vraiment été trobairitz ?

— Oui, sous le nom de Junia, et cela jusqu'à ce que j'attrape la petite vérole, comme je te l'ai raconté.

— Mais où était le fils de Jod pendant tout ce temps ? Où le cachiez-vous ?

Junia eut un rire amer.

— Nous ne le cachions pas, dit-elle. Toi-même, tu es passé dix fois devant lui sans t'en apercevoir. C'est l'une des trois momies que nous exposions au milieu des lézards empaillés. Tu sais, ces morts égyptiens que tu trouvais si laids... Tristan est l'un d'eux. Il se contente de rester immobile et de retenir son souffle quand on s'approche de lui, mais son aspect est si horrible qu'on vient rarement le regarder sous le nez pendant longtemps. C'est lui-même qui a eu cette idée quand Bézélius a acheté ces cadavres desséchés à un marchand oriental.

— Alors Bézélius était au courant...

— Oui, Bézélius m'aimait, il connaissait mon secret. Au début, il nous a aidés de bon cœur. Personne ne pouvait nous trahir : Ursus et les quatre gnomes étant muets, le silence était assuré. Pourtant, vers la fin, Bézélius commençait à avoir peur de Tristan. Je crois qu'il guettait l'occasion de nous abandonner.

— C'est donc Tristan qui a tué tous ces gens, dit Montpéril. Pourquoi ? Pour se venger d'avoir été sacrifié en leur honneur ?

— Oui, il ne supportait pas d'avoir été jeté au feu en leur nom, afin que l'armure qui leur était destinée soit plus belle et plus puissante que tous les harnais de guerre fabriqués à ce jour. Il les jugeait arrogants, égoïstes, jouisseurs. Il a décidé de les punir. Le hasard et le destin ont fait que Sigrid s'est mise à fréquenter les mêmes foires que nous. Elle exposait parfois l'armure noire à trente pas de nos tréteaux. Tristan pouvait l'observer à loisir du fond de son sarcophage. J'avais commis l'erreur de lui raconter toute l'histoire, de lui dire que Sigrid était en réalité sa sœur et qu'elle se déguisait en garçon. Il s'est pris d'une violente haine pour elle. Il l'accusait d'avoir été complice de son père, de ne pas l'avoir défendu. Il était injuste ; je ne parvenais pas à le raisonner. Avec les années, son caractère s'était aigri. Il a fini par englober Sigrid dans sa haine des barons. Il a commencé à s'en prendre aux chevaliers venus louer l'armure. Il les attaquait dans des endroits déserts, faisait peur à leur cheval pour les désarçonner, puis, une fois qu'ils étaient à terre, leur cassait la tête avec une pierre... ou bien il les poussait dans un ravin. C'est ainsi que s'est forgée la réputation de la cuirasse maudite.

— Mais comment sortait-il sans qu'on le remarque ?

— Il portait le même masque que moi, s'habillait avec mes vêtements, si bien qu'en le voyant, on croyait me voir. Il a toujours procédé ainsi. J'ai plusieurs masques de porcelaine en réserve au cas où celui-ci se briserait. Tristan empruntait l'un d'eux. Voilà tout.

— Ses petits crimes déguisés en accidents lui ont donné le goût du sang, fit observer Jehan. C'est alors qu'il a décidé de voir plus grand, d'assassiner des familles entières...

— Oui, il voulait frapper les barons dans ce qu'ils ont de plus cher au monde : leur descendance. Je n'ai pas pu l'en dissuader. C'était devenu une idée fixe. Il s'imaginait qu'on se contenterait d'y voir une manifestation diabolique, qu'on brûlerait Sigrid comme sorcière. Il répétait : « Chacun son tour d'aller au feu ! » J'avais beau lui dire que les seigneurs étaient moins crédules qu'il se l'imaginait, rien n'y faisait. Toutes ces années passées hors du monde lui avaient faussé l'entendement. Coupé de la réalité, il s'est peu à peu mis à vivre dans un univers de légende, ces légendes de Bretagne que je lui racontais lorsqu'il était petit.

— Et vous avez fabriqué une réplique en carton de l'armure noire.

— Pas tout à fait. C'est Bézélius qui a eu cette idée. Il voulait exploiter la réputation sinistre du harnais de sable, écrire une sottie qu'on donnerait sur les tréteaux. Il a confectionné plusieurs doublons de carton-pâte car la fausse cuirasse était trop légère et avait tendance à s'abîmer très vite. C'est ce déguisement d'acteur qui a tout déclenché. Tristan, tout décharné qu'il soit, pouvait l'endosser et s'en servir comme d'un masque. Elle était facile à transporter dans un sac, il pouvait l'assujettir sur son dos pendant qu'il escaladait les remparts des châteaux. C'est un garçon mince, filiforme, d'une extrême souplesse, et grandement habile à se déplacer en silence. Quand il est enduit de fard noir de la tête aux pieds, on a bien du mal à repérer sa présence. Il peut tenir tout entier derrière la colonnette d'une galerie sans qu'on se doute de rien. Le premier crime s'est déroulé trop facilement. Les gosses et leur mère égorgés, il n'a eu qu'à souiller la véritable armure avec un peu de sang rapporté dans la salle au moyen d'un linge. Un triomphe facile qui l'a encouragé à persévérer en dépit de mes supplications. Il a cru qu'il pourrait recommencer impunément, tant que les seigneurs ne se décideraient pas à accuser Sigrid de manipuler l'armure à distance, au moyen d'un charme. Mais tout s'est compliqué chez Philippe de Guignes. Le comte avait pris ses précautions en enfermant sa vraie famille dans un réduit secret et en faisant jouer le rôle de sa femme et de ses fils par des vilains. Cette humiliation a rendu Tristan fou de rage. Il s'est juré de réussir coûte que coûte, de découvrir l'entrée de la chambre clandestine et d'en forcer la serrure avec un crochet, car Bézélius lui avait enseigné l'art des voleurs qu'il pratiquait lui-même avec beaucoup de talent.

— C'est donc Tristan qui introduisait nuitamment des chiens muselés dans les couloirs ?

— Oui, c'était facile. Bâtards et corniauds prolifèrent aux abords de la foire. Revêtu de mon masque et de mes habits, Tristan allait faire son choix parmi cette meute, en fonction des qualités de pisteur de chaque animal. Il a toujours entretenu de bons rapports avec les animaux. Ensuite, une fois dans le château, il lui suffisait de mettre sous le nez du chien une écharpe que j'avais volée à la dame de Trembleterre, par vengeance, le soir où le comte et ses convives s'étaient si cruellement moqués de ma pauvre figure. Hélas, tu avais pris tes précautions... L'odeur du sang de renard rendait les chiens complètement fous, ils tournaient en rond. Tristan n'a réussi à localiser la chambre secrète que de manière fort approximative. Il a dû par la suite continuer l'exploration lui-même, visiter chaque moulure, chaque interstice pour voir si une serrure ne s'y cachait pas. Cela lui a pris beaucoup de temps.

— Comment s'y prenait-il pour ne pas tomber entre les mains des sentinelles avec son armure de carton et ses chiens ?

— L'armure, il en a laissé un double au château, caché dans le grenier à foin. Ainsi elle est déjà sur place lorsqu'il a besoin de se travestir. Les chiens, il les choisissait petits, faciles à porter dans une musette, et il leur ficelait la gueule. Les soldats étaient terrifiés par cette histoire de cuirasse ensorcelée : s'il leur arrivait d'entendre du bruit, ils se gardaient bien d'aller y voir de plus près.

— C'est toi qui lui as dit pour Jod, et le stratagème de la teinture, n'est-ce pas ?

— Oui. L'arrivée de son père, que nous pensions tous mort, l'a excité au plus haut point, il y a vu l'occasion de faire coup double. De se venger de Jod et de Sigrid. Hier soir, il a pris dans le coffre de Bézélius une drogue qui provoque la stupeur et le sommeil, un élixir que les Grecs faisaient absorber aux pythies pour les plonger en transe et les amener à prononcer des oracles. De la jusquiame mêlée d'aconit, je crois. Il en a versé quelques gouttes dans la cruche d'eau posée dans la chambre de Sigrid. La pauvre fille en est tombée presque inconsciente. Tristan en a alors profité pour peindre sur le corps de sa sœur de fausses traces noires qui donnaient à croire qu'elle avait effectivement endossé l'armure. Il a vidé le pichet sur le sol, puis il a piégé Jod et l'a battu à mort avec son propre bâton.

— Voilà pourquoi Sigrid avait l'air si égarée, murmura Jehan. Sur l'instant j'ai cru qu'elle était en pleine crise de somnambulisme.

— Non, fit Junia. C'était la drogue des prêtres de Delphes. Tristan trouvait amusant que la chute de Sigrid soit arrangée par Jod.

— C'est un monstre.

— Peut-être, mais ce n'est pas entièrement sa faute. Quand il était petit, il ne se rendait pas compte qu'il était laid. Vivant parmi les nonnes, il ne risquait pas d'y rencontrer son image dans un miroir puisqu'un tel instrument de coquetterie était banni du couvent. La chose est arrivée plus tard, quand nous avons quitté l'abbaye, et qu'il a enfin compris que les autres hommes n'étaient pas faits à son image.

— Mais les marques, les griffures sur le corps d'Ursus ? interrogea Jehan. Ces fichues cicatrices qui ont conduit Philippe à le faire arrêter et torturer ?

— Tristan le pinçait et le scarifiait dans son sommeil, expliqua Junia. Tu sais bien que le pauvre nigaud n'éprouvait aucune sensation épidermique. On aurait pu l'écorcher vif sans l'éveiller.

— Mais pourquoi s'en prendre à ce benêt ?

— Tristan commençait à réaliser que Philippe ne croyait guère à la fable de l'armure ensorcelée ; il a soudain eu peur que l'enquête n'aille trop loin. Un après-midi, il a vu le comte s'arrêter devant nos tréteaux et examiner Ursus d'un air soupçonneux. Il en a déduit que Philippe voyait dans notre nigaud le seul homme de la région capable d'endosser l'armure. C'est alors qu'il a profité de ce qu'Ursus faisait la sieste pour lui marbrer la chair de pinçons accusateurs. Il m'a dit : « Il faut sacrifier l'idiot, c'est une obligation. Je dois jeter un leurre aux chiens de chasse du comte, cela les occupera. Ils croiront le criminel arrêté, baisseront leur garde et relâcheront leur surveillance. Cela me permettra d'aller et venir sans trop de risques. Si je ne le fais pas, ils finiront par me coincer. Est-ce là ce que tu veux ? » Il savait bien que j'aurais préféré m'accuser à sa place que de le laisser prendre.

— C'est d'ailleurs ce que tu as essayé de faire ce matin, fit observer Jehan. Quand j'ai découvert l'armure de carton, tu as pris la machination à ton compte... C'est alors que Tristan m'a poignardé.

— Je ne voulais pas qu'il te fasse du mal, sanglota Junia. Je l'ai toujours supplié de t'épargner si tu le surprenais au cours de ses déambulations dans les couloirs du château. C'est pour cette raison que je l'encourageais à se déguiser. Je lui disais : « Si tu portes le heaume de carton, Montpéril n'aura aucune chance de te reconnaître, et toi tu n'auras aucune raison de le tuer. » Il t'a laissé la vie sauve pour me faire plaisir, car il a eu cent fois l'occasion de te trancher la gorge, sais-tu ? Chaque fois que tu t'assoupissais sur un banc de pierre, il s'approchait en silence pour te regarder sous le nez. Il me l'a raconté. En revenant, il me disait : « Mère, j'ai encore épargné ton amoureux. Sais-tu qu'il ronfle en dormant ? Il devient trop vieux pour le métier des armes. Ce serait si facile de le tuer que je n'y trouverais aucun plaisir. » Ce matin, quand tu m'as accusée, il a cru que tu allais m'emmener de force pour me livrer au comte. C'est pour cela qu'il t'a frappé. Je suis, après sa vengeance, la seule chose à laquelle il tienne encore.

— Où est-il ? interrogea Jehan qui, depuis un moment, scrutait la forêt autour du bivouac. Où est Tristan ? Il est parti se cacher quand il m'a vu arriver ? Ne t'obstine pas à le protéger, il y a eu trop de sang versé. Je ne laisserai pas Sigrid payer à sa place.

— Non, il n'est plus ici, soupira Junia. Tu ne comprends donc pas que j'attends qu'il revienne ? Pourquoi sinon me serais-je arrêtée ici ?

— Où est-il ? interrogea Jehan soudain gagné par un mauvais pressentiment. Ne me dis pas qu'il est... *retourné au château !*

— Hélas si, souffla la femme au masque de porcelaine. Il est reparti là-bas pour finir son travail.

C'est ce qu'il a dit. Il ne veut pas s'avouer vaincu. Il n'acceptera pas de lever le camp sans avoir réussi à égorger la famille du comte. Maintenant que la dame de Trembleterre et ses fils sont sortis de la chambre secrète, c'est facile. Ils se croient tous en sûreté, ils s'imaginent que la criminelle est bouclée dans un cachot, les pieds et les mains chargés de chaînes... Tristan n'aura aucun mal à les tuer pendant leur sommeil.

— Mais qui accusera-t-on ? lança Jehan en se redressant. Si Sigrid est enchaînée au fond d'une oubliette, on ne pourra nullement porter ce nouveau massacre à son crédit.

— Tristan n'est pas de cet avis, dit Junia. Il pense au contraire qu'on l'accusera d'avoir manipulé l'armure à distance, par magie noire, et qu'on la brûlera comme sorcière au lieu de l'étrangler. Il dit qu'il va s'arranger pour promener une dernière fois l'armure dans les couloirs et se faire voir d'un quelconque valet dont le témoignage suffira à accréditer l'accusation de nigromancie. Pour cela, il utilisera la seconde cuirasse de carton qu'il a cachée là-bas. J'attends qu'il revienne, je n'ai pas été capable de le retenir. Il y a beau temps que j'ai perdu tout pouvoir sur lui. Ne me crois pas insensible, ce n'est pas parce que mon visage est figé que je n'ai pas de sentiments. Le grand avantage d'un masque, c'est qu'il permet à celle qui le porte de pleurer en secret.

— Il faut que j'aille là-bas, haleta Montpéril en se redressant péniblement. Je dois empêcher ça. L'épouse du comte repose entourée de ses enfants. La réclusion les a épuisés et ils essayent de recouvrer leurs forces, un bandeau sur les yeux pour se protéger de la lumière. Si Tristan pénètre dans leur chambre, ils ne se méfieront même pas, ils croiront qu'il s'agit d'un valet apportant à manger... Et Tristan pourra les décapiter sans qu'ils voient le coup venir.

Il tituba en direction de son cheval, ses jambes le portaient à peine.

— Pauvre Jehan, dit doucement Junia. Tu n'iras pas loin, tu es en train de te vider de ton sang.

— Je sais, balbutia le routier en se mettant en selle, mais je dois essayer. Sigrid est innocente.

Junia n'avait pas bougé.

— C'était pourtant un gentil petit garçon, tu sais ? murmura-t-elle. Au cours de toutes ces années chez les nonnes, il n'a jamais montré la moindre disposition à la violence. On aurait dû nous permettre de rester là-bas. Hors du monde.

Jehan ne l'écoutait plus. La rosse ne répondait pas à ses coups d'éperon.

— Tu vas le tuer, n'est-ce pas ? reprit Junia. Oui, c'est mieux. Je préfère encore cela à la justice du comte. Ne lui fais pas trop mal, il a déjà assez souffert.

Le cheval daigna enfin se mettre en marche. Jehan le hâtait en vain : le roncin, aussi épuisé que son cavalier, n'avait aucune envie de retraverser la lande en sens contraire.

« Ce sera donc ta faute, comte Philippe, si je n'arrive pas à temps, songea Jehan. Si tu m'avais donné une monture digne de ce nom, j'aurais pu sauver ta femme et tes enfants. Ton avarice sera bien punie. »

Il était lui-même mal en point et se sentait près de défaillir. Il se cramponna au pommeau de la selle. Si un vertige le saisissait, il se coucherait sur l'encolure du cheval pour ne pas vider les étriers.

La lune s'était levée. Au loin brillaient les flambeaux éclairant le chemin de ronde du château de Trembleterre ; Jehan se demanda combien de temps il lui faudrait pour arriver là-bas.

Le cheval, effrayé par l'obscurité, allait au petit trot. Le routier avait renoncé à l'éperonner car le sang de la bête, coulant des flancs labourés, lui mouillait déjà les talons. En la forçant davantage il risquait de la faire crever.

Il crut qu'il mettrait un siècle à parcourir la plaine dans toute sa longueur. Par moments, il se croyait victime de ces enchantements dont sont prodigues les légendes bretonnes : le château lui faisait l'effet de s'éloigner au fur et à mesure qu'il avançait. Quand Jehan atteignit les faubourgs du village, il était à bout de résistance et le cheval boitait bas. La foire s'était vidée, les quelques ribaudes encore à l'ouvrage regardèrent avec stupeur passer cet homme couvert de sang qui semblait monter la carcasse d'un cheval mort depuis longtemps et n'avançant plus que par habitude. Le vent s'obstinait à vouloir souffler les flammes des flambeaux, si bien que ses bourrasques se chargeaient d'étincelles crépitantes qui paraissaient autant d'insectes aux ailes embrasées. On reculait, pris de frayeur. Qui était ce cavalier d'apocalypse, plus pâle qu'un cierge, tout environné de flammèches infernales ? Quelle terrible nouvelle apportait-il ? Quelle horrible besogne venait-il accomplir ? Un vent de terreur passa sur les derniers fêtards et l'on se signa en appelant les saints patrons au secours.

Les gardes se précipitèrent, la lance en avant, pour barrer la route à l'importun. Quand ils identifièrent Montpéril, ils lui ordonnèrent avec rudesse de retourner d'où il venait. On ne voulait plus de lui ici, le comte avait donné des instructions bien précises.

— Imbéciles, cracha Jehan qui avait le plus grand mal à garder les pieds dans les étriers. Pendant que vous palabrez, un crime est en train de se commettre... On va attenter à la vie de la comtesse et de ses enfants. Laissez-moi passer.

— Non, s'entêta le chef des gardes. La criminelle est bouclée dans le plus noir des cachots, les fers aux mains et aux pieds, elle ne peut plus rien contre la mesnie de notre seigneur. Vous divaguez, chevalier, vous avez la fièvre, allez donc voir un mire pour vous faire rapiécer la couenne.

Tentant le tout pour le tout, Jehan enfonça ses éperons dans les flancs du cheval comme s'il voulait lui crever la panse. La pauvre bête hennit de souffrance et se lança en avant, bousculant les sentinelles qui se jetèrent de côté pour ne pas être écrasées. Ce dernier sursaut la mena dans la cour intérieure où elle s'effondra sur les genoux, incapable d'aller plus loin. Jehan se dégagea prestement et courut vers l'escalier. Les gardes, revenus de leur stupeur, s'étaient lancés à sa poursuite. Pour éviter d'encourir la colère du comte, ils n'avaient pas encore donné l'alarme et espéraient régler cette méchante affaire en secret. Leur silence permit à Jehan de se hisser jusqu'aux appartements seigneuriaux. À peine avait-il atteint la dernière marche qu'il eut la conviction d'arriver trop tard. La plupart des flambeaux avaient été étouffés de manière à plonger le corridor dans une semi-obscurité, et une odeur fade planait sur les lieux... L'odeur du sang.

Les gardes le talonnaient et il était à bout de

souffle. Il dut se retenir à une colonne pour ne pas s'affaisser. Il reprenait à peine sa respiration quand les sentinelles l'encadrèrent.

— Cela suffit, chuchota le chef des factionnaires pour ne pas réveiller ses maîtres. Nous allons vous raccompagner en bas et vous partirez sans faire d'histoires. Nous ne tenons pas à vous maltraiter.

— Là ! cria au même moment Montpéril le doigt tendu vers la chambre de la comtesse dont la porte venait de s'ouvrir. L'assassin... Nous arrivons trop tard, c'est de votre faute !

Tous les regards se tournèrent dans la direction indiquée. Aussitôt, les gardes poussèrent un cri d'horreur et reculèrent, cédant à une bouffée de terreur superstitieuse. L'armure noire se tenait au seuil de la chambre, une épée sanglante à la main. Dans la mauvaise lumière du corridor, le déguisement de carton peint faisait parfaitement illusion et l'on était saisi d'effroi devant l'aisance avec laquelle la monstrueuse carapace métallique se déplaçait. On en venait à penser que pour être si légère, elle était forcément vide.

— Seigneur Jésus protégez-nous, bredouilla l'un des soldats.

— Idiots, gronda Jehan, ce n'est qu'un accoutrement de carnaval, un habit de carton, il y a un homme là-dedans. Bloquez toutes les issues, il ne faut pas qu'il puisse s'échapper.

Tristan, se voyant pris, poussa un cri rauque et agita maladroitement son épée. Jehan tendit la main et arracha un flambeau d'une torchère.

— Je sais tout, dit-il en s'avançant lentement vers le jeune homme engoncé dans son déguisement. C'est fini, tu as mal joué. Le comte va te faire chèrement payer tes crimes. Si j'étais à ta place, je ne me laisserais pas prendre vivant. Je grimperais sur le chemin de ronde pour me jeter dans le vide du haut des remparts. J'aimerais mieux cela que d'être abandonné aux mains du bourreau.

Tristan ne répondit pas, peut-être parce qu'en restant muet, il espérait accréditer l'illusion d'une armure ensorcelée, mais les gardes s'étaient ressaisis. Ils avançaient au coude à coude, la lance à l'horizontale. L'un d'eux, dégringolant la volée de marches, avait couru sonner l'alarme et baisser la herse. Tristan était pris au piège. Le vacarme éveilla Philippe qui sortit de sa chambre à moitié nu, l'épée à la main. À la vue de l'armure plantée au milieu du couloir, il se figea, la bouche ouverte sur un ordre qui ne venait pas.

Tristan recula. Il brandissait toujours son épée, mais son bras, peu habitué au maniement des armes, commençait à trembler et la pointe de la lame s'abaissait doucement vers la terre, en un geste involontaire de renoncement.

— Comte ! hurla Jehan. Courez à la chambre de votre épouse, je crains que le malheur ne soit hélas consommé.

Philippe de Guignes s'arracha enfin à sa stupeur et bondit vers la pièce où sa femme reposait entourée de ses fils. À peine en avait-il atteint le seuil qu'il poussa un cri atroce, laissa tomber son arme et se voila la face de ses paumes jointes. Jehan le rejoignit. Levant le flambeau dont il s'était emparé, il éclaira la scène. La dame de Trembleterre et ses fils avaient été égorgés dans leur sommeil. Le bandeau qu'ils portaient sur les yeux les faisait étrangement ressembler à ces condamnés qu'on aveugle pour les mener au supplice. Leurs cous frêles n'avaient guère dû opposer de résistance à la lame.

— Canaille ! gronda Jehan en se retournant vers Tristan. Tu n'as pas pu t'en empêcher. L'assassinat de ton père ne te suffisait pas, il te fallait encore plus de sang.

— Ils le méritaient ! lâcha le jeune homme d'une voix grêle encore marquée par l'adolescence. Vous le méritez tous ! *Et j'ai eu grand plaisir à le faire !*

Il s'exprimait avec cette exaltation proche du sanglot qu'on rencontre parfois chez les novices en proie aux béatitudes d'une foi mal maîtrisée. Philippe de Guignes, hébété, ne semblait plus savoir ce qu'il convenait d'ordonner. Les gardes avaient cessé d'avancer, attendant un ordre qui ne venait pas. Tristan profita de cet instant de flottement pour tourner les talons et courir vers l'escalier menant au chemin de ronde. Jehan se lança à sa poursuite, les soldats lui emboîtèrent le pas. Dans sa course, Tristan se cognait aux murs, cabossant l'armure de carton qui perdait peu à peu son bel aspect. À présent, sa défroque prenait piteuse allure et il avait l'air d'un escholier travesti avec les moyens du bord en vue d'une parade populaire. Quand il fut sur les remparts, il s'immobilisa, ne sachant plus où aller. La cloche d'alarme avait réveillé les valets, les servantes, mais aussi les forains, qui tous se pressaient de part et d'autre des murailles pour tenter de voir ce qui se passait. Jehan s'arrêta à quelques mètres du fugitif. Il l'entendait haleter sous le masque.

— C'est fini, dit doucement le routier. Crois-moi, tu n'as plus rien à espérer. Tu es cerné. Si tu te laisses prendre, ton châtiment sera terrible. Junia m'a demandé de t'achever sans souffrance, mais je suis sans arme. Si tu me donnes ton épée, je te tuerai proprement, tu n'auras pas le temps d'avoir mal... Si tu ne veux pas que je te touche, saute par-dessus la muraille en réclamant pardon pour tes fautes.

— Je... je n'y arrive pas... balbutia le jeune homme en oscillant au bord du vide.

— Alors donne-moi l'épée, souffla Jehan. Je ferai vite.

Tristan parut hésiter, fit un pas en avant et tendit le bras vers Montpéril. Mais c'était une ruse : au moment où le routier allait poser la main sur la lame, Tristan se ravisa, et, levant son arme, tenta d'en frapper le chevalier au visage.

Dans un geste instinctif de guerrier attaqué, Jehan para le coup avec le flambeau qu'il avait au poing. Les flammes léchèrent la cuirasse de carton enduite de colle qui s'embrasa aussitôt. Le vent de la nuit aviva le feu, dont le panache enveloppa le malheureux. Tristan recula en gesticulant, mais déjà il n'était plus qu'une torche vivante. Ses jarrets heurtèrent le rebord du crénelage ; il perdit l'équilibre. L'instant d'après il tournoyait dans le vide, les bras écartés, tel un grand crucifix enflammé tombant du haut du ciel. La foule se signa avec un cri d'horreur. Quand il toucha le sol, dans les douves, l'humidité des ordures et des flaques d'urine ne suffit pas à éteindre le brasier, si bien qu'il resta là, tout déjeté, à se consumer en crépitant, projetant sur les pierres de la muraille une lueur de bûcher.

16

Cavaliers funèbres sous la lune

Ce fut en vérité un jour bien noir que celui qui suivit. Le comte, fort affligé, donna l'ordre que les dépouilles de son épouse et de ses fils soient exposées dans la cour d'honneur du château. C'était grande pitié que de voir cette femme et ces trois petits enfants bien chétifs, dont on avait dissimulé les blessures au moyen d'un ruban noir. Toute la population du voisinage défila devant le catafalque pour rendre un dernier hommage aux défunts. Quant à Tristan, Philippe de Guignes — enrageant de n'avoir pu châtier le criminel de son vivant — imagina de faire dévorer son cadavre par des porcs dont il fit conduire un troupeau dans les douves. Ce spectacle provoqua la joie des badauds qui, délaissant la foire dont on avait fermé les baraques en raison du deuil, s'installèrent au bord du fossé pour assister au travail des cochons.

Sigrid fut relâchée. Elle paraissait toujours plongée dans un état d'hébétude qui résultait peut-être des effets de la drogue. Telle une grande poupée de son, elle obéissait docilement à tous les ordres qu'on lui donnait et ne parvenait pas à proférer deux phrases cohérentes. Jehan se demanda si elle retrouverait un jour l'entendement ou si elle allait demeurer ainsi pour le restant de ses jours. Junia fut incapable de lui répondre. Elle connaissait mal les effets des drogues amassées par Bézélius au cours de ses voyages. Elle n'excluait pas que la jeune femme ait pu avoir la cervelle irrémédiablement brûlée par l'élixir oraculaire des pythonisses de Delphes. Quand Montpéril avait voulu lui raconter la mort de Tristan, elle avait murmuré :

— Non, ne me dis rien. Je ne veux pas savoir. C'était un pauvre enfant. Je n'ai pas su le détourner du mal. Tout ce qui est arrivé est un peu de ma faute.

Jehan ne fut pas admis aux cérémonies funéraires qui endeuillèrent Trembleterre, toutefois le comte lui fit dépêcher par son argentier une bourse dont le contenu réglait l'acquisition de l'armure noire.

— Comme la pauvre fille a perdu la tête, marmonna l'économe qui lui remit le sac d'écus, nous ne savons pas à qui verser la somme. Je suppose qu'elle sera aussi bien entre vos mains, puisque vous avez décidé de vous occuper d'elle.

Jehan avait effectivement ramené Sigrid pour l'installer dans le chariot des baladins, où Junia pouvait veiller sur elle et lui permettre de rester propre.

— Vous n'avez pas laissé un bon souvenir au comte de Guignes, conclut l'argentier en remontant sur son cheval. Il serait souhaitable que vous quittiez la province au plus vite. Je ne vous apprendrai pas qu'on a tout à redouter de la mauvaise humeur des grands.

Jehan haussa les épaules. De toute manière, il ne tenait nullement à s'attarder en ces lieux. Junia avait recousu sa blessure à la manière des médecins maures, et il allait beaucoup mieux. Ils prirent donc la route, lui, la femme au masque de porcelaine, les quatre gnomes et l'écuyère folle. Les lézards empaillés du bestiaire fabuleux brinquebalaient à l'arrière du chariot. Il n'avait aucune idée de ce qu'il allait faire de tout ce petit monde.

Ils s'enfoncèrent dans la forêt, suivant le tracé de routes peu fréquentées. Jehan conduisait l'attelage, sa bonne épée posée sur le siège de bois, à côté de lui.

La rencontre eut lieu un soir, alors que la nuit tombait. Les femmes et les enfants dormaient dans la charrette. Jehan montait la garde près du bivouac, l'épée sur l'épaule. Le feu de camp brasillait, près de s'éteindre, et le chevalier s'était levé pour aller ramasser du petit bois quand il entendit le trot d'un cheval entre les arbres. Prestement, il jeta d'un coup de pied de la terre sur le feu et s'aplatit contre un tronc. Peu de temps après, il distingua deux cavaliers trottant côte à côte, seulement éclairés par la lune. Ils étaient tous deux vêtus de longs manteaux noirs à capuchon qui dissimulaient leurs traits. Leurs montures sortaient d'une noble écurie, ainsi que leur harnachement de selle.

Jehan ne bougea pas, mis en éveil par l'un de ces pressentiments qui assaillent parfois le guerrier en maraude et le sauvent du trépas. Les deux cavaliers s'arrêtèrent dans une clairière baignée par la lune. Le plus petit rabattit son capuchon pour offrir ses lèvres au baiser du plus grand. C'était une jeune fille d'une grande beauté, et de haute naissance, si l'on en jugeait au diadème qui ceignait son front. L'autre, Jehan le connaissait bien, puisque c'était le comte Philippe de Guignes...

Les deux amants restèrent là un instant à échanger des caresses, puis la damoiselle s'en alla après un dernier geste de la main. Jehan retenait sa respiration quand la voix du comte résonna :

— Tu peux sortir de ta cachette, Montpéril, je sais que tu es là. J'ai senti ton odeur... Il sera donc écrit que tu seras toujours dans mes pattes ? Devrai-je m'exiler au fond des déserts pour cesser enfin de marcher sur ton ombre ? Je croyais pourtant cette clairière déserte et inconnue des voyageurs.

— Tu oublies que je suis routier, fit Jehan avec insolence.

— Si je l'oubliais, ton odeur de cul-terreux me le rappellerait aussitôt, grogna Philippe. Alors tu as tout vu ?

— Oui, dit Jehan. Qu'allez-vous faire à présent ? Me tuer pour que je garde le silence ?

— Non, même pas. Qui te croirait ? Qui t'écouterait ? rétorqua le comte. Tu n'es rien qu'un pauvre escorteur de pèlerins qui a, de plus, la réputation de porter malheur à ceux qui l'approchent. Je n'ai rien à craindre de toi.

— Ainsi, dès le début vous saviez que j'avais raison, dit sourdement Montpéril. Vous n'ignoriez rien de ce qui se tramait chez vous...

— C'est vrai, admit Philippe. Dès la première nuit où j'ai introduit le harnais noir au château, j'ai vu ce malheureux monstre se déguiser pour hanter mes couloirs. Mon premier mouvement a été de le saisir au collet, puis sa pantomime m'a donné une idée... Une excellente idée.

— Vous l'avez laissé continuer, dit Jehan. Parce que vous espériez que Tristan finirait par trouver votre femme, vos enfants, et qu'il les tuerait. *Vous vouliez qu'il vous en débarrasse.*

— Je ne le nierai pas, lâcha Philippe. Mon épouse était vieille, en mauvaise santé, elle m'avait donné trois fils de constitution débile qui jamais n'auraient fait de bons chevaliers. Des enfantelets malingres, de ces rejetons qui font honte à leur père parce qu'ils sont incapables de tenir une épée et ont peur des chevaux. Je ne pouvais pas répudier leur mère, je n'avais officiellement aucune bonne raison de le faire. Épouse et mère parfaite, quel prétexte aurais-je pu invoquer ? De plus, sa famille est vindicative et m'en aurait demandé raison. Sans doute même m'aurait-elle déclaré la guerre dans le but de venger son honneur. Je ne suis pas assez fortuné pour supporter de telles dépenses, je n'ai pas assez d'hommes. Je ne suis pas assez puissant... Du moins pas encore.

— Alors c'est cela la raison, soupira Jehan.

— Oui, admit le comte. Je suis aimé de la demoiselle que tu as entrevue. Elle est de très riche naissance et en me mariant avec elle, j'obtiendrai une dot en terres et en or qui fera de moi le seigneur le plus puissant de la province. Je suis veuf aujourd'hui, il me suffira de laisser passer quelques mois, de pleurer abondamment, de me promener sur les remparts vêtu de noir. On me plaindra tant qu'on sera soulagé de me voir prendre une nouvelle épouse. La dame en question est belle et jeune, son ventre saura me fabriquer des héritiers dignes de ce nom, pas des avortons pour baraque de foire.

— Alors tout cela : la réclusion dans la chambre

secrète, Ursus et Sigrid jetés au bourreau, c'était de la comédie ?

— Oui, il fallait qu'on me trouve l'air inquiet. Qu'on ne mette pas en doute mon désir de protéger ma famille. Je me suis agité comme un beau diable pour paraître efficace. Aujourd'hui, tout le monde sait que j'ai fait tout ce qui était humainement possible pour empêcher le drame et que je ne pouvais pas prévoir l'ultime retournement qui a causé la mort de ma famille.

— Vous vous obstiniez à courir derrière les mauvais suspects pour laisser Tristan libre d'agir à sa guise, gronda Jehan.

— C'est pour cela que je t'ai tourné en ridicule quand tu es venu me demander de libérer Sigrid. Je savais que le monstre était dans mes murs. Il se croyait très fort, mais je connaissais parfaitement sa cachette. Je lui facilitais les choses en n'obligeant pas la garde à patrouiller là où on aurait pu le surprendre... Quand tu es arrivé, blessé, j'ai eu peur que tu ne fasses tout rater, que tu provoques son arrestation prématurée. Je voulais lui laisser le temps.

— Alors vous ne dormiez pas quand il est venu assassiner votre femme et vos enfants ? Vous attendiez, allongé sur votre lit, que Tristan fasse sa besogne dans la chambre d'à côté... Vous avez entendu la porte s'ouvrir en grinçant, vous avez entendu le bruit de lame s'abattant en travers de leur gorge. Les pauvres gosses avaient les yeux bandés, ils ne pouvaient rien voir. Belle idée le bandeau, de cette manière les gamins ne risquaient pas de pousser des cris d'effroi en voyant l'armure entrer dans la pièce. C'était vraiment bien pensé. Tristan ne s'est jamais douté que vous lui mâchiez le travail à ce point.

— Je crois que je suis un assez bon stratège, se rengorgea le comte. Un bel avenir m'attend quand je serai devenu assez riche pour lever bannière contre mes voisins. D'ailleurs je suis innocent, est-ce ma faute à moi si ma femme — lasse d'enfanter — m'obligeait à faire chambre à part ? Sa pruderie l'a perdue, quant à moi je n'ai pas versé une seule goutte de sang. C'est ce pauvre monstre qui a tout fait. Il était vraiment hideux, sais-tu ? Je l'ai épié à deux ou trois reprises, il n'avait pas visage humain. Sa place était vraiment au milieu des phénomènes de foire.

— Je sais, murmura Jehan.

Le comte rassembla les rênes de son cheval dans sa main droite.

— Bien sûr, dit-il avec un sourire, je ne t'ai jamais rencontré, Montpéril, et cette conversation n'a jamais existé. Ta parole est de peu de poids contre la mienne. Tu m'as rendu un fier service en conduisant cette enquête au mieux de mes intérêts, et c'est sans doute pour cela que je te laisse la vie sauve. Sans toi j'aurais dû me contenter de vivre aux côtés de ma guenon d'épouse en priant pour que la prochaine épidémie de peste l'emporte, elle et ses rejetons. Grâce à toi, je suis libre, je serai bientôt riche. Ne t'avise plus de croiser ma route.

Ayant parlé, il éperonna sa monture et disparut dans la forêt.

Jehan ne devait jamais le revoir.

Quelques mois plus tard, alors qu'il dînait en compagnie de Junia, de Sigrid et des enfants-gnomes dans une taverne, Montpéril surprit une conversation en provenance de la table voisine. C'était un marchand qui parlait. Il racontait comment, à la grande fête de réjouissance donnée par le comte Philippe de Guignes en l'honneur de ses fiançailles avec la jeune et riche Isabelle de Châtevaille, un terrible malheur s'était produit.

— C'était pendant le tournoi, expliquait l'homme. Le comte Philippe a voulu prendre part à la joute afin d'éblouir sa belle pucelle. Pour la circonstance, il avait revêtu cette grande armure noire dont on a tant parlé à une époque. Il faisait très chaud ce jour-là, et l'orage couvait depuis le matin. Les nuages ont crevé alors que le comte levait son épée pour commander le début du tournoi. C'est alors que la foudre est tombée, du haut du ciel, avec un grondement abominable. Le trait de feu a frappé la pointe de l'épée brandie par Philippe, et a couru à travers toute l'armure, la chauffant à blanc... Quand on a voulu lui porter secours, on s'est aperçu que la cuirasse avait fondu sur lui. Vous entendez bien : le comte avait cuit à l'intérieur de la carapace de fer, comme un poulet dans la glaise. C'était horrible. Une bien vilaine mort pour un si beau seigneur.

Composition réalisée par P.P.C.

IMPRIMÉ EN FRANCE PAR BRODARD ET TAUPIN
La Flèche (Sarthe)
LIBRAIRIE GÉNÉRALE FRANÇAISE - 43, quai de Grenelle - 75015 Paris
ISBN 2-253-17096-8

⊕ 31/7096/6